I0678885

STEEL

SENTINEL SECURITY
BUCH 4

ANNA HACKETT

Steel

Copyright 2024 by Anna Hackett

Aus dem Englischen übersetzt von Nathalie Hopper Translation

Umschlaggestaltung: Mayhem Cover Creations

Bildquelle: Wander Aguiar

ISBN (ebook): 978-1-923134-40-9

ISBN (Printversion): 978-1-923134-41-6

Originaltitel: Steel

KAPITEL EINS

„Sie sind ein furchteinflößender Mann, Mr. Hawke."
Killian Hawke hob sein Bourbon-Glas und trank den letzten Schluck aus. Es war einer seiner Lieblingsbourbons. Pappy Van Winkle Family Reserve, dreiundzwanzig Jahre alt. „Ich sitze einfach nur da und genieße den Rest unseres vorzüglichen Essens und des noch besseren Bourbons, Robert."

Killians potenzieller Klient Robert Hawthorne – der vermögende Inhaber von HT Industries – lächelte und schwenkte sein eigenes Glas.

„Und dennoch hat mein Sohn während des gesamten Essens nervös herumgezappelt und ist mittlerweile an die Bar geflüchtet. Er sieht immer wieder verstohlen zu Ihnen, als ob er erwarten würde, dass Sie jeden Moment über den Tisch hechten und ihn zu Boden ringen."

Sie saßen im Per Se, einem der besten Restaurants von New York City, wenngleich es für Killians Geschmack ein wenig spießig war. Er warf einen Blick zur Bar, wo Andy Hawthorne saß und darauf wartete, dass der Barkeeper ihm einen weiteren Cocktail servierte.

„Tut mir leid, wenn er so empfindet. Er wirkt –"

„Faul, eingebildet und nur darauf aus, mein Geld auszugeben und Spaß zu haben." Robert seufzte. „Er lässt sich treiben und verrichtet bei HT nur das absolute Minimum an Arbeit. Ich mache mir Sorgen darüber, wie es weitergehen soll, wenn ich nicht mehr da bin."

Roberts Besorgnis fasste zusammen, was auch Killian über Andy dachte. Der Bursche schien kein Interesse an Arbeit zu haben, und jedes Mal, wenn Killian ihn im Laufe des Abends angesehen hatte, war Andy zusammengezuckt und hatte einen weiteren Drink bestellt.

Killian hatte keine Geduld für faule Menschen, die keinerlei Verantwortung übernahmen. Verantwortung bildete die Eckpfeiler seines Lebens.

Seit er sich erinnern konnte, hatte er sich um seine Mutter und seine Schwester gekümmert. Dann war er zur CIA gegangen. CIA-Agent zu sein, bedeutete, dass man extreme Verantwortung für alles übernehmen musste. Während einer Mission war Verantwortung ausschlaggebend, um den Erfolg zu gewährleisten. Ausschlaggebend, um zu überleben.

Mittlerweile leitete Killian sein eigenes Unternehmen, Sentinel Security. Seine Klienten verließen sich darauf, dass er und sein Team erstklassige Sicherheitslösungen lieferten, und seine Angestellten verließen sich auf ihn, um ihren Lebensunterhalt zu verdienen.

Er würde sich niemals erlauben können, so leichtfertig zu sein wie Andy Hawthorne. Es gab zu viele Menschen, die sich auf ihn verließen. Und das Sicherheitsnetz eines wohlhabenden Vaters hatte Killian nie genossen.

„Das tut mir leid, Robert."

Der ältere Mann wedelte mit der Hand durch die Luft. „Es ist nicht Ihre Schuld." Er warf Killian ein schwaches Lächeln zu. „Ich wünschte, mein Sohn wäre mehr wie Sie, dann bräuchte ich mir keine Sorgen zu machen. Loyalität, eine anständige Arbeitsmoral und Vertrauenswürdigkeit. Solche Charaktereigenschaften, wie Sie sie besitzen, werden von der jüngeren Generation nicht immer geschätzt."

Killians Finger zogen sich um sein Glas zusammen. Es war so lange her, seit er irgendjemandes Sohn gewesen war. Sein eigener Vater hatte sie verlassen, als Killian noch jung gewesen war, und seine Mutter war nicht gut damit klargekommen. Sie hatte gelitten, getrauert und sich mental ausgeklinkt, was bedeutet hatte, dass Killian sich um den Haushalt und seine jüngere Schwester hatte kümmern müssen. Er schüttelte die Gedanken an die Vergangenheit ab. Er wusste, dass es nichts brachte, zu grübeln.

Für eine Sekunde vermisste er Saskia. Es war noch nicht lange her, seit seine Schwester sich verliebt hatte und ans andere Ende des Landes nach San Francisco gezogen war. Er vermisste ihre Verabredungen zum Mittagessen und die gelegentlichen spätabendlichen Telefonate.

Saskia war glücklich, und das war das Wichtigste.

Und wenn Camden Morgan ihr je das Herz brechen sollte, würde Killian ihn umbringen und sicherstellen, dass seine Leiche niemals gefunden wurde.

Diese Vorstellung heiterte Killian auf.

„Mit Ihrem Sohn kann ich Ihnen leider nicht helfen, aber ich kann Ihrem Unternehmen bei der Cybersicherheit helfen", sagte Killian.

„Gut." Robert nickte. „Was Sie mir gerade dargestellt haben, ist genau das, was wir brauchen. Wir können uns keinen weiteren Cyberangriff leisten. Diese verfluchten, kriminellen Hacker. Unterzeichnen wir den Vertrag." Hawthorne warf einen Blick zur Bar, dann seufzte er. Killian folgte seinem Blick und sah, wie Andy mit einer üppigen Blondine flirtete.

„Glücklicherweise habe ich eine jüngere Tochter, die einen scharfen Verstand beweist und sich nicht vor Arbeit scheut", fuhr Robert fort. „Ich glaube, ich sollte sie besser mit der Unternehmensführung vertraut machen."

„Meine Assistentin wird Ihnen den Vertrag zuschicken und mit Ihnen einen Starttermin für mein Team vereinbaren." Killian erhob sich und zog seine Jacke an. „Vielen Dank für das Abendessen, Robert."

Der Mann nickte. „Ich melde mich."

Killian durchquerte das Restaurant. Es war spät und er wollte einfach nur nach Hause. Vielleicht würde er noch einen Bourbon trinken und einige E-Mails durchgehen. Seine Inbox quoll permanent mit Anliegen über, um die er sich kümmern musste.

Seine Gedanken wanderten zu einer gewissen rothaarigen CIA-Agentin, die im Augenblick vermisst wurde. Seit zwei Tagen hatte niemand etwas von Devyn *Hellfire* Hayden gehört.

Killians Finger ballten sich zur Faust und sein Magen

zog sich zusammen. Devyn konnte auf sich selbst aufpassen. Das hatte sie bereits unzählige Male bewiesen.

Warum also hatte sie sich verdammt noch mal nicht gemeldet? Ein weiterer, tief undercover eingenisteter Agent – Shade – hatte Killian darauf hingewiesen. Wenn sogar Shade beunruhigt war, dann stimmte etwas nicht.

Die Vorstellung, dass Devyn verletzt sein könnte, oder schlimmer noch ...

Killian presste die Lippen zusammen. *Drauf geschissen.* Er würde seinen Terminplaner für ein paar Tage freischaufeln und nach ihr suchen.

Als er auf den Ausgang des Restaurants zutrat, spürte er, wie ihn jemand streifte. Er wirbelte herum und griff nach dem Handgelenk einer kleinen, kurvigen Brünette in einem engen, grauen Kleid. Sie wollte ihm gerade etwas in die Tasche stecken.

Sie lächelte ihn an. „Hi."

Killian faltete den Zettel auf. Es war eine Telefonnummer.

„Ich habe Sie den ganzen Abend über beobachtet", erklärte sie. „Ich bin ein paar Tage in der Stadt, falls Sie Lust auf Gesellschaft haben."

Killian faltete den Zettel zusammen und gab ihn der Frau zurück. „Habe ich nicht, aber danke trotzdem."

Enttäuscht kräuselte sie die Nase, nickte aber.

Während Killian das Restaurant verließ, verweilten seine Gedanken nicht länger bei der kurvigen Brünetten. Stattdessen dachte er an rote Haare, feurig wie ein überwältigender Sonnenuntergang, und an einen langgliedrigen, athletischen Körper mit genau der richtigen Menge Kurven, um einen Mann in Versuchung zu führen.

Er stieß den Atem aus und trat auf den Bürgersteig. Der Frühling hatte Einzug in New York City gehalten und kämpfte gegen die letzten Überreste des Winters an.

Als der Valet ihn erblickte, grinste er Killian an. „Ich bin gleich wieder da, Sir."

„Danke."

Wenige Augenblicke später kam Killians roter Aston Martin DBS Zagato mit kehlig schnurrendem Motor angefahren. Killian drückte dem Valet ein Trinkgeld in die Hand und nahm seinen Autoschlüssel entgegen. Plötzlich hörte er quietschende Reifen.

Sein Kopf wirbelte herum.

Ein silberner Porsche Taycan raste die Straße hinunter. Dahinter nahm ein roter Chevy Camaro die Verfolgung auf.

Stirnrunzelnd trat Killian an die Bordsteinkante.

Der Taycan beschleunigte, dann vollführte er mit kreischenden Bremsen eine perfekte Hundertachtziggradwende. Der Wagen schaukelte, als er mitten auf der Straße zum Stillstand kam.

Was zur Hölle?

Eine Frau stieg aus dem Porsche.

Killian erstarrte. Sie trug enge, schwarze Jeans, ein weißes Tanktop und darüber eine beige, taillierte Jacke. Ihre rostroten Haare hatte sie in einen Pferdeschwanz zusammengebunden.

Mit ausdrucksloser, ruhiger Miene trat sie in die Mitte der Straße und schaute dem näher kommenden Camaro entgegen.

Dann hob sie die Hand und zielte mit einer Pistole auf den Raser.

Sie schoss.

Fuck. Mit finsterem Ausdruck verfolgte Killian die Geschehnisse. Hinter ihm ertönten Schreie und Rufe.

Kugeln schlugen in die Windschutzscheibe des Camaro ein und der Wagen geriet ins Schlingern, hielt aber nicht an.

Die Rothaarige rührte sich nicht vom Fleck. *Diese kleine Irre.*

Killian schob die Hand unter sein Jackett und zog seine SIG Sauer heraus. Er brachte sich in Position, zielte und feuerte eine Kugel in den Vorderreifen des Camaro.

Der Fahrer verlor die Kontrolle über das Fahrzeug, ohne jedoch die Frau in der Mitte der Straße zu erwischen.

Sie drehte den Kopf und erwiderte Killians Blick.

Ihm blieb eine Sekunde, um die strahlenden, grünen Augen zu bewundern, bevor Männer aus dem Camaro sprangen.

Killian sah zu, wie einer von ihnen ein AR-15-Sturm-gewehr zückte.

Verdammte Scheiße.

„In Deckung!", brüllte er.

Die Rothaarige sprintete auf Killian zu. Er sprang in sein eigenes Auto und startete den Motor.

Schüsse hallten durch die Nacht. Die Beifahrertür seines Aston Martins wurde aufgerissen.

Die Frau erwiderte das Feuer, dann hechtete sie in Killians Wagen.

„Fahr, fahr, fahr!", rief sie.

Killian trat aufs Gas und schoss davon. Der Twin-Turbo-V12-Motor war stark und schnell. Killian raste die Straße hinunter und bog eilig in eine Seitenstraße ab.

„Was für Ärger hast du dir jetzt wieder einge-brockt?", fragte Killian.

Devyn *Hellfire* Hayden drehte sich herum und warf einen Blick durch die Heckscheibe. „Wir haben sie abge-hängt." Sie sank zurück in ihren Sitz.

„Also?", forderte Killian sie erneut auf. Er würde ihr nicht sagen, dass er erleichtert war, sie zu sehen. Er musterte ihren Körper. Keine offensichtlich blutenden Wunden, soweit er sehen konnte.

Sie drehte den Kopf und sah ihn an. Eins ihrer Augen war geschwollen und geprellt. Außerdem konnte er den Schatten eines Blutergusses auf ihrem Kiefer erkennen.

Zorn brodelte in Killian empor. Er streckte die Hand aus und berührte mit den Fingern behutsam Devyns Kiefer.

„Wer hat dir das angetan?", fragte er mit eiskalter Stimme.

„Ich weiß es nicht."

„Bist du auf einer aktiven Mission?"

„Nein."

Wieder streichelte Killian ihren Kiefer. Ihre Haut war so weich. Er bewegte seinen Daumen und strich damit federleicht über ihre Wange. Ihre Lider flattern.

Er zog seine Hand zurück.

Wenn sie auf keiner CIA-Mission war, was zur Hölle war dann gerade vorgefallen? „Shade hat mir eine Nach-richt hinterlassen und gesagt, du hättest dich gestern nicht gemeldet."

„Ihr beiden habt euch Sorgen um mich gemacht?", fragte sie.

Wer auch immer es war, Killian würde die Person umbringen, die ihr das angetan hatte, es sei denn, Devyn erwischte sie zuerst.

„Fang ganz von vorn an, Devyn."

„Jemand hat versucht, mich umzubringen." Sie blickte ihn an. „Und auf dich haben sie es als Nächstes abgesehen."

NOCH NIE IN ihrem Leben hatte Devyn Hayden einen Mann wie Killian *Steel* Hawke getroffen.

Er hatte sich in der CIA als fähiger, ehrgeiziger Agent, der jede Mission erfolgreich zu Ende brachte, einen Namen gemacht. Sein Ruf war regelrecht legendär. Mittlerweile war er der vermögende Inhaber einer privaten Sicherheitsfirma, und wenn überhaupt, war sein Ruf nur noch weiter angewachsen.

Devyn wusste außerdem, dass er tödlich, organisiert und präzise war. Und hatte sie schon tödlich erwähnt?

Killian lenkte das leistungsstarke Auto mit geradezu lächerlicher Leichtigkeit durch die Straßen. Sein großer, starker Körper war in einen Designeranzug gehüllt, in dem er verdammt heiß aussah, aber davon ließ Devyn sich keine Sekunde lang hinters Licht führen. Der Mann war ein Jäger. Sein kantiges, habichtartiges Gesicht brachte jede Frau dazu, mit den Augen auf ihm verweilen zu wollen, doch sein finsterer Blick ließ die meisten Menschen zusammenzucken.

Devyn rutschte auf ihrem Sitz herum. Nicht, dass ihre Augen verweilten. Nachdem sie jahrelang als Spionin gearbeitet hatte, war sie attraktiven Männern gegenüber immun.

Warum kribbelt dann deine Haut noch immer von seiner Berührung?

Sie würde heute *nicht* auf ihr inneres Miststück hören. Das war immer verdammt kritisch.

„Ich hatte ein paar Tage frei. Ich bin zum Shoppen nach New York gekommen."

„Zum Shoppen?", erwiderte Killian, als ob sie gesagt hätte, sie wäre zum Poledancing hier.

„Ich gehe shoppen, Hawke."

„Pistolen und Messer, oder was?"

„Ha, ha. Nein, Kleidung. Wie auch immer, zwei Arschlöcher haben mich auf der Fifth Avenue überfallen."

„Überfallen?"

Devyn würde nicht eingestehen, dass sie sich von einem jungen Paar und dessen kleinem Kind hatte ablenken lassen. Von der Art und Weise, wie der Mann das hübsche Kleinkind fest auf einem Arm gehalten und den anderen Arm schützend um die Schultern seiner Frau geschlungen hatte. Die drei waren der Inbegriff von Freude und Glück gewesen.

So eine Familie hatte Devyn nie gehabt. Sie war in einem schmutzigen Wohnwagen aufgewachsen, ohne Vater und mit einer gemeinen, alkoholabhängigen Mutter. Und es hatte auch keine freundliche Oma oder wohlwollende Nachbarin gegeben, die sich um sie gekümmert hätten.

Devyn hatte hart ums Überleben gekämpft, hatte sich durchgeboxt, bis sie endlich fliehen konnte. Sie hatte diesen Wohnwagen und das dürre, rothaarige Mädchen von damals längst hinter sich gelassen. Und sie war entschlossen gewesen, etwas aus sich zu machen.

„Devyn?"

Killians Stimme riss sie zurück in die Gegenwart.

Verdammt, sie wusste es besser, als ihre Gedanken umherwandern zu lassen oder unvorsichtig zu werden. Man musste sich nur ansehen, was passiert war, als sie irgendeine niedliche Familie angestarrt hatte.

„Richtig. Zwei Typen haben mich angegriffen und mich in eine Gasse gezerrt. Definitiv keine Amateure. Ihren Akzenten nach zu urteilen, würde ich sagen, sie kommen aus Osteuropa. Und sie wirkten wie Ex-Militärs."

„Söldner."

Sie nickte. „Gut ausgebildete Söldner. Sie konnten einen Glückstreffer landen. Haben mich gefesselt und in den Kofferraum eines Wagens gestoßen. Dann sind sie zu einer Souterrainwohnung unweit des Central Parks gefahren. Es gab ein Handgemenge und ich habe einen astreinen Schlag auf den Kopf abbekommen" – sie deutete auf ihr lädiertes Gesicht – „und das Bewusstsein verloren. Als ich Stunden später wieder zu mir kam, war ich in einen Kleiderschrank eingesperrt. Also entschied ich, nicht länger dazubleiben." Es hatte einige Zeit gedauert, die Knoten der Seile zu lösen, mit denen sie gefesselt war, und das Schloss der Schlafzimmertür zu knacken, in dem sie sie eingesperrt hatten. Anschließend hatte sie sich ein Auto ihrer Kidnapper ‚ausgeliehen'.

Killian stieß ein Geräusch aus. „Leben sie noch?"

„Einer von ihnen", antwortete sie. „Mehr oder weniger."

Seine langen Finger krallten sich um das Lenkrad seines sexy Wagens. Das Auto passte zu ihm, natürlich. Hm, sie fragte sich, ob er sie mal fahren lassen würde. Dieser herrliche Kidnapper-Porsche hatte ihr jedenfalls ziemlich gefallen.

„Also, wer waren diese Typen?", fragte Killian.

„Haben sie nicht gesagt. Sie haben nur erzählt, dass sie mich kampfunfähig machen und festhalten sollten, bis der Kerl auftaucht, der sie bezahlt." Sie strich ihren Pferdeschwanz glatt. „Sie haben gesagt, ich stünde auf der Abschussliste dieses Kerls."

„Abschussliste?" Killian runzelte die Augenbrauen.

„Das haben sie gesagt. Ich glaube nicht, dass sie tatsächlich seine Identität kennen." Vorsichtig tastete sie nach der Prellung auf ihrer Wange. Es war nicht allzu schlimm. „Ich komme mir so besonders vor, auf der Abschussliste eines Attentäters zu stehen. Einer der Männer hat gesagt, es wäre praktisch, dass ich nach New York gekommen bin, weil ihre nächste Zielperson ebenfalls hier wäre. Nach einiger Überzeugungsarbeit konnte ich aus ihm herausbekommen, dass ein gewisser Killian Hawke das nächste Ziel ist."

Hawke grunzte und sah nicht übermäßig beunruhigt aus, allerdings besaß der Mann auch ein verdammt gutes Pokergesicht.

„Ich habe nach dir gesucht, um dich zu warnen. Leider sind mir ein paar von ihnen gefolgt."

„Wir müssen dich an einen sicheren Ort bringen und deine Verletzungen untersuchen."

Devyn stieß ein abweisendes Geräusch aus. „Das ist nichts." Sie hatte den Überblick über all die Verletzungen verloren, die sie sich im Laufe ihrer Missionen zugezogen hatte.

Killians dunkler Blick schoss zu ihr wie ein Laser. „Du lässt dich untersuchen."

Sie grinste ihn an. „Hawke, du bist weder mein Boss noch mein Mann, also nehme ich keine Befehle von dir entgegen."

„Ich schätze, du befolgst nicht mal jeden Befehl deines Bosses. Aber dumm gelaufen, denn was ich sage, gilt."

Devyn verschränkte die Arme vor der Brust. „Dieses Alphamännchen-Gehabe mag bei deinen Angestellten funktionieren, aber nicht bei mir."

„Werden wir ja sehen", erwiderte er finster.

Bei seinem Tonfall hätte sie am liebsten aufgestöhnt, aber sie kämpfte dagegen an. Die CIA hatte ihr erfolgreich beigebracht, keine Emotionen zu zeigen.

„Und nachdem du dich hast untersuchen lassen, finden wir heraus, wer uns umbringen will", fuhr Killian fort.

Sie lachte. „Steel und Hellfire? Die Liste der Leute, die uns tot sehen will, muss *sehr* lang sein."

Aber ein Anflug der Sorge schlich sich in ihr Gesicht. Wer stand sonst noch auf der Liste?

„Fürs Erste fahren wir zurück zur Sentinel-Security-Zentrale", erklärte Killian.

Devyn wusste alles über sein riesiges, umgebautes Lagerhaus in Chelsea. Er hatte ein kleines Vermögen dafür bezahlt, das alte Backstein-Warenlager zu renovieren, das nun Sentinel Security beherbergte. Die unteren Stockwerke bestanden aus nichts als gewölbten Torbögen und riesigen Fenstern, aber darauf hatten Killians Architekten einen modernen Aufbau aus Glas und Stahl gesetzt, einschließlich diverser, grüner, bepflanzter Terrassen. Devyn hatte sich Bilder des Gebäudes angesehen.

Sie hatte Hawke einfach nur warnen wollen. Ihre Beziehung war von Konkurrenz geprägt und ... na ja, sie war sich nicht sicher, was da sonst noch los war, aber die Funken flogen jedes Mal nur so, wenn sie sich begegneten. Heiße, feurige Funken. Trotzdem, sie hatte nicht gewollt, dass ihm etwas zustieß, auch wenn sie wusste, dass er sehr gut auf sich selbst aufpassen konnte.

Devyn war kein besonders guter Teamplayer. Sie war daran gewöhnt, allein zu arbeiten. Das war ihr lieber.

Sie war schon ihr ganzes Leben lang allein und hatte nicht vor, sich mit irgendwem zusammenzutun.

Nein, sie würde diesen Attentäter allein aufspüren und ihn seine Entscheidungen gründlich bereuen lassen.

Das Auto wurde langsamer und Killian runzelte die Stirn.

„Was ist los?", fragte Devyn.

„Der Motor ist schwerfällig."

„Vielleicht musst du den Wagen zur Inspektion bringen."

Killian warf ihr einen vielsagenden Blick zu. „Alle meine Autos sind in hervorragendem Zustand."

„Wie viele Autos hast du denn?"

„Ein paar."

Devyn besaß nicht einmal *ein* Auto. Sie war nie lange genug zu Hause in Washington D.C., und wenn sie mal da war, fuhr sie einfach mit der Metro. Auf ihren Einsätzen besorgte sie sich einfach die Verkehrsmittel, die sie brauchte.

Sie strich über den Ledersitz unter sich. „Das hier ist eine Schönheit."

„Sollte es auch sein. Ist eins von nur neunzehn Modellen, die gebaut wurden."

Wow. „Was hat es gekostet?"

„Viel."

„Jungs und ihre Spielzeuge."

Aber nun hörte auch sie ein klapperndes Geräusch, das vom Motor ausging. Devyn schätzte, dass auch teure Autos Motorprobleme haben konnten.

„Irgendetwas stimmt nicht", sagte Killian.

„Das kann ich hören."

„Nein. Das Auto war erst vor Kurzem bei der Inspektion. Auf dem Weg zum Restaurant hat es sich perfekt gefahren."

Devyns Puls schoss in die Höhe. „Raus aus dem Wagen. Sofort!"

Killian trat auf die Bremse und sie drückten die Türen auf.

Devyn warf sich aus dem Auto, genau in dem Augenblick, als es explodierte.

Verfickte Scheiße!

Sie stürzte auf den Asphalt und schlang schützend die Arme um ihren Kopf. Sie spürte, wie eine Hitzewelle über sie hinwegrollte, und konnte Qualm riechen.

Killian.

Gott, hatte er es aus dem Wagen geschafft? Das Herz schlug ihr bis zum Hals.

Devyn rollte sich auf den Rücken und setzte sich auf. „Killian!"

Sie konnte ihn nirgendwo sehen. Zitternd stand sie auf.

Das herrliche Auto war ein lichterloh brennendes Wrack. Devyn trat einen Schritt darauf zu und Schwindel ergriff sie.

Verdammt, wo war er nur? Er durfte nicht verletzt sein. Er war Killian Hawke, verdammt noch mal.

In diesem Moment kam ein großer Schatten um das brennende Auto herumgelaufen. Seine muskulöse Gestalt wurde von den Flammen erhellt.

Devyn stieß einen bebenden Seufzer aus.

Ihm war nichts passiert.

Killian trat auf sie zu wie ein Räuber auf der Jagd, und Devyn konnte den Blick nicht mehr von ihm abwenden.

KAPITEL ZWEI

Als Killian Devyn erblickte, wie sie putzmunter dastand, zog sich sein Magen zusammen.

Er trat auf sie zu und nahm ihr Gesicht in seine Hände. „Geht es dir gut?"

„Ich glaube schon." Devyns Blick wanderte dorthin, wo der Wagen brannte. „Tut mir leid wegen deinem Auto."

„Das muss dir nicht leidtun." Er griff nach ihrem Ellbogen. „Der Person, die es in die Luft gejagt hat, wird es allerdings noch verdammt leidtun."

Sie sah ihn an. „Du beherrschst diesen düsteren, bedrohlichen Tonfall wirklich perfekt. Dich möchte ich niemals zum Feind haben, Hawke."

Trotz der Umstände ertappte sich Killian dabei, wie er lächeln wollte. „Wir sollten –"

Das Geräusch eines heranrasenden Wagens ließ ihn den Kopf herumreißen.

Ein weißer Van kam auf sie zugeschossen.

„Was denn jetzt noch?", grummelte Devyn entnervt.

Killian und sie wichen einen Schritt zurück und er bemerkte, dass sie humpelte.

„Was ist los?"

„Nichts. Hab mir das Knie angestoßen. Verdammt, und ich habe meine Glock in deinem Auto fallen lassen."

Schlingernd kam der Van zum Stehen. Killian legte eine Hand auf die Pistole in seinem Holster.

Ein Mann stieg auf der Beifahrerseite aus und die Hintertüren flogen auf. Zwei weitere Männer sprangen aus dem Van.

Alle drei trugen sie schwarze Skimasken.

Killians Verstand wurde vollkommen ruhig. *Kampfmodus.* Augenblicklich schätzte er ein, bewertete er die Lage.

„Keine Bewegung!" Einer der Männer hob seine Waffe. „Keine verdammte Bewegung."

Devyn hatte recht gehabt. Diese Typen klangen nach Osteuropa. Rumänien.

Devyn blickte Killian an und zog eine Augenbraue hoch.

Beinahe wollte er wieder lächeln. Gab es überhaupt nichts, was diese Frau einschüchterte?

Mit einer zügigen, geübten Bewegung zog Killian seine SIG und schoss dem Schützen in den Arm.

Der Mann schrie auf und seine Waffe fiel scheppernd zu Boden. Killian trat sie unter den Van.

Beinahe lautlos gingen die beiden anderen Angreifer auf ihn los.

Killian wirbelt herum, blockte einen Schlag ab und trat nach dem zweiten Mann. Der erste Kerl landete einen Treffer in Killians Flanke, aber der nutzte den

Schwung, um den Mann an sich zu reißen und ihm den Ellbogen ins Gesicht zu rammen.

Knorpel knirschte und Killian riss dem Kerl die Beine unter dem Körper fort und ließ ihn zu Boden gehen.

„Dafür wirst du zahlen." Der andere Angreifer hob die Fäuste.

„Nein, werde ich nicht", erwiderte Killian. „Denn ihr habt einen strategischen Fehler gemacht."

Trotz der Skimaske konnte Killian sehen, wie der Mann verwirrt die Stirn runzelte.

„Ihr habt entschieden, dass ich die größte Bedrohung bin, und habt *sie* ignoriert."

Devyn griff an.

Sie landete einen harten Handkantenschlag auf den Rücken des Mannes. Er strauchelte und sie trat nach ihm. Als er in die Knie ging, schlang sie ihm von hinten den Arm um den Hals. Sie zog ihren Arm zurück und würgte den Kerl, der verzweifelt versuchte, nach ihr zu greifen.

Als Devyn den Schwitzkasten weiter verstärkte, lief das Gesicht des Kerls dunkelrot an. Einen Augenblick später sackte er bewusstlos zusammen.

Devyn richtete sich auf und Killian trat auf sie zu. Er griff nach ihrem Arm. „Gute Arbeit."

Sie lächelte. „Danke."

Sein Blick fiel auf ihre Lippen.

Devyn erstarrte. „Killian –"

Plötzlich sprangen zwei weitere Männer aus dem Van.

Fuck.

Killian fuhr herum, aber es war zu spät. Beide Angreifer hielten knisternde Elektroschocker in den Händen. Einer von ihnen rammte seinen Schocker in Killians Seite. Sein Körper zuckte und Schmerzen schossen durch ihn hindurch. Er biss die Zähne zusammen.

Dann sah er, wie Devyn sich auf den anderen Mann warf und hörte dumpfe Schläge.

Der Elektroschocker verschwand von seiner Seite. Killian fiel auf ein Knie und rang darum, nicht das Bewusstsein zu verlieren. Er hörte Devyn schreien.

Nein. Verdammt. Er hob den Kopf.

Einer der Männer erwischte sie mit dem Elektroschocker im Rücken.

Devyns Körper zuckte und kollabierte.

Die Männer wirbelten herum und einer von ihnen rammte seinen Elektroschocker erneut in Killians Flanke.

Dunkelheit umfing ihn wie eine schwere Decke, aber noch immer drangen kleine Lichtflecken zu ihm durch. Immer wieder dämmerte er in die Bewusstlosigkeit ab, kam wieder zu sich, dämmerte wieder weg.

Durch den Nebel seines Verstands hindurch bemerkte er, wie er auf die Ladefläche des Vans geworfen wurde. Devyn wurde neben ihn gestoßen.

Sie war noch immer bewusstlos.

Schneidend schnappte Killian nach Luft und versuchte, gegen die Nachwirkungen des Elektroschockers anzukämpfen. Er hatte ein intensives Training durchlaufen, um alle nur erdenklichen Arten von Folter und Schmerzen zu ertragen.

Seine Hände wurden hinter seinen Rücken gerissen und mit einem Kabelbinder gefesselt.

„Dieses Arschloch hat mich angeschossen!", jammerte einer der Männer.

Ein Stiefel trat nach Killian und er grunzte.

„Hey, vorsichtig! Wir müssen sie lebend abliefern, wenn wir bezahlt werden wollen. Sei froh, dass er dir nicht in den Kopf geschossen hat."

„Die Frau ist echt heiß", bemerkte eine andere Stimme.

Killian spannte sich an, als sich einer der Männer neben Devyn hockte. Der Typ fingerte an ihren Haaren herum, dann fesselte er auch ihre Hände mit einem Kabelbinder.

„Beeilt euch, verdammt noch mal", erklang eine Stimme vom Fahrersitz des Vans.

Die Männer verschwanden.

Killian starrte in Devyns Gesicht, auf die Prellungen auf ihrem Kiefer. Er holte tief Luft, atmete ihren Duft ein. Heute Abend war es irgendetwas Frisches und Blumiges. Das war ihm an Devyn schon aufgefallen – sie roch jedes Mal anders. An einem Tag zitronig und würzig, am nächsten Tag holzig und schwer, dann wieder blumig und süß.

Diese Wichser würden dafür büßen, sie angerührt zu haben.

Wenn es eine Frau gab, die auf sich selbst aufpassen konnte, dann war es Devyn *Hellfire* Hayden, das wusste Killian, aber das war ihm in diesem Moment herzlich egal.

Er würde auf sie aufpassen, ob es ihr gefiel oder nicht.

Vom ersten Augenblick an, als er sie kennengelernt hatte, war sie dreist, großschnäuzig und selbstbewusst gewesen.

Sie war immer schon eine Herausforderung für ihn gewesen, und es hatte ihn große Mühe gekostet, sie zu ignorieren.

Als er noch bei der CIA gewesen war, hatten sie nicht allzu viel miteinander zu tun gehabt. Devyn war jünger gewesen und damit beschäftigt, sich einen Namen zu machen.

Seit Killian die CIA verlassen und Sentinel Security gegründet hatte, waren sie sich hier und da über den Weg gelaufen.

Devyn war noch immer dreist, großschnäuzig und selbstbewusst.

Aber es fiel ihm immer schwerer, sie zu ignorieren.

„Ich bringe dich hier raus, Red. Versprochen."

Einmal mehr zerrte die Bewusstlosigkeit an ihm und zog ihn hinunter in die Dunkelheit.

DEVYN WURDE WACH UND ERSTARRTE.

Sie hielt die Augen geschlossen und versuchte, die Lage einzuschätzen. Sie befand sich in einem fahrenden Wagen, ihr Körper schmerzte und ein großer, männlicher Körper drängte gegen ihren Rücken.

Sie wagte nicht, zu atmen.

Dann wurde ihr bewusst, dass der Mann ihr nichts

tat. Tatsächlich verhinderte er sogar, dass sie im Laderaum des Vans herumrollte. Er beschützte sie.

Gott, Killian Hawke konnte einfach nicht anders. Er beschützte jeden. Devyn vermutetet, dass es ihm im Blut lag. Verdammt, vermutlich sogar in seiner DNS.

Tja, aber Devyn brauchte keinen Schutz. Schon als Teenagerin hatte sie sich geschworen, stark und klug zu sein und nie wieder irgendjemandes Opfer zu werden.

Doch für eine winzige Sekunde gestattete sie sich, hier zu liegen, gegen diesen sexy, gefährlichen Killian Hawke gedrückt.

Der Van bog um eine Kurve und die Fliehkraft presste sie noch enger an ihn.

„Ich weiß, dass du wach bist", murmelte er.

„Muss mich nur kurz orientieren."

„Wir sind im Van. Unsere Gastgeber müssen uns irgendjemandem liefern."

„Da wollte ich dich warnen und stattdessen habe ich sie direkt zu dir geführt." Devyn war angewidert von sich selbst.

Killian drückte sich an sie und sein warmer Atem streifte ihr Ohr. Devyn kämpfte gegen ein Schaudern an.

Kein Mann ließ sie je erschaudern.

„Die Bombe war bereits in meinem Auto, Red. Du hast mich gewarnt und mir das Leben gerettet."

Wieder wollte sie erschaudern. „Red ist ein wahnsinnig unorigineller Spitzname, Hawke."

„Passt aber zu dir."

„Also, was ist der Plan?", fragte sie.

„Entkommen."

Sie stieß ein Geräusch aus. „Hawke."

„Wir warten ab, bis sie anhalten. Stellen uns tot. Dann überrumpeln wir sie und hauen ab."

„Einfach. Machbar. Zu dumm, dass dir die Hände hinter dem Rücken gefesselt sind."

„Ich komme schon klar. Und unser Glück ist, dass deine Hände *vor* deinem Körper gefesselt sind."

Devyn grinste. „Und ich verspüre das dringende Bedürfnis, jemandem in den Arsch zu treten."

„Diese Show werde ich definitiv genießen."

Jetzt verspürte Devyn auch noch ein Kribbeln im Bauch. Fast immer musste sie ihre Arbeit geheim halten. Die meisten Menschen, mit denen sie im Alltag zu tun hatte, hatten keinen Schimmer davon, womit sie ihr Geld verdiente und wozu sie in der Lage war.

Niemand sprach jemals über ihre Fähigkeiten oder genoss die Show, wenn sie ihr Ding durchzog.

Okay, jetzt lief ihr tatsächlich ein kleiner Schauer über den Rücken.

„Der Van wird langsamer", sagte Killian.

Devyn hörte das leise Murmeln der Typen auf der Fahrerbank. Sie blieb entspannt. Killian und sie mussten auf den richtigen Moment warten.

Der Van blieb stehen

„Zeigs ihnen, Red", wisperte Killian.

Die Türen zur Ladefläche wurden aufgerissen und sie wurden ohne großes Federlesen aus dem Van gezerrt.

Während einer der Kidnapper sie unsanft herumstieß, blickte Devyn sich eine Sekunde um, um zu registrieren, wo sie waren.

Klotzige Lagerhallen umgaben sie. Die meisten der Gebäude waren dunkel, aber in einem Lager in der Nähe schimmerte schummriges Licht und drang durch die verschmutzten Fenster.

Devyn hörte ein lang gezogenes, klagendes Horn blasen. Ein Schiff. Offensichtlich waren sie in der Nähe des Wassers.

Sie ließ ihren Körper schlaff werden und zwang ihren Entführer dazu, sie aufrecht zu halten.

„Was zur Hölle?", fragte Killian lallend, als ob er benommen wäre.

Es waren vier Typen. Der, den Killian angeschossen hatte, saß noch im Van. Auch der Fahrer war nicht zu sehen und stellte somit weiterhin eine Bedrohung dar.

Devyn hob den Kopf und suchte Killians Blick.

Er nickte ihr kaum merklich zu.

Dann griff er an, rammte seine Schulter in einen der Männer und katapultierte ihn gegen die Wand der Lagerhalle.

Selbst mit hinter dem Körper gefesselten Händen hatte Killian die perfekte Balance. Er wirbelte herum und verpasste einem anderen der Kidnapper einen festen Tritt in den Magen.

Devyn trat nach dem Mann neben sich und der Kerl strauchelte. Dann folgte Devyns spitzes Knie zwischen seine Beine.

Der Typ erstarrte, stieß einen erstickten Laut aus und stürzte auf die Knie. Devyn rammte ihr eigenes Knie in sein Gesicht und er ging bewusstlos zu Boden.

Als Devyn sich herumdrehte, sah sie, wie der letzte Angreifer hektisch nach einer Waffe griff.

„Mh-mh." Sie stürzte auf ihn zu, riss ihre gefesselten Hände hoch und erwischte ihn am Kinn. Sein Kopf flog zurück. Sie sprang hoch und landete einen ordentlichen Tritt gegen seinen Brustkorb.

Der Kerl taumelte zwei Schritte zurück, dann klappte sein Oberkörper stöhnend vor und Devyn ließ ihre Hände heruntersausen und erwischte ihn zwischen den Schulterblättern.

Er sackte auf den dreckigen Gehweg. Devyn drehte sich herum und sah, wie Killian dem letzten Angreifer einen finalen Tritt verpasste.

Ein Lächeln legte sich auf ihre Lippen und sie spürte das Blut durch ihre Adern pumpen. Es gab nichts Besseres, als einem fähigen Mann beim Kämpfen zuzusehen.

Killian hob den Kopf und etwas blitzte in seinen dunklen Augen auf.

Devyn spürte, wie sich eine lustvolle Hitze in ihrem Bauch zusammenbraute.

O Gott.

Dann ein Geräusch. Ein Mann stieg aus dem Van und hielt sich den blutenden Arm.

Als er erst Killian und sie erblickte und dann seine zu Boden gegangenen Komplizen, hob er langsam die Hände in die Höhe. Dann drehte er sich um und rannte davon.

„Lass uns verschwinden." Killian ging an Devyn vorbei.

Sie nickte und lief los.

Die Gassen zwischen den Lagerhallen boten ihnen jede Menge Schatten. Der perfekte Ort, um unterzutauchen.

„Wo sind wir?", fragte sie.

„Ich tippe auf Brooklyn. Bringen wir zuerst ein bisschen Abstand zwischen uns und unsere neuen Freunde, dann schneiden wir die Kabelbinder auf und rufen mein Team an."

Sie betraten eine Gasse zwischen zwei Lagerhallen.

„In einem dieser Gebäude müsste es doch Werkzeuge geben", bemerkte Devyn.

Eine Tür mit einem kleinen Fenster in der Mitte tauchte aus der Finsternis auf. Devyn spähte ins Innere. „Hier zum Beispiel."

„Es ist abgeschlossen", bemerkte Killian und drückte die Klinke.

Devyn lächelte. „Und?" Sie hockte sich hin und fingerte an ihrem Schuh herum. Kurz darauf zog sie einen kleinen Metalldraht aus einem Versteck in ihrer Schuhsohle.

Selbst mit gefesselten Händen brauchte sie nur zwanzig Sekunden, um das Schloss zu knacken.

Das Innere der Lagerhalle war dunkel, aber sie konnten es nicht riskieren, das Licht einzuschalten. Devyn wartete ab, bis sich ihre Augen an die Dunkelheit gewöhnt hatten. Im schwachen Licht konnte sie eine kleine Werkstatt erkennen und die klobigen Schatten geparkter Trucks.

Devyns Blick schweifte über die Werkzeuge, die an der Wand hingen, dann griff sie nach einem Cutter und schob die Klinge heraus. „Du zuerst."

Killian drehte sich herum und wandte ihr den Rücken zu.

„Vertraust du mir, dass ich dich nicht aufschlitze, Hawke?"

„Ja. Wenn du mir wehtun wolltest, würdest du mich von vorn angreifen."

Devyn blinzelte. Sie hatte keine engen Freunde. Die hatte sie nicht gehabt, als sie aufgewachsen war, und jetzt auch nicht. Niemand hatte je mit dem mittellosen Abschaum aus der Wohnwagensiedlung befreundet sein wollen. Ein paar Kinder hatten es versucht, bevor ihre Eltern der Sache einen Riegel vorgeschoben hatten.

Und die Natur ihrer Arbeit erforderte keine Freunde. So war es einfacher.

Aber wie es schien, wusste Killian Hawke mehr über sie, als ihr lieb war. Devyn schnitt durch die Plastikkabelbinder und befreite ihn.

Er drehte sich herum, rieb sich die Handgelenke und nahm ihr den Cutter aus der Hand.

Wenige Sekunden später waren auch ihre Fesseln gelöst. Killian rieb ihre Handgelenke und kontrollierte ihre Haut.

Devyns Brust zog sich zusammen. Niemand kümmerte sich je um sie. Ihr Kollege, Shade, erkundigte sich hin und wieder nach ihr, aber wenn sie verletzt war, versorgte sie sich selbst.

„Okay, lass uns nach einem Telefon suchen", sagte Killian.

„Lass uns –" In der Ferne ertönten Rufe und das Bellen von Hunden.

Ihre Muskeln spannten sich an.

Killian trat an die Tür und lauschte in die Dunkelheit. Er fluchte. „Sie suchen nach uns."

„Scheiße."

„Verschwinden wir."

Devyn drehte sich um und ging zur Tür hinaus. Killian war direkt hinter ihr. Sie huschten aus der Lagerhalle und rannten los.

„Die hatten Hunde dabei?", fragte Devyn ungläubig.

„Wer auch immer uns tot sehen will, ist vorbereitet."

„Und er kennt uns. Er weiß, dass wir vermutlich entkommen können."

Eine Sekunde später hörte Devyn das dunkle Wummern von Rotorblättern in der Luft. Ein Helikopter flog über ihnen durch den Nachthimmel und ließ seinen Suchscheinwerfer über den Boden schweifen.

„Das ist doch ein schlechter Witz", stieß Devyn hervor.

„Komm schon, Hellfire", sagte Killian. „Ich habe nicht vor, heute Abend ein zweites Mal entführt zu werden."

Devyn reckte das Kinn. „Versuche, Schritt zu halten, Steel."

KAPITEL DREI

In der Dunkelheit durch ein Industriegebiet zu sprinten, war nicht gerade das, was er für den Rest seines Abends geplant hatte.

Killian rannte zwischen Lagerhallen hindurch, während Devyn neben ihm Schritt hielt. Sie kamen am Ende einer riesigen Halle an und drückten ihre Rücken gegen die Gebäudewand.

In der Ferne konnte Killian die Hunde jaulen hören.

Der Helikopter war ganz in ihrer Nähe. *Verdammt.* Wer zur Hölle war hinter ihnen her? Wer hatte Zugriff auf derartige Ressourcen?

„Wir müssen diese offene Fläche überqueren und dann an den Müllcontainern vorbei bis zur nächsten Reihe von Gebäuden", erklärte er.

Devyn nickte.

Killian machte sich bereit. „Ich laufe als Erst–"

Devyn spurtete los.

Mit einem Knurren folgte Killian ihr. Er sah, wie sie über eine Pfütze sprang. Sie hatte ein einwandfreies

Gleichgewicht und besaß totale Kontrolle über ihren Körper. Er konnte sehen, dass sie sich gnadenlos fit hielt.

Sie hatten es beinahe bis zur nächsten Reihe von Lagerhallen geschafft, als der Hubschrauber plötzlich wendete. Sein Suchscheinwerfer wanderte in ihre Nähe.

Fuck.

Killian bemerkte, dass Devyn langsamer wurde, ihre helle Jacke in der Dunkelheit ein regelrechtes Leuchtfeuer. Der Suchscheinwerfer huschte blitzschnell zu ihnen zurück.

Killian wurde schneller. Er warf sich gegen Devyns Rücken, wirbelte sie herum und drängte sie gegen die Gebäudewand.

Mit seinem Körper über ihrem schirmte er sie ab, während der Scheinwerfer nur dreißig Zentimeter von ihnen entfernt vorüberzog.

Killian hoffte inständig, sein dunkler Anzug würde mit den Schatten verschmelzen.

Ohne innezuhalten, flog der Heli weiter.

Killian stieß den Atem aus und fand sich plötzlich von Angesicht zu Angesicht mit Devyn wieder.

„Okay?", murmelte er.

Sie nickte.

Das frenetische Bellen der Hunde schnitt durch die Nacht. *Verdammte Scheiße.* Das Geräusch wurde lauter. Kam näher.

„Los", befahl Killian.

Sie rannten zwischen zwei Lagerhallen. „Wir müssen unsere Geruchsspur unterbrechen."

Sein Blick wanderte über die Gebäude. An einer

Fassade erblickte er ein Schild. *Textillagerung*. Klang nicht gerade vielversprechend.

Er last ein weiteres Schild. *Brunney Chemicals*.

„Red, da." Er deutete auf das Schild.

„Chemikalien könnten unsere Gerüche maskieren. Versuchen wir es."

Im Nullkommanichts hatte sie das Schloss geknackt und sie schlüpften in die Lagerhalle.

Auch dieses Gebäude war größtenteils dunkel und wurde nur von einigen schummrigen Notlichtern erhellt. Sie warfen ihr fahles Licht auf riesige Bottiche, die in der Mitte der Halle standen, und Reihen von Tonnen entlang der Wände.

Und das Beste war der scharfe, ätzende Geruch von Chemikalien, der die Luft erfüllte.

Devyn eilte zu einer Arbeitsbank. Dort griff sie nach einer Flasche mit einer durchsichtigen Flüssigkeit darin und las das Etikett. Sie stellte die Flasche wieder ab und griff nach der nächsten. Diese öffnete sie und spritzte etwas des Inhalts auf den Boden.

Der Gestank nach Chemikalien wurde stärker.

„Lass uns ein Versteck suchen", sagte Killian.

Sie eilten um die großen Bottiche herum. Entlang einer Seite der Halle befanden sich mehrere Lagerräume, allerdings keine Orte, die als gutes Versteck dienen konnten.

Plötzlich dröhnte das Schlagen der Tür durch die Lagerhalle.

„Die Geruchsspur führt hierher", sagte eine männliche Stimme. Ein Hund bellte.

„Mist, Chemikalien", sagte eine andere Stimme. „Das

macht es schwer, sie zu finden."

„Sucht die Halle ab."

Fuck. Sie mussten ein Versteck finden. *Sofort.*

„Killian." Devyn zeigte in einen Lagerraum.

Ein halb von Tonnen verdeckter Schrank stand dort an der hinteren Wand.

„Los", sagte Killian.

Sie kletterten über die Tonnen. Devyn verspritzte noch etwas der Chemikalie hinter ihnen.

Killian zog die Schranktür auf. Das Innere des Schranks war klein und beengt, bot jedoch gerade genug Platz für sie zwei, wenn sie sich auf den Boden kauerten.

„Hier rein, Red." Killian quetschte sich in den Schrank und setzte sich auf den Boden. Es war noch enger, als er geglaubt hatte, allerdings hatte er sich auch schon oft genug an noch engeren, winzigeren, unbequemeren Orten wiedergefunden.

Devyn zögerte nicht. Sie kletterte über ihn und zog die Tür hinter sich zu, sodass sie nun in der Dunkelheit festsaßen.

Verdammt. Killian hatte es nicht richtig durchdacht.

Devyn rückte ihren Körper zurecht, setzte sich rittlings auf Killians Schoß und presste die Hände gegen seinen Brustkorb.

„Kuschelig", wisperte sie mit einem Lachen in ihrer Stimme.

„So kann man es auch nennen." Er unterdrückte ein Stöhnen.

Wieder bewegte sich Devyn und Killian griff nach ihrer Hüfte.

„Um Himmels willen, halt einfach still." Seine Stimme war beinahe lautlos.

Er spürte einen Atemstoß auf seiner Wange und Devyns Fingernägel, die sich in seine Brust gruben.

„Auf Killian Hawke zu liegen, war nicht das, womit ich heute Abend gerechnet hätte."

Er stieß ein leises Geräusch aus. „Aber Schießereien, Entführungen und Autobomben schon?"

„Es war ziemlich viel los."

Dann hörten sie ein Geräusch. Schritte.

Sie erstarrten.

Killian atmete ruhig und gleichmäßig.

„Die Geruchsspur führt definitiv zu dieser Lagerhalle", sagte eine Stimme. „Aber die Hunde haben sie verloren."

„Zu viele Scheißchemikalien."

„Wir müssen weiter nach ihnen suchen."

„Sie sind nicht hier. Vermutlich sind sie nur hier durchgelaufen –"

Die Stimmen wurden leiser. Killian hörte Scheppern und Klappern und Gegenstände, die herumgezerrt wurden.

Seine Finger zogen sich um Devyns Hüfte zusammen. Sie saßen weiter regungslos und leise da und warteten ab.

Und nichts in seinem Leben war Killian jemals so schwergefallen.

Devyn drückte sich gegen ihn und ihr leichter Duft hüllte ihn ein. Dieser blumige Unterton und ein Hauch von irgendetwas Tropischem. Kokosnuss. Er musste an mondbeschienene Strände, aufgeladenes Murmeln und Sex zum Plätschern der Wellen denken.

Sein Schwanz pochte.

Verdammter Mist. Wenn er jetzt einen Steifen bekam, würde das Devyn nicht entgehen. Seine Erektion würde direkt zwischen ihre Beine drängen.

Normalerweise war seine Selbstbeherrschung besser als das, verflucht noch mal.

„Killian." Wieder streifte ihr Atem über seine Wange. Killian war sich schmerzhaft bewusst, dass dieser süße Mund nur zwei Zentimeter von seinem eigenen entfernt war.

„Ja?"

„Ich glaube, sie sind verschwunden."

Er bemerkte, dass die Lagerhalle still war.

„Sehen wir nach", sagte er.

Devyn drückte die Schranktür auf, dann kletterte sie von ihm herunter, aber nicht, bevor er jeden Zentimeter ihres Körpers gespürt hatte. Killian blieb noch für eine Sekunde sitzen und schloss die Augen. Er atmete tief durch, dann folgte er ihr.

Lautlos bewegten sie sich durch die Lagerhalle, während sie weiter nach ihren Verfolgern lauschten.

Es war tödlich still.

Killian entdeckte ein Büro. „Hier entlang."

In dem unordentlichen Raum trat er an den Schreibtisch und griff nach dem Telefonhörer. Eilig wählte er.

„Killian, ich hoffe sehr, dass du das bist", erklang eine schneidende Frauenstimme.

„Ich bins."

Ein lauter Seufzer der Erleichterung. „Gott sei Dank. Nick und Bram sind gerade am Wrack deines Autos und versuchen, herauszufinden, was zur Hölle passiert ist", sagte Jet *Hex* Adler. „Du hast uns ganz schön Angst gemacht, Boss." Ihre Stimme wurde lauter. „Es geht ihm gut."

Killian konnte Stimmen im Hintergrund hören.

„Hex, jemand muss mich abholen kommen. Mich und Hellfire."

„Moment, Devyn ist bei dir?"

„Lange Geschichte. Könnte ein verdammt brenzliges Abholen werden. Wir haben hier einen Helikopter in der Luft und Bluthunde auf dem Gelände. Und ich bin mir nicht ganz sicher, wo wir sind."

Er hörte Tippen.

„Ich verfolge den Anruf zurück."

Hex liebte ihre Computer. Es gab nichts, was sie mit Technik nicht anstellen konnte, was der Grund war, weshalb Killian sie von der CIA abgeworben hatte und ihr einen Haufen Geld dafür zahlte, sich um die Technikbelange von Sentinel Security zu kümmern.

„Du bist in Brooklyn, Kill. Geh von deinem jetzigen Standort aus Richtung Süden. Das führt dich zu einer Straße in der Nähe der Lagerhallen. Nick und Bram sind schon unterwegs."

„Danke, Hex."

„Komm einfach heil zurück. Heil gefällst du uns."

Killian legte auf. „Meine Leute sind auf dem Weg."

„Super", erwiderte Devyn.

Sie schlichen aus der Lagerhalle. Der Hubschrauber war verschwunden, aber Killian konnte noch immer die Hunde in der Ferne hören.

Zügig bewegten Devyn und er sich durch die Schatten. Sie kamen an einem Maschendrahtzaun an und Killian sah zu, wie Devyn mit Leichtigkeit darüber kletterte. Er griff nach den Drähten und folgte ihr.

Als sie an der Straße angekommen waren, hielt ein dunkelgrauer Mercedes SUV neben ihnen.

Auf den Vordersitzen saßen zwei große Männer. Nick *Wolf* Garrick saß am Steuer. Ein grimmig dreinblickender Bram *Excalibur* O'Donovan füllte den Beifahrersitz aus.

„Viel los heute Nacht?", fragte Nick.

Killian hielt Devyn die Tür zur Rückbank auf. „Könnte man so sagen." Er stieg hinter ihr ins Auto. „Fahren wir, bevor die Typen, die hinter uns her sind, noch mitkommen wollen."

***

NICHT SCHLECHT.

Als Devyn die Sentinel-Security-Zentrale betrat, musste sie zugeben, dass ihr dieser moderne Industrial Style durchaus gefiel. Hawke hatte ein phänomenales Design-Team angeheuert, um das ehemalige Lagerhaus zu renovieren. Ihr Blick fiel auf die riesige, grüne Wand voller lebender Pflanzen.

Sie wusste, dass es in den oberen Etagen Wohnungen gab, zusammen mit Büros, die sorgfältig ausgewählte Firmen angemietet hatten. Firmen, die von diesem sicheren, durch Sentinel Security bewachten Standort profitieren.

Außerdem gab es mehrere Etagen, auf denen die

Sentinel-Security-Teams für Cybersicherheit und Unternehmenssicherheit saßen.

Diese untersten Stockwerke jedoch waren für Killians Kernteam reserviert – allesamt Ex-Militärs oder ehemalige Agenten internationaler Strafvollzugsbehörden – das mit den kompliziertesten Fällen betraut war.

Devyn blickte an sich hinunter. *Uff.* Ihr weißes Tanktop hatte schon bessere Tage gesehen. Es war völlig verschmiert, mit ... sie war sich nicht ganz sicher, womit. Sie warf einen Blick zu Killian. Sein Outfit sah auch nicht viel besser aus, aber immer noch passabel, wenn man bedachte, was für eine Nacht sie hinter sich hatten.

Schritte hallten über den polierten Betonboden. Eine Frau kam halb gehend, halb rennend auf sie zu.

„Devyn, o mein Gott. Geht es dir gut?"

Das hübsche Gesicht voller Sorge eilte Devyns Freundin Gabbi auf sie zu.

„Mir geht es gut, Gabbi."

Ihre Freundin umarmte sie fest. Gabbi hatte als Analytikerin für die CIA gearbeitet, wo sie und Devyn sich angefreundet hatten. Die brünette Frau war liebenswert. Wirklich liebenswert, ohne jeden Hintergedanken. Für Devyn war sie eine willkommene Abwechslung zu den meisten Menschen gewesen, mit denen sie zu tun hatte. In Devyns Leben gab es nicht viele Menschen wie Gabbi.

Ein Mann erschien in einer der geschwungenen Türen. Er war groß, dunkel und attraktiv, hatte einen lässigen Gang und sein sexy, italienisches Erbe war nicht zu übersehen. Außerdem war er der Grund dafür, weshalb Gabbi die CIA verlassen hatte.

Gabbi hatte alles richtig gemacht. Matteo *Hades* Mancini hatte das Herz von Devyns Freundin im Sturm erobert und die beiden waren bis über beide Ohren verliebt.

Zuerst hatte Devyn befürchtet, der sexy Sentinel-Security-Agent wollte mit Gabbi nur seine Spielchen treiben, aber mittlerweile wusste sie, dass der Kerl ihre Freundin anbetete. Er würde für sie sterben.

Wieder warf Devyn Killian einen schnellen Blick zu und bemerkte, dass er sie beobachtete.

Sie räusperte sich und tätschelte Gabbi den Rücken. Dann fokussierte sich Gabbis Blick auf Devyns Gesicht.

„O Gott. Du brauchst einen Eisbeutel. Ich hoffe, es ist nichts gebrochen."

„Sie wird sich untersuchen lassen", erklärte Killian.

Devyn verdrehte die Augen. „Sie wird ihre eigenen Entscheidungen treffen."

Neben ihnen stieß Nick *Wolf* Garrick ein belustigtes Geräusch aus. Devyn spießte den bärtigen Mann mit ihrem Blick auf. Der ehemalige Navy SEAL und CIA-Agent grinste sie einfach nur an.

„Sind alle heil und am Leben?" Hex erschien. Die zierliche Frau hatte schwarze Haare, die ihr bis zu den Schultern gingen, mit leuchtend pink gefärbten Spitzen. Sie hielt ein Tablet in der Hand. „Ihr beiden seht *schrecklich* aus."

„Danke", erwiderte Devyn.

„Freut mich, dich zu sehen, Devyn."

„Ebenfalls, Hex."

„Es war eine interessante Nacht", bemerkte Killian.

„Angefangen damit, dass jemand dein sechs-Millionen-Dollar-Auto in die Luft gejagt hat."

Devyn schnappte nach Luft. „Sechs Millionen? Donnerwetter, Hawke. Ich hoffe, du bist gut versichert."

Er wedelte mit der Hand durch die Luft und sah nicht weiter beunruhigt aus. „Besser das Auto als wir. Okay, alle Mann ab ins Kommandozentrum. Wir müssen besprechen, was passiert ist. Wo ist Hadley?"

„Konnte sich vermutlich nicht von ihrem Milliardär fortreißen." Hex verdrehte die Augen.

„Ich bin da."

Hadley *Striker* Lockwood war groß und elegant, hatte braune Haare mit goldenen Strähnchen und einen glasklaren, britischen Akzent. Devyn wusste, dass Hadley früher beim MI6 gearbeitet hatte, bevor sie zu Sentinel Security gewechselt war. Obwohl sie gerade erst aus dem Bett gerollt war, sah die Brünette beneidenswert stylisch aus.

Sie musterte Devyn und Killian. „Ihr beiden seht furchtbar aus. Und das ist wirklich keine Art, mit einem Armani-Anzug umzuspringen, Killian."

„Sag das den Typen, die uns entführt haben." Killian ließ den Blick über sein Team schweifen. „Anscheinend stehen Devyn und ich auf der Abschussliste irgendeines Attentäters."

Das Team schnappte unisono nach Luft.

Killian suchte Devyns Blick. „Warum erklärst du es nicht?"

Sie zog eine Augenbraue hoch. Normalerweise überließen mächtige Männer niemandem das Wort. Schnell erläuterte sie der Truppe die wichtigsten Einzelheiten, von dem Moment an, als sie das erste Mal geschnappt worden war, und Killian füllte die Geschichte ab dem Punkt auf, an dem er dazugestoßen war.

„Fuck", murmelte Bram – ein großer Ire mit dunkelroten Haaren. Soweit Devyn wusste, war der Kerl früher bei den Irish Special Forces und im Militärgeheimdienst gewesen und war in einem Kampf unaufhaltsam.

Nick verschränkte die muskulösen Arme vor der Brust. „Wer zur Hölle ist denn verrückt genug, ausgerechnet auf euch beide Jagd zu machen?"

„Das gilt es, herauszufinden", sagte Killian.

„Und wir müssen herausfinden, ob Steel und ich die beiden Einzigen sind, die auf dieser Liste stehen", bemerkte Devyn. Sorge nagte an ihr. Sie hatte viele Kollegen in der Branche. Die mussten gewarnt werden. Sie musste Shade anrufen.

„Hadley, Devyn muss sich waschen und braucht frische Kleidung", sagte Killian. „Und ruf bitte Daniel an."

Devyn runzelte die Stirn. „Wer ist Daniel?"

„Unser Arzt", erklärte Hadley.

„Mir geht es *gut*", knurrte Devyn. „Hört er jemals zu?"

Hadleys Mundwinkel zuckten. „Ja, aber er macht trotzdem einfach das, was er für richtig hält."

Mit einem finsteren Blick in Hadleys Richtung ging Killian in sein Büro davon. Nick und Bram folgten ihm.

„Devyn." Matteo warf Devyn ein Megawatt-Lächeln zu. Sie musste zugeben, dass es ein verdammt überzeugendes Lächeln war. „Entspann dich. Geh duschen. Du bist in dieser Sache nicht allein."

Gabbi lächelte sie an und war offensichtlich froh darüber, sie hier zu haben. Devyn schaffte ein Nicken. Allein war der Zustand, in dem sie ihre beste Arbeit ablieferte.

„Komm." Hadley griff sanft nach ihrem Arm.

Devyn wurde in eine wunderschöne Wohnung ein paar Stockwerke weiter oben geführt. Die Wohnung trug eindeutig Hadleys Handschrift. Es gab stilvolle Details, elegante Teppiche, Vasen voller Blumen und einige sehr beeindruckende Kunstwerke. Zusammen dämpfte das den schroffen Vibe von unverputzten Backsteinwänden und ehemaligem Lagerhaus ab.

„Das Gästebad ist hier entlang." Die elegante Brünette zeigte Devyn den Weg, dann musterte sie sie von Kopf bis Fuß. „Wir sind etwa gleich groß. Ich suche dir was zum Anziehen raus."

Devyn hätte in diesem Moment ihre Seele für eine heiße Dusche verkauft, also entschied sie, mitzuspielen.

Etwa fünfzehn Minuten später musste sie zugeben, dass sie sich nach der Dusche und mit frischer Kleidung – Leggings, einem eng anliegenden T-Shirt und einem weichen, grauen Sweater – schon viel besser fühlte.

Devyn kämmte ihre nassen Haare und teilte sie zu einem Mittelscheitel.

Ihr Spiegelbild verriet ihr, dass die Blutergüsse um ihr Auge herum fies aussahen, aber sie würden heilen. Blutergüsse heilten immer.

„Ich werde dich finden, Arschloch." Sie konnte es nicht besonders leiden, angegriffen zu werden. Und sie würde auch nicht zulassen, dass dieser Attentäter – wer auch immer er sein mochte – Killian etwas antat.

Devyn erlaubte es sich nicht, dieses dringende Bedürfnis, den gefährlichsten Mann, den sie kannte, zu beschützen, näher zu analysieren.

Er machte sie immer ein wenig nervös.

Sie ging in Hadleys herrliches Wohnzimmer. An der Wand hing ein fantastisches, stimmungsvolles Gemälde, um das Devyn sie augenblicklich beneidete. Ihre eigene Wohnung in D.C. war nahezu leer. Immerhin besaß sie eine Couch. Außerdem hatte sie überall auf der Welt ihre Schlupflöcher – einschließlich Kleidung, Bargeld, Waffen und falscher Ausweise.

Devyn stieß einen Seufzer aus. Ihr Leben war nicht dafür geeignet, ein Zuhause aufzubauen oder Kunst zu sammeln.

Sie ging in die Küche und blieb wie angewurzelt stehen.

Hadley war gerade darin versunken, einen Mann mit nacktem Oberkörper zu küssen. Ein köstliches Bild von einem Mann mit schmaler Taille und muskulöser Brust. Der Kerl hatte einen besitzergreifenden Arm um Hadley geschlungen und hielt sie fest, als ob sie sein kostbarster Schatz wäre.

Als die beiden Devyn spürten, lösten sie sich voneinander und schauten auf.

Devyn wusste, wer der Mann war – Bennett Knightley. Der britische Milliardär war Inhaber von Secura, einem Unternehmen, das Ausrüstungen wie taktische Westen und Uniformen für Militäroperationen weltweit lieferte. Außerdem war er früher bei den British Special

Forces gewesen – dem SAS. Seine Haare waren zerzaust vom Schlaf.

„Tut mir leid, wenn ich störe", sagte Devyn.

„Unsinn." Hadley lächelte sie an und sah gründlich geküsst aus. „Devyn, erinnerst du dich an Bennett Knightley?"

„Wir wurden uns nie richtig vorgestellt." Sie waren sich bei einer Mission mitten auf einer Hochzeit vor den Toren Londons über den Weg gelaufen. Die Feier hatte mit Schützen, angeheuerten Söldnern und einem skrupellosen Waffenhändler punkten können.

„Ist mir ein Vergnügen, dich jenseits von fliegenden Kugeln und einer gekidnappten Hadley kennenzulernen, Devyn", sagte Bennett lächelnd.

Es klopfte an der Tür und Hadley eilte los, um sie zu öffnen.

Sie ließ einen verschlafen aussehenden Mann mit einer schwarzen Tasche herein. Er war schlank, hatte glatte, schwarze, zu Berge stehende Haare und trug eine graue Jogginghose, ein schwarzes T-Shirt und keine Schuhe. Einer seiner Socken war rot, der andere blau mit gelben Gummienten darauf. Außerdem trug er sein T-Shirt auf links.

„Wer blutet?", fragte der Mann gähnend.

„Daniel, du musst Devyn untersuchen." Hadley deutete mit der Hand auf sie. „Sie hat einen Schlag ins Gesicht abbekommen, war in eine Explosion verwickelt und wurde entführt. Zweimal."

„Mir gehts gut", bestand Devyn.

Der Arzt trat auf sie zu. „Das höre ich ständig. Knallharte Agenten zu verarzten, ist meine Spezialität. Setzen Sie sich."

Seufzend gehorchte Devyn und ließ sich auf Hadleys stilvolle Couch sinken. Sie fühlte sich unwohl. So viele Leute, die sich um sie kümmerten. Daran war sie nicht gewöhnt.

Daniel untersuchte ihr geschwollenes Auge und schnalzte mit der Zunge. „Das wird morgen ordentlich pochen."

Es pochte jetzt schon, aber das würde sie niemals zugeben.

„Es ist nichts gebrochen. Was verheimlichen Sie mir sonst noch?", fragte der Arzt.

Devyn kämpfte gegen den Drang an, herumzuzappeln. „Nichts. Pfadfinderehrenwort."

Er prustete. „Sie waren nicht bei den Pfadfindern. Ich kann jetzt schon sehen, dass Sie nicht gut im Team arbeiten."

Verdammt. Normalerweise war sie besser darin, eine Rolle zu spielen. Sie war es nicht gewohnt, so leicht durchschaut zu werden.

Und er hatte recht, sie war nicht bei den Pfadfindern gewesen. Für solche Aktivitäten war in ihrer Kindheit kein Geld da gewesen.

„Devyn und der Boss sind entführt worden", erklärte Hadley. „Wir versuchen, herauszufinden, von wem."

Daniels dunklen Augenbrauen flogen in die Höhen. „Irgendjemand war so dumm, sich mit Killian anzulegen?"

„Ja", sagte Hadley. „Und wer auch immer es ist, hat vor, Devyn und Killian umzubringen."

„Was?" Dem Arzt fielen fast die Augen aus dem Kopf.

„Also, verarzten Sie mich schon zu Ende, Doc", sagte Devyn. „Denn ich will endlich anfangen, nach diesem Arschloch zu suchen."

„Wir *alle* werden nach ihm suchen", sagte Hadley. „Zusammen."

„Richtig", erwiderte Devyn.

Daniel musterte sie skeptisch. Dann rieb er eine Creme auf die Schwellung um ihr Auge. „Ich schätze, es bringt nichts, Ihnen zu sagen, dass Sie langsam machen sollen."

Devyn stand auf. „Nicht wirklich."

Der Mann verdrehte die Augen und klappte seine Arzttasche zu. „Knallharte Agenten."

Nachdem Hadley den Arzt zur Tür gebracht hatte, drückte sie ihrem leckeren Milliardär noch einen Kuss auf die Lippen, dann ging sie mit Devyn zum Fahrstuhl und zusammen fuhren sie hinunter in die Sentinel-Security-Zentrale.

„Mit dem Mann hast du einen echten Treffer gelandet." Devyn war nicht eifersüchtig auf Hadley, aber das Paar hatte eine nicht zu leugnende Verbindung.

„Ich weiß." Hadleys Lächeln war ein wenig verträumt. „Er liebt mich. Und ich vertraue ihm damit, dass er mich beschützt."

Der Neid brannte wie Säure in Devyns Brust.

„Es ist schwer, einen Mann so nah an sich ranzulassen." Hadleys Blick war durchdringend. „Es braucht Vertrauen und man muss ein gewisses Risiko eingehen."

Devyn schluckte und stieß ein unverbindliches Geräusch aus.

Hadley brachte sie direkt zu Killians Büro. Es befand sich etwas abseits der anderen. Sie traten durch den Torbogen aus Backstein. Darin stand ein Schreibtisch für die Assistentin – im Augenblick nicht besetzt – und ein weiterer Torbogen führte in ein geräumiges Büro.

„Wir sehen uns später", sagte Hadley zu ihr.

Devyn betrat Killians Büro. Eine Wand bestand aus unverputztem Backstein, die andere aus glattem Beton. Sein Schreibtisch war ebenso glatt und aus hochwertigem Holz. An der Betonwand hing eine große Leinwand mit einem abstrakten Gemälde. Es bestand hauptsächlich aus weißer Farbe und blauen, grauen und goldenen Schattierungen. Devyn erkannte, dass es die Impression von blauen, nebligen Bergen darstellte.

Killian hatte ebenfalls geduscht und seinen verschmutzten Anzug ausgezogen. Jetzt trug er schwarze Jeans und ein schwarzes Henley-Shirt.

O Scheiße. Devyns Hormone erwachten brutal zum Leben. Sie hatte Hawke noch nie zuvor in so lässiger Kleidung gesehen. Seine dunklen Haare waren noch feucht. Sie wollte ihn berühren. Sie würde ihre Seele verkaufen, um ihn berühren zu dürfen.

Nein, Devyn. Nicht mit dem Feuer spielen. Du verbrennst dir nur die Finger.

Sie bemerkte, dass er sie beobachtete und sein Blick auf ihrem Gesicht haftete. „Geht es dir gut?"

Sie nickte.

„Wir müssen uns an die Arbeit machen und herausfinden, wer uns tot sehen will und warum."

„Ich rufe ein paar Leute an." Ihre Kollegen bei der CIA hatten vielleicht hilfreiche Informationen. Außerdem wollte sie Shade warnen und ihren Boss auf den neusten Stand bringen. Nicht, dass O'Reilly sich je in ihre Missionen einmischen würde. Im Prinzip wollte er nur informiert werden, wenn eine Mission beendet worden war.

„Fürs Erste bleibst du hier", sagte Killian.

Das klang verdammt nach einem Befehl. „Hawke, du kannst mir keine Befehle erteilen. Ich gehe, wann immer zur Hölle ich will."

Er blickte sie finster an. „Hier bist du in Sicherheit."

„Nichts in meinem Leben ist sicher." Und meistens gefiel ihr das auch so. Sie war nicht für einen attraktiven Freund oder ein gemütliches Zuhause oder Kunstwerke an den Wänden gemacht. Das toughe, clevere Mädchen aus der Wohnwagensiedlung im Nirgendwo von Alabama blühte erst mit Risiko so richtig auf.

Devyn wusste, dass ihr Job entscheidend war. Ihre Arbeit war wichtig.

Und sie konnte ihren Job nicht machen, wenn sie wie Rapunzel in einer Festung weggesperrt war.

Killian blickte sie weiterhin grimmig an. „Jemand versucht, dich umzubringen. Willst du sterben?"

„Nein. Aber um diesen Typen zu finden, muss ich meinen Job machen, anstatt mich zu verkriechen."

Mit finsterer Gewittermiene trat Killian auf sie zu. „Du hast kein Gespür für Selbsterhaltung."

„Du weißt, was mein Job mit sich bringt. Wofür ich mich entschieden habe. Du hast diesen Job selbst jahre-lang gemacht."

Er berührte ihre geschundene Wange. Trotz seines Zorns war die Berührung sanft und ihr Herz hämmerte.

„Ich hasse es, diese Blutergüsse an dir zu sehen", murmelte er.

Gott. Ihre Brust wurde so verdammt eng. „Ist nicht das erste Mal und wird auch nicht das letzte Mal sein." Sie sah ihm in die Augen. „Blutergüsse heilen."

Er atmete tief ein. „Du riechst nach Beeren."

Sie blinzelte. „Das ist das Duschgel, das Hadley in ihrem Gästebad hat."

„Lass mich auf dich aufpassen. Wir arbeiten zusammen und finden heraus, wer unser Möchtegernattentäter ist."

„Ich überlege es mir."

Seine Augen blitzten auf. „Ich sperre dich ein, wenn es sein muss."

Devyn fauchte und alle Wärme in ihr verwandelte sich in Wut. Als Kind war sie eingesperrt worden, in einen feuchten, dunklen Schrank. Niemand sperrte sie mehr ein. „Das kannst du gern versuchen, Hawke. Aber dann kratze ich dir die Augen aus."

Er fuhr sich mit der Hand durch die Haare, eine sehr untypische Reaktion für Killian Hawke.

„Ich will nur, dass du weiterlebst, Red."

Nicht schwach werden. Nicht weich werden. „Dann lass uns tun, was getan werden muss."

Er nickte.

Devyn empfand zu viele Emotionen, die in ihr herumschossen wie die Kugel einer Pinball-Maschine. Zu viele Dinge, die sie wollte und nicht haben konnte.

Sie klebte sich ein Lächeln aufs Gesicht. „Ich hole mir einen Kaffee. Koffein hilft immer."

Dann flüchtete sie aus seinem Büro.

Sie konnte nicht hierbleiben. Killian Hawke ließ ihren Verstand durchbrennen. Er ließ sie Dinge wollen, für die sie nicht gemacht war.

Dinge, die eine Frau wie sie niemals bekommen würde.

Sie huschte an der Teeküche mit der Kaffeemaschine darin vorbei und lief weiter, ohne sich noch einmal umzudrehen.

KAPITEL VIER

K illian brauchte einen Moment, um seine Gedanken zu ordnen.

Ganz offensichtlich besaß Devyn genau das, was es brauchte, um seine legendäre Coolness in Schall und Rauch aufgehen zu lassen. Sie war anders als jede Frau, die er je getroffen hatte. Intelligent, tough, draufgängerisch, stark. Wunderschön, ohne dass ihre Schönheit geklont wirkte, etwa so, wie er sie in Zeitschriften, Filmen oder in den sozialen Medien sah.

Mit ihren klaren Zügen, grünen Augen und roten Haaren war sie einzigartig. Besonders. Einmalig.

Er atmete tief durch.

Sein Leben hielt ihn auf Trab. Er besaß ein florierendes Unternehmen. Er hatte seine Klienten, sein Team, seine Schwester. Hatte Verantwortung. Schon sehr lange hatte er nicht mehr daran geglaubt, jemals eine Frau in seinem Leben zu haben oder überhaupt noch eine zu finden. Vielleicht hatte er auch gedacht, dass eine Beziehung nur eine weitere Aufgabe in seinem ohnehin schon vollen Arbeitsalltag bedeutete.

Aber mit Devyn zusammen zu kämpfen, zu wissen, dass sie ihm den Rücken freihielt, während sie ihren Entführern entkamen, war ihm eine Hilfe gewesen, keine zusätzliche Last. Er hatte darauf vertraut, dass sie ihren Teil zur Flucht beitragen würde.

Es gefiel ihm, eine Partnerin zu haben. Eine intelligente, fähige, beeindruckende Frau, die nicht nur an seiner Seite kämpfte, sondern ihm sogar den Rücken freihielt.

Ja, das hatte ihm sehr gefallen.

Er ging hinüber zu Hex' Reich. Er musste sich an die Arbeit machen und herausfinden, wer ihnen dieses Fadenkreuz auf die Rücken gemalt hatte.

Nick, Hadley, Bram, Gabbi und Hex hatten sich bereits in der Kommandozentrale versammelt.

„Alles klar, tun wir, was wir können, um herauszufinden, wer mein Auto in die Luft gejagt hat."

„Ich sehe mir bereits die Aufnahmen der Überwachungskameras in der Nähe an", erklärte Hex.

„Morgen früh werden wir als Erstes den Valet verhören", fügte Nick hinzu.

„Und ihr alle müsst zusehen, dass ihr bald ins Bett kommt." Es war bereits spät, und auch wenn sie an irrsinnig lange Arbeitstage gewöhnt waren, mussten sie sich ausruhen, wann immer sie konnten. Plötzlich erstarrte Killian. „Wo ist Devyn?"

„Ich glaube, sie wollte sich einen Kaffee holen", sagte Hadley. „Ich gehe nachsehen."

Killian stopfte die Hände in die Hosentaschen und starrte auf den Fußboden. Er wusste es bereits.

Stirnrunzelnd kam Hadley zurück. „Sie ist nicht in der Küche."

Killian hob den Kopf. „Sie ist gegangen."

„Was?" Hex zog die Augenbrauen zusammen. „Meine Sensoren haben keinen Alarm geschlagen. Sie könnte nicht gegangen sein, ohne dass ich es gemerkt hätte."

„Ist sie aber."

„Nie im Leben." Hex tippte wie wahnsinnig auf ihrem Tablet herum. „Mein System ist zu gut."

Killian rieb sich mit der Hand über den Nacken. „Diese kleine Irre. Jemand macht Jagd auf sie und sie ist ganz allein dort draußen unterwegs." Und er hatte keine Möglichkeit, herauszubekommen, ob es ihr gut ging oder nicht.

Fuck.

Hex fluchte. „Sie hat das System gehackt, ist in den Fahrstuhl gestiegen und ist anschließend *jeder* meiner Kameras ausgewichen." Widerwillige Bewunderung erfüllte ihre Stimme. „Sie ist *gut.*"

„Das ist sie." Für den Moment musste Killian seine Sorgen beiseiteschieben. Devyn würde nichts davon halten, wenn er sich ihretwegen verrückt machte. „Kannst du irgendeinen der Männer identifizieren, die uns geschnappt haben?"

„Bin schon dran", erwiderte Hex. „Der Van, mit dem sie euch transportiert haben, hat gestohlene Nummern-schilder. Ich überprüfe gerade sämtliche Mietverträge der Lagerhallen in der Gegend von Brooklyn, aus der ihr geflohen seid. Keine Sorge, Boss. Irgendetwas werde ich schon ausgraben."

Killian nickte. Dann piepte sein Handy.

Er zog es aus der Tasche und sah eine Nachricht von einer unbekannten Nummer. Er wischte über den Bildschirm.

Sorry. Ich mag es einfach nicht, eingesperrt zu sein.

Killian holte tief Luft. Wenigstens war ihr nichts zugestoßen. Er versuchte, auf die Nachricht zu antworten, aber die Nummer war bereits unterdrückt.

Plötzlich klingelte sein Handy und sein Puls schoss in die Höhe. Doch dann las er den Namen seiner Schwester auf dem Display.

Er winkte den anderen zu, die in ihre Wohnungen und zu ihren Betten davongingen, und betrat sein Büro.

„Es ist schon spät, Saskia."

Seine Schwester stieß einen Seufzer aus. „Für dich sogar noch später."

„Du weißt, dass ich unregelmäßige Arbeitszeiten habe. Wie läuft es mit deiner Ballettschule?" Saskia hatte ihre Karriere als Balletttänzerin beendet und entschieden, nun selbst zu unterrichten.

„Gut, aber ich rufe dich nicht wegen meiner Schule an. Ich rufe an, um über dich zu sprechen, großer Bruder."

„Über mich?"

„Über die Tatsache, dass du in Gefahr schwebst." Ein strenger Unterton schwang in ihrer Stimme mit.

Stirnrunzelnd ließ sich Killian in seinen Schreibtischstuhl fallen. „Saskia –"

„Cam hat es mitbekommen. Vander hat irgendwas gehört."

Saskias Mann, Camden Morgan, arbeitete für Norcross Security, die Firma von Vander Norcross. Natürlich hatte Vander etwas gehört. Der Kerl mochte zwar in San Francisco leben, aber er wusste über so gut wie alles Bescheid.

„Mir geht es gut."

„Jemand versucht, dich *umzubringen*. Das ist nicht gut."

„Ich will nicht, dass du dir Sorgen machst."

Seine Schwester stieß ein entnervtes Geräusch aus. „Natürlich willst du das nicht. Du warst schon immer der perfekte große Bruder, der sich um alles gekümmert hat."

Seine Finger zogen sich um das Handy zusammen. „Einmal habe ich mich nicht gekümmert."

„Killian." Ihre Stimme wurde weicher. „Das war nicht deine Schuld."

Er war auf einer monatelangen Undercover-Mission der CIA gewesen. Während dieser Zeit hatte seine Mutter eine Überdosis genommen und war gestorben, und Saskia, damals noch Teenagerin, war auf sich allein gestellt gewesen. Als Killian von der Mission zurückgekommen war, hatte er sie vorgefunden, wie sie ganz allein und praktisch mittellos in einer beschissenen Wohnung gelebt hatte. Seine Schuld hatte ihn beinahe aufgefressen.

„Du hast dich immer um mich gekümmert", sagte seine Schwester. „Ich liebe dich und ich will, dass du in Sicherheit bist."

„Mach dir keine Sorgen um mich. Ich werde herausfinden, wer hinter dieser Sache steckt."

„Ich mache mir aber Sorgen um dich. Du bürdest dir immerzu die Last der Welt auf. Wer kümmert sich denn um dich, wenn alles zu viel wird?"

„Ich verspreche dir, dass alles gut gehen wird."

Sie stieß einen langen Seufzer aus. „Okay. Ich liebe dich, großer Bruder. Pass auf dich auf."

„Ich liebe dich auch, Saskia. Grüße Morgan von mir."

Sie kicherte. „Du musstest nicht einmal würgen, als du das gesagt hast."

„Leg es nicht darauf an. Der Mann fasst meine kleine Schwester an."

„Und ihr gefällts."

Killian verzog das Gesicht.

„Tschüss, Killian."

Er legte das Handy auf seinen Schreibtisch und starrte aus dem Fenster. Sein Büro war still. Normalerweise mochte er die Stille und die Dunkelheit und arbeitete oft während dieser späten Stunden.

Er rieb sich das Gesicht. Jetzt kam ihm das Büro schrecklich leer vor.

Wer kümmert sich denn um dich, wenn alles zu viel wird?

Niemand.

Killian stand auf. Er musste schlafen und aufhören, über bestimmte, ihn in den Wahnsinn treibende Rotschöpfe nachzudenken.

WOW, dieser Ort war wirklich die reinste Müllhalde.

Devyn entsperrte das Vorhängeschloss, dann zog sie die Tür auf. Die Scharniere stießen ein unglückliches, metallisches Kreischen aus.

Die kleine Garage befand sich in einer Hintergasse in Queens und war eines ihrer Schlupflöcher. Sie zog die Tür hinter sich zu und schaltete das Licht ein – eine deprimierende, einsame Glühbirne, die den hässlichen, fleckigen Betonboden in dumpfes Licht hüllte.

Die Garage war nicht mit Killians noblem Büro oder Hadleys hübscher Wohnung zu vergleichen.

Devyn zuckte vor Schmerzen zusammen. Langsam machten sich ihre Verletzungen bemerkbar.

Du hättest in diesem hübschen, umgebauten Lagerhaus bleiben können, Devyn.

Sie gehörte dort nicht hin. Killian hatte sein Team. Sie waren eingespielt und mochten sich. Tatsächlich waren sie mehr als ein Team, sie waren Familie.

Du gehörst nicht dazu, Mädel. Seit dem Tag, als ich dich rausgeschmissen habe, warst du nichts weiter als ein wertloses Stück Scheiße.

Devyn presste Daumen und Zeigefinger auf ihren Nasenrücken. Puh. Sie würde nicht über ihre Mutter nachdenken. Nicht, dass die Frau diese Bezeichnung überhaupt je verdient hätte.

Sie durchquerte den engen Raum und trat an die großen, schwarzen Tresore, die an der hinteren Garagenwand standen. Devyn drückte ihre Handfläche auf den Leser des Hightech-Schlosses. Ein leises Piepen ertönte und die Tür entriegelte sich. In dem Tresor befanden sich Waffen, die auf Schaumstoff gebettet waren, ebenso wie ein Laptop, Handys und mehrere Bündel Banknoten.

Eilig kontrollierte sie die Waffen, dann griff sie nach einem nicht zurückverfolgbaren Handy. Sie wählte eine Nummer, die sie auswendig konnte.

Es klingelte. Natürlich würde er nicht rangehen. Die Mailbox sprang an.

„Hey. Die Kacke ist am Dampfen. Ich stehe auf irgendeiner Abschussliste, genauso wie Steel. Kann sein, dass dieses Arschloch von Attentäter noch weitere Namen auf seine Liste geschrieben hat." Sie hielt inne. „Pass auf dich auf."

Sie beendete den Anruf. Cain *Shade* Cavanaugh war das, was sie am ehesten als Partner bezeichnen würde. Manchmal arbeiteten sie zusammen auf Missionen.

Sie vertraute ihm, auch wenn er geradezu fanatisch war, wenn es darum ging, eine Mission bis zum Ende durchzuziehen. Möglicherweise war da auch ein Teil in ihr, der sich fragte, ob Shade sie je für einen Job opfern würde, für das Allgemeinwohl, wenn die Mission es erfordern sollte.

Gott, sie war heute Nacht wirklich in einer seltsamen Stimmung.

Devyn nahm ihren Laptop aus dem Tresor. Sie klappte ihn auf und tippte auf der Tastatur herum, öffnete einige Programme und startete Suchanfragen. Ihre Entführer waren definitiv Söldner aus Osteuropa gewesen. Sie musste herausfinden, wer sie waren, und – noch viel wichtiger –, wer sie angeheuert hatte.

Es zahlte sich immer aus, dem Geld zu folgen. Devyn arbeitete, bis ihr Blick verschwamm.

Dann fischte sie in einer anderen Box herum. Sie fand eine Schachtel Schmerzmittel, drehte eine Flasche Wasser auf und schluckte ein paar Pillen. Anschließend holte sie einen Schlafsack heraus. Sie musste schlafen und anschließend würde sie einen Plan schmieden.

Scheiße, war es kalt in dieser dreckigen Garage. Was für ein Leben.

Sie rollte sich zusammen, und die Einsamkeit, in die sie sich sonst so gern einhüllte, verspottete sie nun.

Du bist nutzlos, Mädel. Niemand will dich. Du warst immer schon nutzlos und wirst es immer sein. Niemand wird dich je wollen.

Devyn kniff die Augen zu. *Danke, Ma.* Die Stimme ihrer Mutter fand den Weg in ihre Gedanken immer nur dann, wenn Devyn müde oder verletzt war.

Sie seufzte. Sie fragte sich, ob Killian in einem großen, bequemen Bett lag.

Hitze braute sich in ihrem Bauch zusammen. Schlief er nackt?

Nein, er würde zumindest Boxershorts oder eine Unterhose tragen. Bereit, augenblicklich in Aktion zu springen.

Während ihres kleinen Abenteuers heute war er cool geblieben. Verlor er jemals diese unerbittliche Kontrolle?

Auch in ihm loderte ein Feuer, dessen war sie sich sicher. Das brauchte er, um ambitioniert genug zu sein, ein erfolgreiches Unternehmen wie Sentinel Security aufzubauen, und auch, um ein brillanter CIA-Agent zu sein. Liebend gern würde sie dieses Feuer in all seiner Pracht sehen und sein Brennen spüren.

Devyn rollte sich auf die Seite und schimpfte sich innerlich aus. *Hör auf, an Killian Hawke zu denken.*

Aber sein Bild dominierte ihre Gedanken. Seine kantigen Züge, sein gnadenlos intelligenter Blick, seine starken Hände, sein harter Körper.

Sie schloss die Augen und stellte sich vor, wie er erst seinen Anzug auszog, dann sein Hemd. Devyns Brust zog sich zusammen. Killian war die einzige Fantasie, die sie jemals gehabt hatte.

Ich will dich berühren, Devyn.

Die tiefe Stimme in ihrer Fantasie jagte einen Schauer über ihren Körper.

Tu es, Killian. Was immer du willst.

Als ihr kleiner Tagtraum aufhörte, jugendfrei zu sein, verschwand ihre Hand in ihrem Slip. Sie war schon jetzt feucht. Ihre Finger glitten durch ihren Schlitz, dann fanden sie ihren Kitzler und rieben ihn.

In ihrer Vorstellung war es Killians Hand, der sie streichelte, seine Finger, die in sie eindrangen.

„O Mist“, keuchte sie.

Süße Erlösung überkam sie. Ihre Muskeln zogen sich zusammen, dann erschlafften sie. Devyn lag da und genoss die schwächer werdenden Wogen der Lust.

Killian Hawke würde niemals, jemals erfahren, wie oft er derjenige gewesen war, der sie zum Höhepunkt gebracht hatte.

Schließlich sank Devyn entspannt in den Schlaf, bis das Piepen ihres Laptops sie wieder aufweckte.

Augenblicklich war sie hellwach, so wie es ihr beigebracht worden war. Bei Einsätzen konnte das oft den Unterschied zwischen Leben und Tod bedeuten.

Sie beugte sich über ihren Laptop und starrte auf den Bildschirm, während sie sich noch den Schlaf aus den Augen wischte.

Als sie sah, was ihre Suche ausgespuckt hatte, erstarrte sie.

Den Inhaber des Kontos, von dem die Söldner bezahlt worden waren.

Eilig setzte Devyn sich auf und warf einen Blick auf ihre Uhr. Sie hatte zwei Stunden geschlafen. Nicht lange genug, aber es würde reichen müssen.

Los gehts.

JEMAND WAR in sein Schlafzimmer eingebrochen.

Killian öffnete die Augen.

Es war noch dunkel. Seine innere Uhr verriet ihm, dass er nur wenige Stunden geschlafen hatte.

Er lauschte in die Dunkelheit und streckte gleichzeitig die Hand nach der Glock aus, die immer neben ihm lag, selbst wenn er sich in seiner sicheren Wohnung befand. Er besaß eine kleine Sammlung Handfeuerwaffen und wechselte oft zwischen den Pistolen ab. Er wollte sich nie zu sehr an eine bestimmte Waffe gewöhnen.

Wer zur Hölle besaß die Fähigkeiten, sein Sicherheitssystem zu umgehen und in sein privates Reich einzubrechen?

Dann roch er den schwachen Beerenduft und seine Muskeln spannten sich an.

Er spürte eine Bewegung am Ende des Betts und ging

zum Angriff über.

Sie wehrte sich und schlug sich wacker, aber Killian war größer und hatte das Überraschungsmoment auf seiner Seite.

Bäuchlings hielt Killian Devyn auf seinem Bett fest, dann senkte er seinen Körper auf ihren herab. Sie bäumte sich einmal auf, dann entspannte sie sich.

„Was zur Hölle, Hawke?"

„Du bist in meine Wohnung eingebrochen, Devyn. Das sollte eigentlich mein Text sein. Also. Wie zur Hölle bist du hier reingekommen?"

„Betriebsgeheimnis. Ich bin Spionin, schon vergessen?" Sie klang selbstgefällig.

Er senkte den Kopf, bis seine Lippen über ihr Ohr streiften. „Ich bin mir nicht sicher, ob ich dir das durchgehen lassen kann."

Er hörte, wie ihr für eine Sekunde der Atem stockte. Sie bewegte sich und plötzlich wurde er sich unerträglich des Gefühls davon bewusst, wie sich ihr kurviger Arsch gegen seine Hüfte drückte.

Killian hob eine Hand und ließ seine Finger über Devyns Pferdeschwanz streichen. Er verbot sich, nachzudenken, und zog das Haargummi heraus, dann kämmte er mit den Fingern durch die seidigen Strähnen.

„Verdammt, hast du herrliche Haare, Devyn."

„Runter von mir." Ihre Stimme klang heiser.

„Ich glaube nicht, dass es das ist, was du willst." Er schob ihre Haare zu einer Seite.

„*Hawke.*" Sie stieß einen schneidenden Seufzer aus. „Das hier ist etwas, was du und ich sehr lange ignoriert haben."

Stimmt. Schon sehr lange waren sie um ihre gegenseitige Anziehung herumgeschlichen, und keiner von ihnen war bisher bereit gewesen, diese Grenze zu überschreiten.

Das fiel ihnen leicht genug, wenn sie mit ihrer Arbeit beschäftigt waren. War einfach, wenn sie beide mit ihren eigenen Dämonen ringen mussten.

Aber heute Abend waren sie beinahe umgekommen. Sie schwebten in Gefahr.

Und seit diesem Moment wusste er nun auch, wie sich ihr Körper unter ihm anfühlte.

„Killian?", murmelte Devyn.

Er konnte den Anflug der Anspannung in ihrer Stimme hören, ihren unregelmäßigen Atem.

Er hatte eine Wirkung auf diese lebhafte, toughe Frau. Das zu wissen, war wie eine Droge in seinem System.

„Ich weiß." Er drückte seinen Mund auf ihre Schulter. Ihr Pulli war zur Seite gerutscht und seine Lippen wanderten über ihre nackte Haut.

Devyn stieß ein leises Stöhnen aus.

Er wünschte, es wäre nicht so dunkel, damit er sie sehen konnte.

Aber das Licht würde die Verbindung zwischen ihnen zerstören und die Realität hereinlassen.

„Du riechst gut. Wie süße Beeren. Es macht mich immer ganz verrückt, dass du jedes Mal, wenn ich dich sehe, anders riechst."

„*Hawke.*" Sie neigte den Kopf, damit er besser an ihren Hals herankam.

„Nenn mich Killian, Devyn. Hier in meinem Schlafzimmer, wann immer du in meinem Bett bist, nennst du mich Killian."

Er spürte ihren Puls durch ihren Hals flattern.

„Ich könnte von dir herunterklettern und du erzählst mir, warum du zurückgekommen bist." Er hob seinen Oberkörper ein wenig an, griff nach ihrem Pulli und ihrem T-Shirt und schob beides hoch, bis Devyns Rücken entblößt war.

Ihr schneidendes Einatmen ließ ihren Körper zucken. Killian glitt mit der Hand über ihre Wirbelsäule, dann drückte er Küsse auf jede Erhebung.

Devyn wand sich unter ihm.

„Oder ich könnte noch eine Weile länger hierbleiben", murmelte er.

„*Fuck*", wisperte sie bebend.

Versuchung rauschte durch ihn hindurch und sein Mund wanderte zu ihrem Hals. „Gott, ich habe mir dich so viele Male hier vorgestellt. Du kannst dir gar nicht ausmalen, wie oft ich mir vorgestellt habe, dich zu berühren, zu küssen, zu lieben –" Er biss zu.

Devyn stieß einen Schrei aus und Killian spürte, wie sich ihre Finger in die Laken krallten.

„Wir sollten das nicht tun", stieß sie atemlos hervor.

So viele Emotionen schwangen in ihren Worten mit. Nicht zum ersten Mal fragte er sich, was Devyns Dämonen waren, was genau sie zu der Frau gemacht hatte, die sie nun war.

„Ruhig." Seine Hand glitt ihren Körper hinunter und seine Finger gruben sich in ihre Hüfte. „Ich will nur ein bisschen erforschen, ich werde dich nicht ficken."

Bebend stieß sie einen Seufzer aus.

„Dafür brauche ich einen ganzen Tag und eine ganze Nacht. Ohne Unterbrechung, damit ich dir meine volle Aufmerksamkeit schenken kann."

„*Gott.*"

Killian hakte seine Finger in den Bund ihrer Leggings und zog sie zusammen mit dem Slip hinunter bis auf ihre Oberschenkel.

„Hawke ... Killian, ich –"

„Ich passe auf dich auf, Devyn. Ich erforsche nur." Seine Hand strich über ihren Hintern. Perfekte, glatte Kurven.

Devyn stieß ein heiseres Geräusch aus.

„Sag es mir, Red. Bist du dabei?" *Bitte, sei dabei.* Er war sich nicht sicher, ob er es schaffen würde, jetzt noch aufzuhören.

Mit hämmerndem Herzen wartete er ab.

„Ich bin dabei." Ein leises Wispern.

Dem Himmel sei Dank.

KAPITEL FÜNF

O *Gott.*
Schneidend und abgehackt atmete Devyn ein. Während Killians Hand über ihren Hintern glitt, erfüllte sie Verlangen – heiß und fordernd. Ihr ganzer Körper fühlte sich an, als ob er schmelzen würde, und alles in ihr war bereit, in Flammen aufzugehen.

Das war ganz und gar nicht das, was sie beabsichtigt hatte, als sie hier reingeschlichen war.

Wirklich? Du hast dich an einen Mann wie Killian Hawke herangeschlichen, während er gerade im Bett liegt, und hast nicht heimlich darauf gehofft, dass das hier passieren würde?

Verdammt, ihr inneres Miststück war heute ausgesprochen kritisch. Und lag sehr richtig.

Killians Hände wanderten tiefer, glitten über Devyns Haut und hinterließen eine knisternde, prickelnde Spur der Lust. Ihr Puls raste.

Er hielt sie unter sich gefangen und sie war ihm vollkommen ausgeliefert.

Nie zuvor hatte sie sich erlaubt, sich in einer solchen Lage wiederzufinden. Und sie hatte auch nie in dieser Lage sein wollen, so verletzlich, bis sie Killian Hawke zum ersten Mal erblickt hatte.

„Hör auf, so viel zu grübeln, Red." Seine Stimme war ein seidiges Schnurren. Seine Finger vergruben sich in ihren Haaren und zogen daran. „Ich passe auf dich auf."

Seine Hand glitt zwischen ihre Beine.

Devyn stieß ein ersticktes Geräusch aus und drückte sich in die Matratze.

Sie hatte nie zugelassen, dass die Lust sie übermannte. Hatte nie zuvor einem anderen Menschen genug vertraut.

Diese starken Finger streichelten sie und sie biss sich auf die Unterlippe.

„Weich, geschwollen und so feucht", murmelte er.

Bei jeder Liebkosung, jedem entschlossenen Streicheln hätte sie am liebsten gewimmert. Killians Berührungen beschworen an die Oberfläche, was tief in ihr verborgen war. Das Herz hämmerte ihr bis in ihre Ohren.

Endlich. Endlich berührte Killian sie.

Er stieß ein leises, männliches Geräusch aus. „Ich kann dich riechen, Devyn. So verdammt köstlich." Er drang mit einem Finger in sie ein.

Ihre Finger krallten sich in die Laken. Laken, die nach ihm rochen.

„Gott, bist du eng." Er glitt mit einem weiteren Finger in sie und Devyn spürte, wie er sie dehnte.

Mit einem heiseren Stöhnen schob sie sich auf diese geschickten Finger.

„Da ist meine hungrige, fordernde Red." Sein Mund

wanderte über ihren Rücken, während seine Finger in ihr versanken. Devyn wünschte, sie könnte ihn sehen. Könnte sein Gesicht sehen.

Doch während er ihr weiter ins Ohr flüsterte, konnte sie das Verlangen in seiner Stimme hören.

Und sie war eine Expertin darin, sich Killians Gesicht vorzustellen.

Jede Faser von Killian Hawke bestand aus gefährlicher Macht. Der Mann hatte eine Art, sich zu bewegen, und eine Art, den Blick durch jeden Raum schweifen zu lassen, die eine Frau augenblicklich an Sex denken ließ.

Und ihr augenblicklich verrieten, *wie* vernichtend gut er darin sein würde.

Killian stieß seine Finger tiefer in sie hinein und Devyn schrie auf.

Er fand einen Rhythmus, während seine andere Hand zu ihrem Nacken hinauf wanderte und ihn festhielt.

„Hast du irgendeine Vorstellung davon, wie hart ich gerade bin?" Es war ein dunkles, rasendes Wispern.

Jeder Nerv in ihrem Körper erwachte zum Leben und jedes Stoßen von Killians Fingern schickte ein elektrisierendes Kribbeln durch ihre Pussy. „Killian –"

„Ja, sag meinen Namen, genau so." Sein Daumen fand ihren Kitzler.

Sie schrie auf und zuckte unter ihm.

„Gib dich der Lust hin, die ich dir schenke, Devyn." Seine Zähne kratzen über ihre Schulterblätter. „Komm für mich."

Plötzlich verspürte sie ein Aufblitzen der Angst. Killian hatte zu viel Kontrolle. Devyn hatte sich geschworen, dass niemand jemals wieder Kontrolle über sie haben würde.

Sie konnte es sich nicht erlauben, noch mehr von sich zu verlieren. Nicht jetzt, wo sie sich ohnehin bereits fühlte wie ein Schweizer Käse.

In diesem Moment schob Killian ihre Beine auseinander und drückte ein Knie auf die Matratze zwischen ihren Schenkeln.

„Ich passe auf dich auf, Baby. Du brauchst keine Angst zu haben. Ich bin da."

Er rieb ihren Kitzler und trieb sie ihrem Höhepunkt immer weiter entgegen. Ihre Haut war erhitzt, ihre Brüste empfindlich und ihre steifen Nippel rieben über das Bettlaken.

Killian ließ nicht nach. Dann spürte sie seine Lippen erneut über ihre Schulter streicheln.

„Komm für mich, Devyn. *Jetzt.*"

Sie hätte sich nicht bremsen können, selbst wenn sie es gewollt hätte.

Ihre Erlösung brach über sie herein wie eine Sintflut und die Wogen der Lust rissen sie mit sich. Sie konnte nicht mehr atmen, konnte nichts tun, als in dieser Empfindung zu ertrinken.

Unkontrolliert zuckte ihr Körper unter Killian und sie schrie auf. Er hörte nicht auf, sie zwischen den Beinen zu reiben, dann versanken seine Zähne in ihrer Haut.

Gott. *Gott.*

Noch während diese unbändige Lust durch sie hindurchströmte, riss sie die Augen auf. Zum ersten Mal fühlte sie sich erobert, aber gleichzeitig auch beschützt.

Sie blinzelte. *Beschützt?* Ein seltsames Gefühl

machte sich in ihr breit. Sie wurde nie beschützt. Nicht einmal als Kind hatte es jemand getan, und schon gar nicht tat es jemand in ihrem Job. Sie war es, die andere beschützte. Und sie passte auf sich selbst auf.

Schließlich bewegte sich Killian und zog ihr T-Shirt und Pulli über den Rücken. Eine Sekunde später zog er ihr Slip und Leggings über den Hintern.

Devyn schluckte und ihr Verstand versuchte noch immer, zu begreifen, was da gerade passiert war. Eine wohlig weiche Wärme erfüllte sie. Ihr Körper würde sie nichts von all dem vergessen lassen.

Sie rollte sich auf die Seite, genau in dem Augenblick, als Killian die Nachttischlampe einschaltete.

Sie erstarrte. In einer weichen, marineblauen Pyjamahose und nacktem Oberkörper stand er neben dem Bett.

Ihr Mund wurde staubtrocken. Er war heiß, was nicht weiter überraschend war. Bronzene Haut bedeckte seine Brust und seinen Bauch. Seine harten Muskeln waren nicht wuchtig wie die eines Bodybuilders. Killian war schlanker. Ein Mann, der kämpfen und sich schnell bewegen konnte.

Und da war noch etwas Hartes. Devyn konnte den Blick nicht vom Zelt in seiner weiten Pyjamahose abwenden.

„Red?"

Sie riss den Blick hoch.

Dieses Gesicht. Schneidend, wie das eines Falken. Es ließ sie immer an eine scharfe Klinge denken.

In dem Versuch, ihren trägen Verstand auf Trab zu bringen, schüttelte sie den Kopf.

Killian beugte sich über sie, dann nahm er ihr Kinn in die Hand und küsste sie.

Der Kuss war allerdings nicht stürmisch oder aggressiv. Nein, Killians Kuss war langsam, gründlich und verheerend. Sie konnte nicht anders, als ihre Finger in seinen dichten Haaren zu vergraben und ihn zurückzuküssen. Ihre Zungen tanzten miteinander. Ein sündiger Laut drang an ihre Ohren und Devyn erkannte, dass sie selbst es war, die ihn ausgestoßen hatte.

Ihr Körper stand in Flammen und ihr Schritt pulsierte. Sie fühlte sich so leer.

Im nächsten Moment wich sie ruckartig zurück. „Wir dürfen kein Verhältnis anfangen." Sie hatte keine Ahnung, wie man eine Beziehung führte. Wie man zu jemandem gehörte.

Diese Vorstellung jagte ihr schlichtweg nichts als Angst ein.

Killian richtete sich auf. „Ich bin kein Typ für Verhältnisse."

Oh. Natürlich nicht. Sie atmete tief ein und spürte einen seltsamen Schmerz in sich aufkeimen. Vermutlich warfen sich alle möglichen kompetenten, eleganten Frauen Killian an den Hals. Er würde die Qual der Wahl haben.

Killian konnte Devyn einfach mit seinen Fingern zu einem überwältigenden Orgasmus bringen und sie dann wegwischen, als ob sie nichts weiter als ein Staubkorn auf seinem edlen Anzug wäre.

Ist es nicht das, was du willst?

Gott, sie hasste ihr inneres Miststück wirklich von ganzem Herzen.

„Richtig." Sie rutschte an die Bettkante und achtete darauf, Killian nicht zu nah zu kommen. Sie zwang sich, cool zu wirken. Als ob es etwas vollkommen Alltägliches für sie war, sich von einem Mann auf das Bett werfen und zum Höhepunkt fingern zu lassen.

„Ich habe einen Namen gefunden", erklärte sie.

Killians Ausdruck veränderte sich, wurde härter. „Den des Attentäters?"

„Das weiß ich nicht. Ich kann mir nicht vorstellen, warum dieser Typ in seinem Alter noch einen Karrierewechsel in Betracht ziehen sollte. Ich konnte eine Zahlung von ihm zum Konto der Söldner zurückverfolgen."

„Wer ist es?", verlangte Killian.

„Rolf Caddock."

Killian runzelte die Stirn. „Der Waffenproduzent."

Sie nickte. „Reich, lebt zurückgezogen. Hat einige große Regierungsaufträge und liefert Waffen ans US-Militär."

„Aber er ist nicht nur redlich", fuhr Killian fort. „Ich weiß, dass er auch an andere ... interessierte Parteien verkauft, sofern der Preis stimmt."

Erneut nickte Devyn. „Ist mir auch bekannt. Die CIA behält ihn im Auge. Nach einem versuchten Anschlag auf ihn vor zehn Jahren hat er sich vollkommen zurückgezogen. Verlässt nie mehr sein Luxus-Penthouse."

„Warum also bezahlt er jetzt irgendwelche Söldner dafür, uns zu entführen und umzubringen?"

„Das ist die Millionenfrage."

Killian nickte. „Finden wir die Antwort heraus."

KILLIAN GOSS sich einen Kaffee ein. Es war früh am Morgen und er war unten in seinem Büro. Nach dem langen Tag gestern war noch niemand sonst in der Sentinel-Security-Zentrale. Er goss eine zweite Tasse Kaffee ein und ging hinüber in die Kommandozentrale.

Devyn saß auf dem langen Tisch, der vor dem riesigen, interaktiven Bildschirm stand. Sie hatte ihm ihr Profil zugewandt und verfolgte die Daten, die auf dem Bildschirm aufploppten.

Killians Finger zogen sich um die Kaffeebecher zusammen. Devyn war unerträglich schön. Keine klassische Schönheit, und doch fesselten ihre hohen Wangenknochen und ihre vollen Lippen seine Aufmerksamkeit. Und es war nicht nur ihr Aussehen, es waren auch die Stärke und das Selbstbewusstsein, die sie verströmte.

Er erinnerte sich an den Tag, als er sie zum ersten Mal getroffen hatte.

Damals war er noch bei der CIA gewesen und hatte an einer Trainingseinheit teilgenommen, die von einem CIA-Veteranen, Elijah Duffy, geleitet worden war. Devyn war eine blutjunge Rekrutin gewesen und Killian seinerseits lädiert und mitgenommen von seiner letzten Mission, aus der er eine Schusswunde und zwölf Stiche mit nach Hause gebracht hatte. Also war er damit beauftragt worden, Duffy bei den Trainings auszuhelfen, bis er wieder fit für den Einsatz war.

Ihre roten Haare waren das Erste gewesen, was er bemerkt hatte. Wie ein Farbklecks auf einem grauen Untergrund.

Dann hatten diese intelligenten, grünen Augen seinen Blick erwidert und ihn wortlos herausgefordert.

Schon in diesem Augenblick hatte er sie gewollt.

Aber er hatte sie ignoriert und sie gemieden. Er hatte kurz vor einem Burnout gestanden. Seine Sammlung von Narben war mit jeder Mission angewachsen, und Killian hatte gewusst, dass seine Zeit fast abgelaufen war. Ihm war klar gewesen, dass er aus der CIA austreten musste, oder er wäre aufgefressen und ausgespuckt oder – schlimmer noch – umgebracht worden.

Und dann hatte Saskia ihn gebraucht.

Er hatte die CIA verlassen und war in den nächsten Jahren damit beschäftigt gewesen, sein Unternehmen aufzubauen. Jetzt wurde ihm bewusst, dass das alles nur Ausreden gewesen waren.

Devyn wandte den Kopf und ihre grasgrünen Augen suchten seinen Blick.

Killian wurde in sein Schlafzimmer zurücktransportiert. Zu seinen Fingern in ihrer unglaublich engen Pussy, zu ihren süßen Schreien, die in seinen Ohren widerhallten, zu diesem köstlichen Körper, der sich unter seinem wand.

Scheiße. Er bekam wieder einen Steifen. Zur Hölle, er hatte überhaupt nicht aufgehört, steif zu sein.

Er reichte Devyn einen der Kaffeebecher hin. „Schwarz. Ein Zucker."

Ihre Mundwinkel zuckten. „Genau so, wie ich ihn mag. Und du trinkst deinen schwarz." Sie nippte am Kaffee, während sie ihn über den Becherrand hinweg ansah. „Aber zufällig weiß ich, dass du eine geheime

Schwäche für Mokkas mit weißer Schokolade hast, der du nur sehr selten nachgibst."

„Du bist wirklich gut, Red."

„Nein, ich bin genial."

Das war sie wirklich. Er wollte alles über sie wissen. Ihre Geheimnisse erfahren, all die empfindlichen Stellen an ihrem Körper entdecken und lernen, was für Geräusche sie ausstieß, wenn sie glücklich, traurig oder erregt war. Er wollte herausfinden, was sie gern aß und was ihr nicht schmeckte. Welche Filme und welche Sportarten sie sich ansah.

Kurz gesagt, er wollte ihre Seele erforschen.

Wollte seinen Anspruch auf sie erheben.

In dem Augenblick, als er sie vor all den Jahren zum ersten Mal gesehen hatte, hatte Killian bereits gewusst, dass diese forsche, selbstbewusste, junge Agentin sein Leben verändern würde.

Er hatte ihr Zeit gegeben, um ihre Karriere in der CIA aufzubauen.

Doch jetzt versuchte jemand, sie umzubringen, und das war inakzeptabel.

Jetzt, nachdem er sie berührt hatte, sie zum Höhepunkt gebracht hatte, wollte er sie auch in seinem Bett haben. Jede verdammte Nacht.

„Hawke?"

Er blinzelte. „Lass uns alles durchgehen, was wir sonst noch zu Caddock haben."

„Und herausfinden, wie wir in sein Penthouse einbrechen und ihm ein paar Fragen stellen können. Der Kerl hat ein erstklassiges Sicherheitssystem installiert."

Devyn las die Daten auf dem Bildschirm mit und nippte währenddessen an ihrem Kaffee.

Killians Blick wanderte über ihren Körper.

Ich werde auf dich aufpassen.

Und ich werde dich behalten.

Ihm war klar, dass es hundertmal einfacher sein würde, gegen einen unbekannten Attentäter zu kämpfen, der es auf sie beide abgesehen hatte, als Devyns Herz zu erobern.

Killian unterdrückte ein Lächeln. Zum Glück war er ein Mann, der Herausforderungen begrüßte. Ein Mann, der mit allem, was er hatte, für das kämpfte, was er haben wollte.

Hex kam in die Kommandozentrale geschlendert und sah ein wenig übernächtigt aus. Die schwarz-pinken Haare standen ihr regelrecht zu Berge. Ihre Augen wurden schmal. „Hast du meinen Computer angerührt?"

„Ich habe ein paar Informationen aufgerufen", erklärte Killian. „Und streng genommen ist es mein Computer."

Hex schnaubte missbilligend und rammte Killian den Ellbogen in die Seite, dann ging sie zu ihrem Arbeitstisch hinüber.

Als die Hackerin Devyn erblickte, hielt sie inne. „Du bist zurückgekommen."

„Ja."

„Ist das Kaffee?" Es klang ein Anflug der Schmeichelei in Hex' Stimme mit.

Devyn hielt ihr den Becher hin und Hex griff danach und nahm einen großen Schluck.

„*Mhm.* Kaffee." Sie trank den Becher leer und blickte

erst auf den Bildschirm, dann wieder zu Killian und Devyn. „Caddock?"

„Ich habe ein bisschen gegraben", erklärte Devyn. „Das Geld, mit dem die Söldner bezahlt wurden, kam von seinem Konto."

„Was? Darüber habe ich gar nichts gefunden." Hex tippte wie wild auf ihrer Tastatur herum.

Sie sah teils panisch aus, teils verärgert darüber aus, dass ihr dieses Detail entgangen war.

Killian trat neben Devyn und sie musterte ihn skeptisch.

Stapfende Schritte ertönten und Bram war das nächste Teammitglied, das die Kommandozentrale betrat. Er trug Jeans und ein schwarzes Hemd.

„Morgen", grummelte er.

Killian nickte ihm grüßend zu.

Da Nick, Matteo und Hadley neuerdings alle drei ihre bessere Hälfte gefunden hatten, brauchten sie morgens in der Regel etwas länger, um aufzutauchen.

Killians Blick fiel auf Devyn. Er konnte es nachvollziehen. Ihm wäre es auch lieber, wenn er sie eine Weile länger in seinem Bett behalten könnte.

„*Fuck*." Hex verschränkte die Arme vor der Brust. „Du hattest recht. Es war zu tief vergraben, aber ein Konto, das zu Caddock zurückführt, wurde tatsächlich benutzt, um die Söldner zu bezahlen."

„Caddock?" Bram spiegelte Hex und verschränkte ebenfalls die Arme vor der Brust. „Der Waffenproduzent?"

„Genau der", erwiderte Killian. „Hat jede Menge Regierungsaufträge, aber auch den ein oder anderen zwielichtigen Klienten. Wir müssen uns mit ihm unterhalten."

„Der Kerl lebt zurückgezogen mit dickem, fettem Z", bemerkte Hex. „Er verlässt sein Penthouse in einem Luxuswohnhaus an der High Line so gut wie nie. Seine Armee von Bodyguards besteht aus Ex-Militärs, und alles, was er benötigt, wird ihm nach Hause geliefert."

„Wir könnten uns als potenzielle Waffenkäufer ausgeben und so hineinkommen", schlug Devyn vor.

Hex schüttelte den Kopf. „Er überprüft neue Kunden wochenlang, bevor er sich mit ihnen trifft." Sie hob ihr Tablet an, wischte darauf herum und runzelte dann die Augenbrauen. „Sogar, wenn ich dir und dem Boss wasserfeste, gefälschte Identitäten erstellen würde, würde es eine Ewigkeit dauern, bis zu Caddock vorzudringen."

„Also brechen wir ein?" Devyn warf Killian einen fragenden Blick zu.

„Möglicherweise", erwiderte er.

Ein Foto von Caddocks Wohnhaus tauchte auf dem Bildschirm auf. Das auffällige, mit abgerundeten Elementen konstruierte Wohnhaus ragte über dem Park auf der ehemaligen Hochbahntrasse auf. Die Fassade wurde von langen Balkonen, geschwungenen Linien und Glasfronten dominiert.

„Du könntest dir von der High Line aus Zugang verschaffen", sagte Hex. „Bis zum Penthouse hinaufklettern."

Killian studierte das Gebäude. Es war machbar.

„Reinzukommen, wird schwieriger werden." Hex kräuselte die Nase. „Er hat ein hervorragendes Sicher-

heitssystem, kugelsichere Fenster und überall Bewe-
gungsmelder."

Bram pfiff anerkennend.

„Wir müssen ihn auf seine Dachterrasse locken oder
das System vom Penthouse aus deaktivieren", sagte Hex.

Devyn sprang vom Tisch und trat näher an den Bildschirm heran. Killian konnte praktisch sehen, wie ihr
Gehirn arbeitete.

„Schwächen?" Lächelnd drehte Devyn sich zu ihnen
um. „Ich meine den Mann, nicht das Sicherheitssystem."

„Sind wir etwa fehlbarer als Technik?", fragte Killian.

„Oh, definitiv."

„Ich fühle mich angegriffen", bemerkte Bram
belustigt.

„Warte, ich habe etwas gefunden." Hex grinste.
„Caddock mag hübsche Frauen."

„Das macht ihn wohl kaum einzigartig", erwiderte
Bram.

„Er lässt seine Bodyguards nach schönen Frauen für
sich Ausschau halten und sie zurück ins Penthouse brin-
gen. Er hat eine eindeutige Vorliebe für einzigartige,
exotische Schönheiten." Hex stieß ein verärgertes
Geräusch aus. „Was für ein Klischee. Mitglieder seines
Sicherheitsteams sind oft in der Apothecary Bar im
Gebäude nebenan anzutreffen. Ein sehr exklusiver
Club."

Devyn breitete die Hände aus. „Dann haben wir ja
unseren Weg hineingefunden."

Killian runzelte die Stirn. „Was?"

„Ich brauche ein Kleid", sagte Devyn. „Ein atembe-
raubendes."

Hex nickte. „Damit kann Hadley dir helfen. Die Frau liebt es einfach, zu shoppen, und ist eine regelrechte Göttin, wenn es darum geht, das richtige Outfit zu finden."

„Nein", sagte Killian. Er wusste ganz genau, was Devyn vorhatte.

„Doch." Devyn lächelte ihn einfach nur an, ein stures, glühendes Funkeln in ihren Augen.

Bram grunzte.

„Fuck." Killian starrte an die Decke.

KAPITEL SECHS

Make-up? *Check.*
Ohrringe? *Check.*

Umwerfendes, smaragdgrünes Kleid? *Check.*

Und sexy, schwarze High Heels, die jeden Mann düstere, sexy Gedanken denken ließen? *Check. Check.*

Die High Heels waren für Caddock.

Aber Devyn wusste auch, für wen sie die Schuhe tatsächlich trug.

Sie stolzierte aus Hadleys Gästezimmer. Hadley und Gabbi warteten im Wohnzimmer auf sie. Devyn ließ ihre Hüften von links nach rechts schwingen. Diese Bewegung würde sie einsetzen, um Caddocks Aufmerksamkeit zu fesseln.

Gabbi hob den Blick und der Mund fiel ihr auf. „O wow."

Hadley drehte sich ebenfalls zu ihr um und ihre Augen wurden groß. „Er wird dir nie im Leben widerstehen können."

Devyn strich sich die Haare hinter eine Schulter. Sie

hatte sie offen gelassen und in sanfte Wellen gelegt. „Das ist der Plan."

Hadley zog eine Augenbraue hoch. „Ich rede nicht von Caddock."

Devyn hob das Kinn. „Ich weiß nicht, wovon du dann redest."

Gabbi lächelte. „Doch, tust du. Und ich liebe deine Ohrringe."

Es waren baumelnde Ohrringe aus Smaragden und Diamanten. Sie passten perfekt zu Devyns grünem Satinkleid, das im Licht schimmerte. Das Kleid brauchte eigentlich keine zusätzliche Verzierung. Es passte ihr wie angegossen und hatte dünne Spaghettiträger, die sich auf ihrem nackten Rücken kreuzten. Der Ausschnitt war tief genug, um jede Menge Dekolleté zu zeigen.

Oh, und an einer Seite hatte es einen hohen Schlitz, der ganz viel Bein zeigte. Das Kleid balancierte auf dem schmalen Grat zwischen elegant und sexy.

Devyn warf einen Blick aus dem Fenster. Die Sonne ging bereits unter und die Nacht brach über New York City herein.

Es war Zeit, den Mann in die Falle zu locken, der Killian und sie umbringen wollte.

Devyn folgte Hadley und Gabbi hinunter ins Büro. Sie hörte das Murmeln von Männerstimmen.

Die drei Frauen bogen um eine Ecke.

O wow. Killian unterhielt sich mit Nick, Matteo und Bram. Das Quartett gab ein herrliches Bild ab.

Nick, tough und bärtig. Matteo, atemberaubend und sexy. Bram, muskulös und mürrisch. Und Killian, der einen dunkelgrauen Anzug trug und darin unfassbar attraktiv und unbeschreiblich heiß aussah. Er bewegte sich, und Devyn beobachtete, wie die Hosenbeine sich an seine Oberschenkel schmiegten.

Killian drehte sich um und ihre Blicke trafen sich.

Er senkte den Kopf und seine Augen wanderten über ihren Körper. Er ließ sich jede Menge Zeit, bevor sich sein Blick wieder auf ihr Gesicht heftete.

Hitze erfüllte seine dunklen Augen und rief ein glühendes Verlangen in ihrem Inneren empor.

Reiß dich zusammen, Devyn.

„Bereit?", fragte sie.

„Bereit." Er streckte ihr seine flache Hand entgegen. „Sender."

Devyn musterte den kleinen, beinahe durchsichtigen In-Ear-Sticker. „Nicht schlecht." Sie wollte danach greifen.

Killian hob seine Hand, strich ihre Haare zur Seite und drückte den winzigen Klebepunkt hinter ihr Ohr.

Gott. Sein herbes Eau de Cologne hüllte sie ein. Seine warmen Finger fühlten sich heiß auf ihrer Haut an und sie konnte nichts dagegen tun, dass ihr Puls zu hüpfen begann.

Verdammt. Etwas in ihr hasste es, dass er eine solche Wirkung auf sie hatte.

Nein, tust du nicht.

Sie erstarrte. *Halt die Klappe.*

„Du riechst nach Sandelholz und Sünde", murmelte Killian.

Devyn schluckte. „Hadley hat mir das Parfüm gegeben."

„Es gefällt mir an dir", sagte Killian. „Ich werde bewaffnet sein."

Devyn lächelte. „Ich habe in diesem Kleid keinen Platz für eine Waffe, aber ich bin dennoch gefährlich."

„Oh, das ist mir klar."

Hex tippte auf ihrem Tablet herum. „Also, wie sich herausgestellt hat, gehört die Apothecary Bar Caddock selbst. Sie hängt voller Kunstwerke aus seinem Privatbesitz. Er ist eine Art Sammler. Deine Deckidentität wird die einer Galeriebesitzerin sein, Delia Haye."

„Verstanden", erwiderte Devyn. Ihr Wissen über Kunst passte auf eine Cocktailserviette, aber sie wusste auch, wie man improvisierte.

Killian griff nach ihrem Arm. „Hex, wenn wir dich brauchen, melden wir uns."

Hex salutierte. „Viel Erfolg."

Der Rest des Teams nickte.

Killian führte Devyn hinunter in die Tiefgarage und zu einem weiteren Luxuswagen.

Dieser wies ähnlich schnittige Linien auf wie der Aston Martin, der in die Luft gejagt worden war, wirkte aber alles in allem etwas futuristischer.

„Oh, das Auto gefällt mir sogar noch besser. Ist das auch eins von nur neunzehn, die es davon auf der Welt gibt?"

Killian hielt ihr die Beifahrertür auf. „Nein, das hier ist ein Ferrari Unica. Davon gibt es nur einen. Ist eine Spezialanfertigung."

Devyn fiel der Mund auf, als sie einstieg. „Wie reich bist du denn?"

„Ich komme ganz gut klar." Er ging ums Auto herum

und setzte sich hinter das Lenkrad. Dann startete er den Motor, der mit einem mächtigen Brüllen zum Leben erwachte.

Sie fuhren aus der Tiefgarage. Es waren nur ein paar Blocks bis zur Bar.

Kurz darauf parkte Killian den Ferrari und führte Devyn zu einem Haus direkt neben Caddocks.

„Die Bar befindet sich neben der Lobby", erklärte er.

„Ich komme schon zurecht."

„Wenn dir irgendetwas komisch vorkommt, sag mir Bescheid."

„Es wird alles gut gehen."

„Devyn –"

Sie drückte seinen Oberarm. „Das ist nicht mein erstes Mal, Steel."

„Ich weiß." Er senkte den Kopf. „Aber es darf dich niemand umbringen."

„Außer dir?"

Er legte seine Hand auf ihre Wange und ihr Herz flatterte.

„Ich würde *für* dich töten. Es mag dir noch nicht bewusst sein, aber du stehst auf einer sehr kurzen Liste von Menschen, für die ich alles tun würde, um sie zu beschützen."

Sie schnappte leise nach Luft. „Ich brauche keinen Schutz."

„Das macht keinen Unterschied. Du hast ihn bereits." Er trat einen Schritt zurück. „Geh. Mach dein Ding, während ich an Caddocks Wohnhaus hinaufklettere."

Ihr Magen zog sich seltsam zusammen. „Du willst in diesem noblen Anzug das Gebäude hinaufklettern?"

Im dämmrigen Licht blitzten seine Zähne hell auf. „Eine clevere Spionin hat mir mal gesagt, dass man seine Betriebsgeheimnisse nicht verrät."

„Ich könnte dich dazu bringen, sie mir zu verraten", murmelte sie.

„Das stimmt vermutlich." Damit drehte er sich um und schlenderte die Straße hinunter.

Devyn richtete sich auf, schlüpfte mental in ihre Rolle für den heutigen Abend und mahnte das Rumoren in ihrem Innern, das Killian heraufbeschworen hatte, sich zu beruhigen. Als sie sich wieder zu ihm herumdrehte, war er bereits verschwunden, als hätte ihn die Nacht verschluckt.

Richtig. Zeit, einen Auftritt hinzulegen.

Ihre Absätze klackerten über den Marmorboden, als sie das Gebäude betrat.

Das Wort, mit dem sie den Stil bezeichnen würde, in dem die schummrig beleuchtete Bar eingerichtet war, war opulent. Teure Stoffe, goldene Borten, eine lange Marmorbar. Der Großteil der Gäste bestand aus Geschäftsmännern in zerknitterten Anzügen, die entweder nach einem langen Arbeitstag entspannten oder Überstunden machten und Geschäftsgespräche führten.

Devyn ging zur Bar, setzte sich auf einen der hohen Hocker und stellte sicher, dass ihre Beine zur Schau gestellt waren.

Als der Barkeeper zu ihr trat, bestellte sie einen

Martini und tat dann so, als ob sie die Gäste in der Bar nicht weiter beachten würde.

Tatsächlich jedoch registrierte sie jede Person in diesem Raum, vom übermüdeten Geschäftsmann am Ende der Bar über das flirtenden Paar und die lärmende Gruppe junger Männer, die aussahen, als ob sie hart arbeiten und noch härter feiern würden, bis hin zu einem Duo in Anzügen, das an einem kleinen, runden Tisch in Devyns Nähe saß.

Caddocks Männer.

Der Barkeeper servierte Devyn ihren Drink und sie warf ihm ein dankbares Lächeln zu, während sie ihm ein paar Dollarscheine über den Tresen zuschob.

Sie trank einen winzigen Schluck ihres Martinis, wobei sie sich gerade so weit zur Seite drehte, dass Caddocks Männer perfekte Sicht auf sie hatten.

Sie fragte sich, wie Killian wohl zurechtkam. Nervös fingerte sie am Stiel ihres Glases herum. Wehe, er rutschte ab und brach sich seinen hübschen Hals.

Sie prustete. Das war Killian Hawke, um den es hier ging.

Mit ihrem Glas in der Hand rutschte sie vom Barhocker und schlenderte zu einer Wand, um sich einige der Gemälde anzusehen. Dabei spielte sie mit ihren Haaren.

„Hex, hilf mir mit den Kunstwerken", murmelte sie. „Ich blicke gerade auf die nördliche Wand."

„Alles klar. In der Bar hängen Werke von Georgia O'Keeffe, Cecily Brown und John Singer Sargent, dazu einige zeitgenössische, aufstrebende Künstler", erklärte Hex.

„Ich schaue gerade auf einen riesigen Farbklecks."

„Ah, das ist ein Neil Kerman", informierte Hex sie.

Das Bild gefiel Devyn tatsächlich.

„Die Art, wie er Farben, Texturen und Muster einsetzt, soll im Betrachter Emotionen, Gefühle und Stimmungen hervorrufen. Er mag es, dynamische und lebhafte Kunstwerke zu erschaffen."

Devyn unterdrückte ein Prusten. Hex klang wie ein Lehrbuch. *Komm schon, beiß an.*

„Mögen Sie Kunst?"

Devyn drehte sich um. *Pünktlich auf die Sekunde.* Es war einer von Caddocks Männern.

Sie lächelte. „Ich liebe Kunst. Ich leite eine kleine Galerie hier in der Stadt." Wieder betrachtete sie das Gemälde. „Ich liebe Kerman. Seine Verwendung dieser lebhaften Farben ist ein wundervoller Ausdruck von Emotion." Sie legte den Kopf zur Seite. „Gefällt Ihnen seine Arbeit?"

Der Mann zuckte mit den Schultern. „Meinem Boss gefällt sie. Das Bild gehört ihm. Er ist der Inhaber dieser Bar."

Devyn riss die Augen auf. „Wow. Da drüben sehe ich auch ein Georgia-O'Keeffe-Gemälde. Sehr beein-druckend."

„Wie heißen Sie?", fragte der Mann.

Sie zögerte.

„Ich beiße nicht. Versprochen. Mein Boss würde Sie gern kennenlernen. Der Barkeeper hier kann für ihn bürgen. Es geht nur um einen Drink und eine Unterhal-tung, mehr nicht. Er ist nur sehr auf Sicherheit bedacht und mag es nicht, sich an öffentlichen Orten aufzuhalten."

Devyn tat so, als ob sie über das Angebot nachdenken würde. „Ich weiß nicht ...“

„Er wohnt direkt nebenan und besitzt eine große Kunstsammlung. Schicken Sie einer Freundin eine Nachricht und lassen Sie sie wissen, wo Sie sein werden.“

Devyn ließ es so aussehen, als ob sie der Verlockung nicht widerstehen könnte. „Okay, einverstanden.“ Sie schrieb Kilian eine Nachricht.

Er hat angebissen. Rutsch nicht ab.

„Ich heiße übrigens Delia. Delia Haye.“

Sie wusste, dass sie diesen Namen überprüfen und eine sorgfältig konstruierte Identität finden würden, die Hex hervorgezaubert hatte.

Der Bodyguard nickte.

„Ein Drink, ein bisschen Kunst und eine Plauderei mit Ihrem Boss.“

Oh, und dich umlegen und deinem Boss anschließend ein paar Fragen stellen.

KILLIAN SPAZIERTE über die High Line. Der erhöhte Grünzug, der auf einer alten Hochbahntrasse angelegt worden war, war einer seiner Lieblingsorte in New York City.

Zum Glück schloss der Park um sieben Uhr abends, weshalb er jetzt herrlich menschenleer war.

Killian blieb stehen und hob den Blick zu Caddocks Wohnhaus. Das Gebäude war in einem besonderen Design erbaut worden und die unkonventionellen Ideen des Architekten bedeuteten, dass Killian relativ mühelos an der Fassade hinaufklettern konnte.

Er nahm seinen Rucksack ab. Im Schatten der Nacht schlüpfte er aus seinem Jackett, seinen Schuhen und seiner Anzughose. Darunter trug er einen dünnen High-tech-Kletteranzug, der eng an seinem Körper klebte. Zum Schluss zog er noch Kletterhandschuhe und passende Schuhe an.

Er blickte auf und lauschte Devyn in seinem In-Ear. Sie plauderte mit Caddocks Männern, während sie im Fahrstuhl zum Penthouse hinauffuhren.

Wenn es ihr gelegen kam, konnte sie ihren Charme nur so versprühen. Aber Killian wusste, dass das nicht die echte Devyn Hayden war. Nein, die echte Devyn war ein wenig sarkastisch, hatte eine scharfe Zunge und arbeitete hart daran, ihren Südstaatenakzent niemals hervorkommen zu lassen.

Noch immer rannte sie vor der Vergangenheit davon, auch wenn sie es nicht zugeben konnte.

Killians Blick wanderte über die Balkone des Gebäudes. Die Luft war rein.

Er kletterte los, platzierte seine Hände an der Fassade und hievte sich hoch. Sein ganzer Fokus lag darauf, zum ersten Balkon zu gelangen.

Während er immer höher kletterte, hörte er zu, wie Devyn Caddock begrüßte.

„Es ist wirklich ein Vergnügen, Miss Haye. Sie sind wunderschön und kennen sich mit Kunst aus. Meine Vorstellung der perfekten Frau."

Devyns kehliges Lachen klang durch Killians In-Ear. „Bitte, nennen Sie mich Delia."

„Delia. Kommen Sie. Ich habe hier eine Mary Cassatt, die Sie sehen müssen."

Killian blendete die Unterhaltung aus und konzentrierte sich aufs Klettern. Je schneller er am Dach angekommen war, umso besser.

Er konnte die Bewunderung in Caddocks Stimme hören und wollte dem Mann am liebsten ins Gesicht schlagen. Es war offensichtlich, dass Caddock gefiel, was er sah.

Killian stieß den Atem aus.

Nie zuvor hatte er einer Frau gegenüber einen Besitzanspruch empfunden. Dafür kamen und gingen sie viel zu schnell – zum einen, weil ihm weniger Komplikationen lieber waren, und zum anderen, weil er bisher keine Frau länger in seinem Leben hatte haben wollen.

Aber Devyn wollte er haben. Er wollte sie behalten.

Seine Hand rutschte ab. Er presste seinen Körper gegen die Fassade, bevor er abwärts rutschen konnte, und stieß einen Fluch aus.

Konzentriere dich, Hawke.

Er kletterte weiter. Passierte einige breite Balkone und erspähte Menschen in den Wohnungen dahinter. Keinem von ihnen war bewusst, dass Killian sich an ihnen vorbeischlich. Schon bald erreichte er die obersten Stockwerke.

In diesem Moment hörte er Devyn sagen: „Oh, Sie haben eine Dachterrasse. Die Aussicht muss ja *fantastisch* sein."

„Das ist sie. Würden Sie die Terrasse gern sehen? Dort oben habe ich auch eine Paige-Bradley-Statue stehen."

„O ja, sehr gern. Bradleys Skulptur *Expansion* liebe ich einfach. Eine umwerfende Arbeit.“

Killian wurde schneller. Er passiert einen Balkon, hinter dem er ein lachendes Paar erblickte. Er achtete darauf, sich in den Schatten zu verbergen. Als er am nächsten Balkon ankam, fiel sein Blick in Caddocks Penthouse. Zwei gelangweilt aussehende Sicherheitsmitarbeiter standen im Wohnbereich herum.

Schließlich stemmte Killian sich auf die Dachterrasse hinauf. Er duckte sich in die Schatten neben einigen Heckensträuchern und stellte seinen Rucksack ab.

Auf der Terrasse befanden sich ein kleiner Pool und eine Gruppe eleganter Gartenmöbel.

Eine Sekunde später traten Devyn und Caddock mit Drinks in den Händen aus dem Fahrstuhl. Caddock war ein gedrungener Mann Mitte sechzig, hatte graue Haare und einen Kinnbart. Er trug eine Brille mit dunklem Rahmen.

Caddock nippte an seinem Glas und bemerkte nicht, wie Devyn etwas ihres Drinks in einen der Pflanzkübel kippte.

Killian lächelte. Verdammt, war sie gut.

„Es ist wirklich herrlich hier draußen“, sagte Devyn. „Ich könnte auf dieser Terrasse wohnen.“

„Hier ist die Skulptur“, sagte Caddock.

Es war eine interessante Arbeit, die eine kniende Frau zeigte, deren Bronzekörper von Rissen durchzogen war, durch die Licht hindurchschimmerte.

Devyn setzte sich auf den Rand eines Liegestuhls. „Atemberaubend.“

Caddock nahm neben ihr Platz. „Sie sind atemberaubend."

„Verschwenden Sie bei mir nicht Ihren Charme, Rolf."

„Warum nicht?", fragte der ältere Mann.

Blitzschnell bewegte sie sich. Urplötzlich hielt Devyn ein Messer in der Hand – das sie aus seinem Penthouse hatte mitgehen lassen –, und presste es an Caddocks Kehle.

„Weil das bei mir wirklich verlorene Liebesmüh wäre."

Der Kerl schnappte schneidend nach Luft. „Was zur Hölle geht hier vor?"

Killian erhob sich und trat aus den Schatten. Devyns Blick huschte in seine Richtung und ihre Augen wurden kaum merklich größer, als sie seinen Kletteranzug bemerkte.

Caddocks Blick heftete sich auf Killians Gesicht und er wurde kreidebleich. „Steel."

„Hallo, Rolf."

Für einen Moment wanderte Caddocks Blick zu Devyn. Sie drückte das Messer fester gegen seine Haut.

Der Waffenproduzent stieß ein ersticktes Geräusch aus. „Sie gehört Ihnen, vermute ich."

Killian blickte in Devyns grüne Augen. „Ja, das tut sie."

Devyn schnaubte. „Weil eine Frau einem Mann gehören muss. Mein Name ist Hellfire, Caddock, und ich gehöre niemandem."

Der Mann erstarrte. „Ich habe schon von Ihnen gehört."

„Gut." Sie erhob sich und stellte sich neben Killian. „Wir haben einige Fragen an Sie."

Caddock rieb sich den Hals. „So hatte ich mir den Verlauf unseres Abends nicht vorgestellt."

Nein, vermutlich hatte er sich vorgestellt, wie er mit Devyn in seinem Bett herumtollen würde. Killian drückte eine Hand auf ihre Schulter und warf dem anderen Mann einen finsteren Blick zu.

Caddock schluckte, dann nickte er.

Devyn bewegte sich. „Sie haben vor Kurzem Söldner bezahlt. Sie wurden aus Europa angeheuert."

Jetzt stieß Caddock einen Fluch aus. „Ich wusste, dass das zurückkommen und mir in den Arsch beißen würde." Wieder fluchte er. „Es war ein Gefallen für einen ... Freund ist ein zu starker Begriff. Bekannten. Ich war ihm einen Gefallen schuldig. Die Einzelheiten des Jobs waren mir nicht bekannt, ich habe einfach nur das Geld auf ein Konto überwiesen, wie es mir aufgetragen wurde."

Killian starrte ihn ausdruckslos an. Es hatte nie Sinn ergeben, dass Caddock derjenige sein sollte, der sie umbringen wollte. Der Kerl würde nicht urplötzlich sein Penthouse verlassen, nur um zum Attentäter zu werden.

„Die Söldner wurden angeheuert, um uns zu entführen und zu unserem Attentäter zu bringen." Killians Stimme war eiskalt.

Caddock zuckte zusammen. „Wer zur Hölle würde denn so verrückt sein?" Sein Lachen klang rau. „Er muss doch wissen, dass Sie Jagd auf ihn machen werden. Verdammt, Sie beide haben mein Sicherheitssystem gerade mit links überwunden, als ob es nicht einmal existieren würde."

„Wer hat Sie um diesen Gefallen gebeten, Rolf?", fragte Killian.

Caddock verzog das Gesicht sich. „Sie wissen, dass es in unserer Branche nie eine gute Idee ist, Namen zu nennen."

„Das war keine Bitte, Caddock." Killian sprach weiterhin ruhig und leise.

Das Messer noch immer in der Hand bewegte sich Devyn fast unmerklich.

Caddock musterte sie argwöhnisch. „Ich glaube langsam, sie ist genauso gefährlich wie Sie, Steel."

„Das ist sie auch", erwiderte Killian.

Killian spürte, wie sie ihn ansah.

„Na schön", gab Caddock nach. „Es war Reyes. Juan Reyes."

Killian erstarrte. Juan Reyes war ein Drogenbaron. Und nicht etwa der Anführer eines kleinen, schäbigen Kartells, nein, er führte sein Imperium wie ein Unternehmen, und zwar von seinem Hauptquartier auf den Bahamas aus.

Sicher, auch er würde sich mit den Anschlägen auf ihr Leben nicht die Finger schmutzig machen. Der Kerl mochte die feineren Dinge des Lebens: schnelle Autos, sein weitläufiges Inselanwesen und seine Schmucksammlung, die den Kronjuwelen Konkurrenz machen konnte.

„Das ist alles?"

„Das ist alles, was ich weiß." Caddock breitete die Hände aus. „Wenn ich gewusst hätte, wofür das Geld ist, hätte ich mich geweigert. Ich hoffe, das wird keine Konsequenzen für mich haben?"

Killian wartete einen Augenblick ab, dann nickte er. „Halten Sie den Ball flach, Caddock. Wenn Sie uns noch einmal Probleme machen, schicke ich Hellfire mit ihrem Messer zurück." Er warf Devyn einen Blick zu. „Gehen wir."

KAPITEL SIEBEN

Als sie zurück in die Sentinel-Security-Zentrale kamen, überschlugen sich Devyns Gedanken mit den Informationen, die sie gerade herausgefunden hatten.

Wenn überhaupt, hatten sie jetzt noch mehr Fragen. Es gab noch mehr Akteure. Und sie waren noch immer keinen Schritt weiter damit, den Attentäter zu finden, der sie umbringen wollte.

Devyn warf einen Blick auf ihr Handy. Noch immer kein Lebenszeichen von Shade.

Wehe, du bist tot, Cain.

„Reyes ist nicht unser Attentäter", sagte sie.

„Ich bezweifle es auch."

Killian hatte seinen Anzug wieder angezogen, aber das Bild von ihm in diesem eng anliegenden Kletteranzug hatte sich in ihre Erinnerung gebrannt. Das Outfit hatte sich an jeden seiner definierten Muskeln geschmiegt, an seinen Sixpack, an diese Oberschenkel.

Devyn spürte ein köstliches Ziehen zwischen ihren

Beinen. Ihr war nie zuvor bewusst gewesen, dass sie auf Männeroberschenkel stehen könnte.

„Ihr seid zurück." Hex lehnte sich in ihren Stuhl zurück und trank eine riesige Cola. Bram saß neben ihr. Der Kerl blickte wie immer griesgrämig drein. Devyn fragte sich, ob er je lächelte.

„Ich habe alles ausgegraben, was ich über Juan Reyes finden konnte", sagte Hex.

Auf dem Bildschirm prangte die Aufnahme einer weitläufigen, weißen Villa, die auf einer Klippe über einem wunderschönen Strand stand. Ein dichter Wald aus Palmen umgab das Haus.

„Das ist Reyes' Anwesen auf den Bahamas. Es heißt Elysium. Wurde mit dem Geld seines Drogenimperiums gekauft." Hex gestikulierte mit der Coladose durch die Luft. „Hauptsächlich Kokain, das aus Kolumbien in die Staaten und nach Europa geschmuggelt wird. Er hat den Ruf, Handschlagqualität zu haben, niemanden umzubringen und ein qualitativ hochwertiges Produkt zu liefern."

Devyn schnaubte. „Ein Drogenbaron mit Geschäftsetikette."

„Es gibt weitaus schlimmere Kriminelle als Reyes", bemerkte Killian.

Sie drehte sich zu ihm um. „Du kennst ihn?"

„Wir sind uns ein- oder zweimal begegnet. Ich kann mir nicht vorstellen, dass er geneigt ist, uns umbringen zu wollen. Zum Attentäter zu werden, kommt mir nicht vor wie eine Karriereentscheidung, die er treffen würde."

„Aber er hat Caddock gebeten, die Söldner zu bezahlen", widersprach Devyn.

Killian legte den Kopf zur Seite. „Und darauf will ich Antworten haben."

„Tja ..." Hex wirbelte in ihrem Bürostuhl herum. „Du hast Glück."

Killian verschränkte die Arme vor der Brust. „Ach ja?"

„Reyes veranstaltet eine Party auf seinem Anwesen auf den Bahamas", erklärte Hex. „Die Gäste werden von überall auf der Welt dafür anreisen."

„Eine Party?", fragte Devyn.

„Eine riesige. Er veranstaltet sie alle paar Jahre. Die Feier geht über mehrere Tage. Es gibt Strandpartys, Unterhaltungsangebote, große Abendessen. Es ist ein Dankeschön für seine besten Kunden ... und ein Weg, neue Kunden anzulocken."

„Also ist die Party voller Krimineller", bemerkte Devyn.

„Die Gäste sind sehr gemischt", erwiderte Hex. „Reyes besitzt auch einige legitime Unternehmen, also haben manche der Anwesenden eine reine Weste."

Mit gerunzelten Augenbrauen starrte Killian auf den Bildschirm. „Es wäre einfach für uns, uns da reinzuschleichen."

„Sollte kein Problem sein", stimmte Hex zu. „Es gibt todschicke Einladungen, in die Sicherheitsmerkmale eingebaut sind, aber ich sollte eine davon auftreiben können. Oder zumindest ein gutes Duplikat."

„Hex, lass den Jet auftanken", befahl Killian.

Sie salutierte. „Bin schon dran."

„Brauchst du Verstärkung?", fragte Bram.

Devyn sah ihn überrascht an. „Du sprichst."

Der große Kerl warf ihr einen Blick zu.

„Ich denke, Devyn und ich kommen auch allein klar, Bram", sagte Killian. „Wir fliegen mit dem Jet direkt auf die Bahamas. Hex, wir brauchen eine Einsatzbasis in der Nähe von Reyes' Anwesen."

„Ich suche euch was", erwiderte das Technikgenie.

„Gut." Killian wandte sich an Devyn. „Geh packen."

Devyn salutierte ebenfalls und Killian warf ihr einen trockenen Blick zu.

„Ich glaube, Verstärkung wäre keine schlechte Idee", sagte Bram erneut.

Devyn musterte den Iren. Er wirkte angespannt. Sie vermutete, dass Bram einfach auf ein bisschen Action aus war.

„Ruf sie einfach an", murmelte Hex.

„Wen?", fragte Killian stirnrunzelnd.

Hex zog eine Augenbraue hoch. „Wer auch immer die Frau ist, die Bram in einen derart angespannten Zustand versetzt."

„Niemand", spuckte Bram knapp aus.

„Ich hoffe, es ist nicht Pam von der Rezeption oben." Hex rümpfte die Nase. „Ich weiß, dass sie auf dich steht, aber sie schmeißt sich an alle Männer ran und ist unhöflich zu allen Frauen. Ich kann sie nicht leiden."

„Da ist niemand." Bram machte auf dem Absatz kehrt und stapfte aus der Kommandozentrale.

Hex schüttelte den Kopf. „Ich muss Wolf und Hades darauf ansetzen, sich mit ihm zu betrinken und dann aus ihm rauszuquetschen, was ihn so umtreibt."

„Bram kann die beiden unter den Tisch trinken", bemerkte Killian.

„Egal, ich bin mir sicher, sie würden sich *irgendwas* einfallen lassen."

Devyn konnte sehen, dass Hex sich Sorgen um Bram machte. Sie spürte ein wehmütiges Nagen in ihrem Inneren. Die Sentinel-Security-Mitarbeiter waren ein enges Team. Sie standen sich nahe und hielten sich gegenseitig den Rücken frei.

Blind starrte Devyn auf den Bildschirm und frage sich, wie sich das wohl anfühlen mochte.

In diesem Moment legte sich eine Hand auf ihren unteren Rücken. „Red? Geht es dir gut?"

Sie nickte Killian zu. „Ja. Ich weiß, dass wir noch keine Antworten haben, aber immerhin haben wir eine Spur."

„Du hast heute Abend gute Arbeit geleistet. Caddock war völlig überrumpelt."

Sie klimperte mit den Wimpern. „Lass mich nicht rot werden."

Er senkte die Stimme. „Könnte ich aber."

Ihr Herz hämmerte wie wild. Dieser verdammte Mann gab ihr das Gefühl, eine verzückte Teenagerin zu sein. „Immer langsam, Hawke. Ich muss packen gehen."

Seine Hand strich Devyns Rücken hinauf bis zu ihrem Nacken. Seine Finger glitten federleicht über ihren Puls. Er konnte spüren, wie er raste, keine Frage.

Devyn hob das Kinn. Sie würde sich nicht wegducken oder sich dafür schämen.

„Wir können nicht ständig so tun, als ob da nichts zwischen uns wäre", sagte er leise. „Und ich weiß, dass du kein Feigling bist."

Sie glaubte schon, er würde weiter drängen, aber

dann wich er einen Schritt zurück und sie stieß einen kleinen Seufzer aus.

„Der Jet steht morgen früh bereit", rief Hex zu ihnen herüber. „Ric wird auf euch warten."

„Ric?", fragte Devyn.

„Mein Pilot. Danke, Hex." Killian suchte Devyns Blick. „Wir haben eine kleine Gästewohnung hier im Gebäude. Du kannst sie benutzen und dort schlafen."

Sie sah ihm hinterher, als er davonging. Sie konnte die Augen einfach nicht von ihm abwenden. Er war wie ein Magnet.

Hex wedelte sich mit einer Hand Luft zu. „Gott, ihr beiden verströmt ja mehr Hitze als ein Atomreaktor."

„Tun wir nicht."

„Oh, du willst dich also selbst belügen?" Die ehemalige Hackerin griff nach einer Tüte mit Schoko-Erdnüssen und warf sich eine Handvoll davon in den Mund.

„Er ist ..." Devyn fand die richtigen Worte nicht.

„Das ist er allerdings." Hex bot ihr die Tüte mit den Erdnüssen an.

Devyn griff hinein und bediente sich. „Ich bin nicht für Beziehungen gemacht. Mein Job lässt sowas nicht zu." Verdammt, die Wahrheit war, dass sie einfach keinerlei Erfahrung damit hatte.

„Niemand ist Experte, wenn es um Beziehungen geht." Hex kräuselte die Nase. „Hör dir nur an, wie ich rede, als ob ich Ahnung hätte. Scheiße, es ist so lange her, seit ein Mann mich angefasst hat, dass ich fast vergessen habe, wie es sich anfühlt."

Noch einmal griff Devyn in die Erdnusstüte. Sie

bemerkte, dass Hex zwei verschiedenfarbige Augen hatte – eines war blau, das andere grün. Diese Augen hefteten sich nun auf Devyn.

„Hast du dich vom Boss anfassen lassen?"

Devyn warf der Frau ein zuckersüßes Lächeln zu. „Glaubst du wirklich, dass ich das beantworten werde? Ihr tratscht hier doch mehr als alte Waschweiber."

Hex seufzte. „War einen Versuch wert. Pass auf, Killian vertraut nicht leicht jemandem. Sogar mit uns ... ist er immer noch der Boss. Wenn es irgendjemand mit ihm aufnehmen kann, dann du. Du bist nicht die Einzige, die ein Risiko eingeht, Devyn. Und jetzt geh schlafen. Ansonsten wird er so lange hier unten durchklingeln, bis du endlich im Bett bist."

Devyn futterte die letzte Erdnuss auf und spürte, wie sich ihre Brust zusammenzog.

Wollte sie es mit Killian aufnehmen?

Wollte sie, dass irgendeine andere Frau es mit ihm aufnahm?

Ihre Hände ballten sich zu Fäusten.

Zuerst die Mission, Devyn. Zuerst am Leben bleiben.

ALS SIE AN BORD des Sentinel-Security-Jets gingen, konnte Killian Devyn förmlich hinter sich spüren. Heute roch sie nach Vanille und das trieb ihn wieder mal in den Wahnsinn.

Devyn stieß einen leisen Pfiff aus. „*Donnerwetter.* So lässt es sich reisen."

Killian betrachtete das noble Innere des Jets mit

neuen Augen, die breiten, cremefarbenen Ledersitze und die Holzakzente. „Setz dich, mach es dir bequem."

Devyn trug eine Jeans und ein eng anliegendes, weißes T-Shirt. Killian versuchte, nicht zu bemerken, wie sich der Stoff an ihre Brüste schmiegte.

Kurz besprach er sich mit seinem Piloten Ric. Als er wieder aus dem Cockpit trat, saß Devyn bereits auf ihrem Platz und hatte ihren Laptop vor sich auf den kleinen Tisch gestellt. Er sah, wie sie nach ihrem Handy griff und die Stirn runzelte.

„Ist alles in Ordnung?", fragte er.

Er setzte sich auf einen Sitz ihr gegenüber und die Motoren des Flugzeugs starteten.

„Ich habe Shade eine Nachricht hinterlassen. Habe ihm gesagt, dass es mir gut geht und was los ist. Außerdem habe ich ihn gewarnt, dass er vorsichtig sein soll. Aber er hat sich bisher nicht zurückgemeldet."

„Ist er im Land?"

„Keine Ahnung. Ich meine, es kommt öfter vor, dass es ein paar Tage dauert, bis er zurückruft. Das ist nichts Ungewöhnliches." Sie wippte mit dem Fuß. „Ich mache mir nur Sorgen, dass dieser Attentäter es nicht nur auf dich und mich abgesehen hat."

Es war offensichtlich, dass ihr der andere Spion etwas bedeutete. Killian betrachtete Cain als Freund. In der Vergangenheit hatten sie mehrere Missionen zusammen durchgestanden.

Aber nun krallte sich ein hässliches Gefühl in seinem Magen fest. „Shade kann auf sich selbst aufpassen."

„Oh, das weiß ich. Er würde mir den Hintern versohlen, wenn er wüsste, dass ich mir Sorgen um ihn mache. Oder er würde es zumindest versuchen."

Unter dem Tisch bewegte Killian seine Beine und streifte Devyns. „Wie nah steht ihr euch?"

Offensichtlich war er ziemlich schlecht darin, seine Gefühle nicht in seinen Tonfall einfließen zu lassen.

Devyn hob den Kopf. „Was willst du mich wirklich fragen, Hawke?"

„Ich frage mich nur, wie nah ihr euch steht."

Sie schlug die Beine übereinander. „Du fragst dich, ob Cain und ich ficken?"

Killians Finger gruben sich in die Armlehne. Das Leder knarzte.

„Fragst dich, ob wir womöglich ein Freunde-mit-gewissen-Vorteilen-Arrangement am Laufen haben?", fuhr sie fort.

Das Flugzeug rollte los. Killian brachte seine brodelnden Gefühle unter Kontrolle.

„Fragst dich, ob ich in sein Bett krieche?" Devyn ließ nicht locker. „Ob ich ihn nackt gesehen oder ihn berührt —"

Killian bewegte sich blitzschnell. Bevor Devyn ihren Satz beenden konnte, hatte er schon ihren Gurt gelöst und sie auf seinen Schoß gerissen, sodass sie gezwungen war, sich rittlings auf ihn zu setzen und ihre Knie in die Lehne seines weichen Sitzes zu pressen.

„Du legst es drauf an", knurrte er.

Pures, besitzergreifendes Verlangen pulsierte durch ihn hindurch. Sie gehörte *ihm*. Er wollte nichts davon hören, wie sie mit einem anderen Mann zusammen gewesen war. Er griff nach ihrem Kinn. „Du treibst mich in den verdammten Wahnsinn."

„Gut." Sie fuhr sich mit der Zungenspitze über die Lippen und ihr Blick heftete sich auf seinen Mund. „Genau das machst du auch mit mir. Jedes Mal, wenn ich dich ansehe, fliegt mein gesunder Menschenverstand aus dem Fenster."

„Ich will eine Antwort auf meine Frage haben."

„Ich ficke Cain nicht, und ich habe ihn auch noch nie geflickt. Er ist ein *Freund*."

Killian hob seinen Kopf an und küsste sie.

Es war kein süßer oder zärtlicher Kuss. Er war hart und besitzergreifend und Killians Zunge drängte in ihren Mund. Aber natürlich war es immer noch Devyn, also erwiderte sie den Kuss ebenso fordernd. Ihre Hand vergrub sich in seinen Haaren und ihr herrlicher Körper rieb sich an seinem.

„Fuck", murmelte er.

„Ich habe bisher nie die Mitgliedschaft im Mile High Club erworben."

Killian stöhnte und alle möglichen Bilder blitzten in seiner Vorstellung auf. „Und das wirst du auch heute nicht tun. Wenn ich dich nehme, wird das in einem Bett sein, und ich werde mir Zeit lassen. Du wirst mich noch Tage später spüren. Du wirst meinen Schwanz in dir vermissen und dich nach mehr verzehren."

Ihr glühender Blick suchte seinen und ihre Wangen wurden rot. „Ich hätte nie gedacht, dass du so schmutzig redest." Sie stieß den Atem aus. „Ich bin gerade so scharf auf dich."

Wieder stöhnte Killian auf.

Ein Handy klingelte. Der Jet war mit Satelliten-Internet ausgestattet, über das Anrufe weitergeleitet wurden.

„Das ist meins." Devyn wollte aufstehen. „Vielleicht ist es Cain."

Killian krallte seine Hand in ihre Hüfte. Er drückte ihr einen letzten, schnellen Kuss auf die Lippen. „Wenn ich schließlich meinen Schwanz in dich reinstecke, Devyn, dann, wenn ich weiß, dass du in Sicherheit bist."

Sie sah ihm in die Augen. Sah ein wenig erschrocken aus. „Ich war in meinem ganzen Leben noch nie in Sicherheit."

„Das musst du mir beizeiten auch noch mal erklären." Er wollte jedes ihrer Geheimnisse erfahren.

Als sie den Blick abwandte, was sehr untypisch für Devyn war, schwor Killian sich, dass sie ihm eines Tages liebend gern ihre Geheimnisse verraten würde. Die Geheimnisse, die sie immer noch schmerzten – damit er sie verdammt noch mal für sie vernichten konnte.

Devyn rutschte zurück auf ihren Sitz, schnallte sich wieder an und griff nach ihrem Handy. „Gabbi. Sorry, wir sind ganz früh los und ich konnte dir nicht Tschüss sagen. Anscheinend hast du dich noch mit deinem italienischen Hengst im Bett vergnügt." Devyn grinste. „Ja, ja, reibe es mir noch unter die Nase, du Miststück."

Killian hörte die tiefe Zuneigung in ihrer Stimme. Gabbi bedeutete Devyn wirklich viel. Sie mochte vielleicht so tun, als ob sie eine taffe Einzelgängerin war, aber andere Menschen waren ihr wichtig. Sie machte sich Sorgen um Cain und war glücklich, dass Gabbi sich in einen guten Mann verliebt hatte.

Killian presste die Fingerspitzen zusammen und beobachtete Devyn, während sie mit ihrer Freundin sprach.

Es fiel der Frau, die ihm da gegenübersaß, nicht leicht, andere Menschen an sich heranzulassen, aber sie war loyal. Killian hatte Nachforschungen über sie angestellt, eine Tatsache, die sie fuchsteufelswild machen würde, das wusste er. Er kannte ihren Kontostand und die Ergebnisse ihrer letzten ärztlichen Untersuchung.

Killian wusste, dass sie in einem Wohnwagenpark in Alabama aufgewachsen war, zusammen mit ihrer alkoholkranken Mutter und deren nicht enden wollender Abfolge von Versager-Freunden. Drei Tage vor ihrem achtzehnten Geburtstag hatte Devyn den Wohnwagen verlassen und nicht mehr zurückgeblickt.

Killian war klar, dass das, was in diesem Wohnwagen vorgefallen war, nicht gut sein konnte, egal, was es gewesen sein mochte. Doch Devyn hatte sich neu erfunden. Hatte sich ein Leben aufgebaut. Sie war stark, intelligent und loyal.

Seine Hände ballten sich zu Fäusten.

Er musste sie haben, bald, oder er würde völlig den Verstand verlieren.

Sie sprach noch immer mit Gabbi, blickte jedoch immer wieder in seine Richtung.

Bald.

Nachdem Devyn den Anruf beendet hatte, holte Killian ihnen Essen und Getränke aus der kleinen Bordküche.

„Gibts da hinten zufällig eine Cola Light?", rief sie.

„Ja." Er nahm die Dose aus dem kleinen Kühlschrank.

„Gott sei Dank."

Killian musste selbst einige Anrufe erledigen, gefolgt von E-Mails, die nicht länger warten konnten. Es gab immer etwas zu tun, um Sentinel Security so zu führen, wie er es mochte.

Er reichte Devyn ihre Cola Light und ein Sandwich an, dann machten sie sich beide an die Arbeit. Während er E-Mails schrieb, musste Killian zugeben, dass es ihm gefiel, über den Rand seines Laptops zu blicken und Devyn dort sitzen zu sehen, ihre langen Beine unter sich angezogen.

Irgendwann erklang Rics Stimme über die Sprechanlage und teilte ihnen mit, dass sie bald in Nassau landen würden.

Killian warf einen Blick aus dem Fenster. Unter ihnen funkelte das himmelblaue Meer vor der Küste von New Providence.

„Bereit?", fragte er.

Ein Lächeln legte sich auf Devyns Lippen. „Ich bin allzeit bereit, Hawke. Finden wir dieses Arschloch von Attentäter."

KAPITEL ACHT

M it dem Wind in ihren Haaren und der Sonne auf dem Gesicht war es einfach, zu vergessen, dass sie auf einem Einsatz war.

Killian und sie saßen in einem weiteren, sexy Ferrari. Das Auto hatte am Flughafen auf sie gewartet. Dieses war ein silbergraues Cabrio. Killian hatte ganz offensichtlich eine Schwäche für Ferraris.

Devyn beobachtete ihn aus dem Augenwinkel.

Seine Hände ruhten auf dem Steuer und lenkten das kraftvolle Auto mit Leichtigkeit. Dieser Mann machte einfach alles mit Leichtigkeit.

Er war ein genialer Agent gewesen, war mittlerweile ein erfolgreicher Geschäftsmann und soweit sie sehen konnte, auch ein guter Boss und ein loyaler Freund und Bruder.

Das bewunderte sie sehr, aber sie wollte ihn auch ein bisschen aus dem Konzept bringen. Ihn durchrütteln und diese felsenfeste Kontrolle ins Wanken bringen.

Sie fuhren an der Küste entlang. Das kristallklare

Wasser war atemberaubend. Tief atmete Devyn die Meeresbrise ein.

„Magst du das Meer?"

„Wer mag es nicht?" Sie rutschte auf ihrem Sitz herum und lachte sie leise. „Nicht, dass ich tatsächlich je auf einem Strandurlaub gewesen wäre. Ich arbeite immerzu."

Er sah zu ihr, aber seine Augen waren hinter seiner Sonnenbrille versteckt. „Das müssen wir ändern."

Gott. Bei der Vorstellung eines nackten Killian Hawkes an einem Privatstrand spürte Devyn, wie sie augenblicklich feucht zwischen den Beinen wurde. *Himmel, Devyn. Wie wäre es, wenn du dich zuerst darauf konzentrierst, den Attentäter zu schnappen?*

„Nach dieser Mission wartet die nächste Mission." Devyn wandte den Blick ab und betrachtete den blauen Ozean. Die Verbrecher, die sie schnappen musste, gingen nie aus.

Killian erwiderte nichts, aber sie spürte noch immer seine Aufmerksamkeit auf sich.

Schließlich bremste Killian den Wagen ab. „Das Haus, das Hex für uns gemietet hat, ist hier entlang. Reyes' Anwesen befindet sich nur ein paar Meilen weiter die Straße hinunter." Er bog in eine schmale, einspurige, von Palmen gesäumte Straße ein.

Der Weg machte eine Kurve und bildete eine runde Einfahrt vor einer Villa.

Devyn blinzelte.

Killian stellte den Motor aus und murmelte etwas Unverständliches vor sich hin.

Das Haus war wunderschön und romantisch.

Der u-förmige Bungalow hatte weiße Mauern und ein graues Dach. Er lag geschützt zwischen Palmenbäumen und rings um das Haus blühten violette Bougainvilleen.

Devyn stieg aus dem Auto. Durchscheinende, weiße Vorhänge bauschten sich in den Fenstern. „Hex hat uns eine interessante Einsatzbasis gemietet." Devyn ging bereits die Eingangsstufen hinauf.

Ganz in der Nähe plätscherten die Wellen in einem beruhigenden Rhythmus an den Strand. Devyn drückte die Haustür auf.

Das Innere der Villa war im maritimen Stil eingerichtet, der sie an die Hamptons erinnerte. Blasse Holzdielen, weiße Sofas und noch mehr hauchdünne Vorhänge. Die Türen zur Terrasse standen offen und protzten mit ihrer atemberaubenden Aussicht auf das blaue Wasser. Typische tropische Blumen in voller Blütenpracht standen neben dem Geländer.

Devyn trat hinaus auf die Veranda und ließ ihren Blick hinunter zum unberührten, weißen Strand wandern. Er flehte sie förmlich an, ins Wasser zu springen und sich in der Sonne zu räkeln. Am Ufer erstreckte sich ein langer Steg ins Meer. An seinem Ende stand eine überdachte Pergola, an der sich weitere weiße Vorhänge in der Brise bauschten.

Das Haus war herrlich. Die Sorte Ort, an den man in seinen Flitterwochen reiste. Devyn wünschte wirklich, sie wäre im Urlaub hier.

„Hex ist gefeuert", bemerkte Killian.

Devyn lächelte über seinen griesgrämigen Tonfall. Ja, Hex versuchte eindeutig, die Kupplerin zu spielen.

„Sie hat gesagt, das Haus hätte einen voll ausgestatteten Fitnessraum", bemerkte Killian. „Und die Küche ist mit Vorräten aufgefüllt. Außerdem sollte sie mittlerweile detaillierte Infos über Reyes und sein Anwesen geschickt haben."

Gut. Sie mussten vorbereitet sein. Je mehr Infos sie hatten, umso geringer die Chance, dass irgendetwas schiefgehen würde, wenn sie Jagd auf den Drogenbaron machten.

„Wir haben einen ganzen Tag, um uns auf Reyes' Party morgen vorzubereiten", sagte Devyn. „Wir werden bereit sein."

Killian nickte. „Ich hole die Taschen aus dem Auto. Hex hat jemanden angewiesen, uns nachher unsere Einladung vorbeizubringen. Sie ist mit den speziellen Sicherheitsmerkmalen codiert. Hex sagt, ihr Kontakt hätte ein Original besorgen können und hätte ein Duplikat für uns erstellt."

„Wird es die Sicherheitskontrolle bestehen?"

„Das werden wir erst wissen, wenn wir versuchen, damit auf die Party zu kommen."

Devyn grinste. „Zum Glück lebe ich gern gefährlich."

„Ich weiß." Er warf ihr einen langen Blick zu, dann ging er hinaus, um ihr Gepäck zu holen.

Devyn stieß einen Seufzer aus und drehte sich wieder zum Ozean herum. Ihre Finger schlangen sich um das Geländer.

Niemals, jemals hatte sie einen Menschen so sehr gewollt. Sie schloss die Augen. Sie verzehrte sich nach Killian Hawke.

Du wirst dich nicht von deinem Verlangen beherr-

schen lassen, Devyn. Sie hatte sich geschworen, niemals wie ihre Mutter zu werden, mit ihrer endlosen Abfolge von Männern, die allesamt nichts als Versager und Loser gewesen waren.

Marla Hayden hatte nicht gewusst, wie sie ohne einen Mann existieren sollte. Sie hatte geglaubt, ihr ganzer Wert würde nur durch ihr Aussehen und ihre Verfügbarkeit für Sex bestimmt.

Devyn zwang diese hässlichen Gefühle fort und machte sich daran, die Villa zu erkunden.

Sie erwartete fast, nur ein einziges Schlafzimmer vorzufinden, aber so weit war Hex dann doch nicht gegangen. Insgesamt gab es vier davon, alle hell und luftig und mit modernen Himmelbetten ausgestattet, an denen ebenfalls weiße Vorhänge hingen. Das Haus war wunderschön. Es verströmte Strandvibes mit einem Hauch Romantik.

Devyn schüttelte den Kopf. Sie musste arbeiten. Arbeit war es, was sie erdete und sie fokussiert sein ließ.

Sie ging zurück in den Wohnbereich und baute ihren Laptop auf dem langen Holztisch vor den offenen Verandatüren auf.

Killian kam mit den Taschen zurück und verschwand in Richtung der Schlafzimmer.

„Hex hat den Grundriss für Elysium geschickt", sagte Devyn, als er zurückkam.

Er nickte. „Dann machen wir uns an die Arbeit."

AM NÄCHSTEN MORGEN joggte Killian im Sonnenaufgang den Strand entlang.

Er war bereits am Schwitzen. Er musste sich verausgaben, um sich auf andere Gedanken zu bringen und wieder zu klarem Verstand zu kommen, nachdem er die ganze Nacht lang so gut wie kein Auge zugetan hatte.

Zu wissen, dass Devyn direkt nebenan war und in einem großen Himmelbett lag ...

Er stieß ein Knurren aus und lief schneller, bis seine Füße über den Sand flogen.

Gestern hatten sie sich auf den Einsatz heute Abend vorbereitet. Es war so unkompliziert, mit Devyn zusammenzuarbeiten. Er mochte ihren scharfen Verstand, die Art und Weise, wie sie dachte, und wie gut sie sich verstanden.

Killian stieß den Atem aus. Er würde seine Hände verdammt noch mal bei sich behalten, bis die Mission vorbei war.

Er rannte immer schneller. Schon bald war sein Körper schweißbedeckt und sein Atem ging keuchend. Als schließlich ihre Villa vor ihm auftauchte, verlangsamte er seinen Lauf zu einem Schritttempo und atmete tief durch.

In diesem Moment erblickte er eine Gestalt im Meer, die parallel zum Ufer ihre Bahnen schwamm.

Mit klaren, mühelosen Bewegungen schnitt Devyn durchs Wasser. Es war offensichtlich, dass sie es liebte, zu schwimmen.

Während er sie beobachtete, beendete sie ihre Sporteinheit und kam zurück zum Ufer. Die Wellen plätscherten gegen ihren Körper und sie hob die Hände zum

Gesicht, um sich die nassen Haare aus der Stirn zu streichen. Dann kam sie auf ihn zu.

Als sie sich aus dem Wasser erhob, erblickte Killian den winzigen, türkisfarbenen Tanga-Bikini an ihrem fitten, schlanken Körper.

Fuck.

„Ist das dein Ernst?", knurrte er.

„Hawke, dieser Ort ist viel zu schön, um keinen James-Bond-Moment zu haben."

Er kämpfte dagegen an, steif zu werden. Seine Laufshorts würden nichts verbergen.

„Alles okay bei dir?" Sie spazierte an ihm vorbei und ging aufs Haus zu, sodass er ungehinderte Sicht auf ihren perfekten, mit einem türkisen Hauch von Nichts eingehüllten Arsch hatte.

„Du bettelst förmlich danach, dass ich dir den Hintern versohle", bemerkte er.

Devyn griff nach dem Geländer und drehte sich zu ihm um. Ihre Augen waren ein wenig geweitet, aber Killian erkannte auch Neugierde in ihrem Blick.

Verdammt. Sein Schwanz wuchs in die Länge. „Hat dir noch nie jemand den Hintern versohlt, Red?"

„Nein."

Er trat auf sie zu. Sie roch nach Salz und Meer. „Ich könnte dafür sorgen, dass es dir gefällt."

Sie stieß den Atem aus. „Das bezweifle ich nicht. Und jetzt gehe ich unter die Dusche." Sie warf einen Blick auf seine verschwitzten Laufsachen. „Das solltest du besser auch tun. Wir treffen uns im Fitnessraum." Ihr Lächeln hatte etwas Aufreizendes an sich. „Sieht so aus, als ob du etwas Dampf ablassen müsstest." Ihr Blick verweilte auf seiner Erektion.

Dann stieg sie die Stufen hinauf und verschwand im Haus.

Fuck. Er würde es nicht schaffen. Er würde einknicken, Devyn gegen eine Wand drängen und sie hart und heftig ficken.

Bald, Hawke. Bald.

Im Haus warf er einen Blick auf sein Handy. Die Villa wies ein vernünftiges Sicherheitssystem auf, einschließlich Bewegungsmeldern entlang der Grundstücksgrenze. Killian wusste, dass das der eigentliche Grund war, weshalb Hex das Haus ausgewählt hatte, und nicht etwa, weil es so romantisch war.

In seinem Schlafzimmer ging er zur Dusche. Das Bad war mit natürlichen Steinfliesen ausgekleidet und hatte eine große Regendusche und ein riesiges Panoramafenster, das den üppigen, grünen Garten einrahmte.

Killian zog sich aus und trat unter den Wasserstrahl.

Er musste die Beherrschung wiedergewinnen. Nie zuvor hatte er solche Schwierigkeiten damit gehabt. Er stellte sich Devyn in diesem spärlichen türkisen Bikini vor, mit dem Anflug eines Lächelns auf ihren Lippen und einem herausfordernden Funkeln in ihren Augen.

Killian schloss die Augen und legte seine Hand um seinen Schwanz.

In seinen Gedanken öffnete Killian Devyns Bikinitop. Er rieb seinen Schwanz heftiger und schluckte ein Stöhnen hinunter. Sie würde prachtvolle Brüste haben. Er wollte sie berühren, sie schmecken, sehen, welche Farbe ihre Nippel hatten.

Als Nächstes zog er ihre Bikinihose hinunter. Devyn war perfekt. Eine Frau, die wie für ihn gemacht war.

Er presste seine Stirn gegen die kühlen Fliesen und ein rauer Laut drang aus seiner Kehle. Er drückte seinen Schwanz und spürte, wie sich die Lust in seinen Lenden ballte.

Die Vorstellung, wie er Devyn einmal mehr berührte und endlich mit seinem Schwanz in sie hineinstieß ... er war sich sicher, dass sie die einzige Frau war, die es mit ihm aufnehmen konnte, ihn herausfordern konnte, ihm in jeder Hinsicht gewachsen war.

Stöhnend, noch ungezügelter, pumpte er seinen Schwanz. Die Lust schwoll in seinen Adern an wie ein Lauffeuer.

Seine Bewegungen wurden grob und unkontrolliert. Er schnappte nach Luft. Dann überkam ihn ein glühend heißer Orgasmus und er spritzte seine Erlösung gegen die Fliesen. Um ein Haar knickten seine Knie ein.

Verdammte Scheiße.

Keuchend stand Killian da und wartete darauf, dass sich sein System abkühlte. Er drehte das kalte Wasser auf und biss die Zähne zusammen. *Konzentriere dich auf die verdammte Mission.*

Schließlich stellte er das Wasser aus, trocknete sich ab und zog saubere Sportsachen an.

Hinterher ging er zum Fitnessraum und hatte das Gefühl, sich zumindest etwas mehr unter Kontrolle zu haben.

Bis er den hellen Raum betrat. Die Reihe von Rundbogenfenstern bot eine herrliche Aussicht auf das Meer.

Der Raum war mit diversen Sportgeräten ausgestattet und in der Mitte des Bodens lag eine große Matte.

Aber alles, was Killian sah, war Devyn.

Gerade attackierte sie einen schweren Boxsack, der von der Decke hing.

Kick. Kick. Schlag. Schlag. Hieb.

Mit jedem kraftvollen Schlag entwich ihr ein scharfer Atemzug. Sie bewegte sich gut – fit, athletisch, stark. Killians Blick glitt über ihren Körper. Sie trug schwarze Leggings und ein winziges, schwarzes Sportoberteil, das ihre Bauchmuskeln entblößte.

Das kleine bisschen Kontrolle, das er unter der Dusche wiedergefunden hatte, verflüchtigte sich im Handumdrehen.

Devyn hatte blasse Haut, die zu ihren roten Haaren passte. Killian wollte darüber lecken, wollte ihr den Spandex vom Körper reißen und sie auf die Matte hinunterzerren. Er wollte sein Gesicht zwischen ihren Beinen vergraben.

Sein Schwanz wurde erneut steif und Killian schnappte leise nach Luft.

Devyn gestattete dem Boxsack eine Verschnaufpause, hüpfte auf und ab und hob die Hände in eine Angriffshaltung. Sie lächelte. „Bereit zum Kampf, Hawke?"

„Kampf?"

„Sparring." Sie sprang von einem Fuß auf den anderen. „Wer den anderen zuerst auf die Matte bringt, darf mit ihm tun, was er will. Oder sie." Der Schalk blitzte in ihren Augen auf.

Diese kleine Höllenkatze wusste ganz genau, was sie mit ihm anstellte.

„Du hast doch nicht etwa die Hosen voll, oder, Steel? Vielleicht hat es dich weich werden lassen, ein erfolgreicher Geschäftsmann zu sein, also –"

Killian griff an. Mit schwingendem Arm hechtete er quer über die Matte.

Devyn blockte seinen Schlag ab.

Er würde nie seine ganze Kraft gegen sie einsetzen, aber er hörte sie dennoch grunzen. Killian lächelte. Er musste es zu einer Herausforderung machen. Musste Devyn arbeiten lassen.

Sie blickte zu ihm hoch. „Ich wette, es gibt abgebrühte Verbrecher, die sich in die Hose machen, wenn du sie so anlächelst."

Sie kreisten umeinander.

„Hast du Angst vor mir?", fragte er leise.

Sie hob das Kinn. „Nein."

„Solltest du aber."

Erneut griff er an.

In einem Strudel aus Tritten und Schlägen wirbelten sie über die Matte.

Verdammt, es war regelrecht berauschend, Devyns Bewegungen zuzusehen. Seine Sekunde der Unachtsamkeit kostete ihn. Sie duckte sich unter seinem Arm hindurch und platzierte einen Hieb gegen seine Niere.

Killian grunzte, dann wirbelte er herum. Devyn grinste ihn an.

Vorsichtig, Red. Nicht zu arrogant werden. Er ließ eine Salve aus Tritten und Hieben auf sie niedergehen. Sie duckte sich, wich aus, blockte ab.

Dann gestattete er ihr das winzigste Schlupfloch, als er seinen linken Arm sinken ließ.

Natürlich ergriff sie die Chance.

Sie wirbelte herum und griff nach seinem Arm, beugte ihre Knie und setzte einen Judogriff ein, um Killian durch die Luft zu schleudern und mit dem Rücken auf die Matte knallen zu lassen.

Er grunzte. Eine Sekunde später tat sie genau das, worauf er gehofft hatte, und setzte sich rittlings auf ihn. Ihre Hände drückten seine Arme auf die Matte hinunter. Ihr Gesicht war gerötet und sie grinste ihn an.

„Ich habe –"

Killian schleuderte sie herum. Nun war er es, der sie auf dem Boden unter sich fixierte, drückte seine Hüfte in die Wiege von Devyns und hielt ihre Arme mit seinen Händen fest.

Ihr Lächeln verwandelte sich in einen grimmigen Blick. „Das hattest du geplant, verdammt!"

„Ich habe die dir Falle gelegt und du bist nicht einmal geradewegs hineinspaziert, du bist regelrecht mit Anlauf hineingesprungen."

Schmollend schob sie die Unterlippe vor.

Er beugte sich hinunter. Gott, jetzt roch sie nach Zitrone und Limette, vermischt mit einem Hauch von gesundem Schweiß, und das haute ihn völlig um. „Ich schätze, das bedeutet, dass ich gewonnen habe. Jetzt darf ich mit dir machen, was ich will."

Sie leckte sich über die Lippen. Plötzlich sah sie gar nicht mehr so selbstbewusst aus. Das winzigste Anzeichen der Verletzlichkeit blitzte in Devyns Augen auf, bevor sie es wieder versteckte.

Sein Magen zog sich zusammen. Das gefiel ihm. Er war von dieser Verletzlichkeit ebenso gebannt wie von ihrem Selbstbewusstsein.

„Ein Deal ist ein Deal", sagte sie. „Was immer du willst."

Er senkte den Kopf und spürte das Verlangen durch sich hindurch pulsieren. Seine Lippen strichen über Devyns. „Ich will dich schmecken."

„Das will ich auch."

Er küsste sie. Das war Devyn da unter ihm, also warf sie sich ungezügelt in diesen Kuss. Ihre Zungen umschlangen sich und Devyns Körper hob sich seinem entgegen. Sein pochender Schwanz drückte gegen ihren Bauch.

Dann hob Killian den Kopf. „Köstlich, aber das ist nicht die Stelle, an der ich dich schmecken will."

Ihre Augen blitzten auf und ihre Lippen öffneten sich einen Spaltbreit. „Killian –"

Er rutschte zurück, bis er zwischen ihren Beinen kniete. „Was immer ich will, Devyn. Du gehörst jetzt ganz und gar mir."

KAPITEL NEUN

O *Gott.* Ihr Herz hämmerte wie eine Trommel im
wilden Rhythmus.

Killian sah aus wie ein finsterer Kriegsgott. Ein Gott,
der gerade eine Schlacht gewonnen hatte und sich bereit
machte, Anspruch auf seine Beute zu erheben.

Ihr Bauch flatterte wie verrückt. Sie war nicht daran
gewöhnt, so zu empfinden, so sehr die Kontrolle zu
verlieren.

Jemand anderem so sehr ausgeliefert zu sein.

Killians Finger strichen über ihren Bauch. Es fühlte
sich an, als ob ein Blitz in ihren Körper einschlagen
würde. Devyn schnappte nach Luft.

Er lächelte.

Dieses Lächeln machte ihr keine Angst. Okay, vielleicht ein bisschen, aber nicht, dass sie das jemals vor ihm
zugeben würde. Doch während sie Killian dabei zusah,
wie er sie mit diesem eindringlichen, hungrigen Blick in
seinen Augen berührte, wurde ihr bewusst, dass er all

seine Stärke und sein furchteinflößendes Auftreten niemals gegen sie eingesetzt hatte.

Im Gegenteil, er hatte mitgeholfen, ihre Schwachstellen zu beschützen.

Killian hakte seine Finger in den Bund ihrer Leggings.

Devyns Brustkorb hob und senkte sich hektisch. Killian suchte ihren Blick und wandte ihn nicht wieder ab, während er ihr Leggings und Slip langsam über die Beine hinunterzog. Sie bewegte ihre Hüften und dann lag sie praktisch nackt vor ihm.

„Wunderschön." Er kniete sich zwischen ihre Beine, dann stöhnte er auf. „Natürlich bist du komplett gewachst." Seine Hand glitt ihren Oberschenkel hinauf.

Gott. Sie bekam fast keine Luft mehr. Mit nichts als einem Sport-BH bekleidet, lag sie ausgebreitet für Killian Hawke da. Ihre Haut prickelte vor Empfindungen. Schon jetzt war sie unglaublich feucht.

Killian streichelte ihren Schlitz. Ein winziger Schrei drang aus ihrem Mund. Er neckte sie und seine Berührung war glühend heiß und besitzergreifend.

Allein anhand dieser kleinen Berührung wusste sie, dass er kein durchschnittlicher Liebhaber sein würde. Er würde dominant und fordernd sein.

Ihr Bauch zog sich zusammen.

Killian veränderte leicht seine Position, dann senkte er den Kopf und schob seine Hände unter ihren Hintern. Er hob sie an seinen Mund und seine Bartstoppeln kratzten gegen ihre inneren Oberschenkel.

Scheiße. Ihr Atem wurde rauer. Killian leckte über sie und sie zuckte zusammen. Seine Zunge streichelte und eroberte ihre Pussy. Devyns Finger krallten sich in die Matte unter sich.

Sie stöhnte auf und spürte, wie die Lust in intensiven, feurigen Wellen durch sie hindurchströmte.

Killian stieß ein hungriges Geräusch aus und labte sich in vollen Zügen an ihr.

Devyn starrte auf den dunklen Schopf zwischen ihren Beinen. Gott. *Gott.* Killian Hawke leckte ihre Pussy. Und es fühlte sich *so* gut an. Sie stöhnte und bog den Rücken durch. Nie zuvor hatte sie so etwas empfunden. Sie konnte vor lauter Lust keinen klaren Gedanken mehr fassen. Sie konnte nicht mehr atmen.

„Verdammt ... *Killian.*"

„Du schmeckst so gut, Devyn. Ich könnte für immer hier zwischen deinen Beinen bleiben." Das Lecken seiner Zunge, das Kratzen seiner Bartstoppeln, seine sexy Stimme – all das zusammen brachte sie fast zum Explodieren.

Dann drang Killian mit einem Finger in sie ein und sie biss sich auf die Unterlippe, aber es drangen weitere, stöhnende Geräusche aus ihrem Mund. „Bring mich zum Höhepunkt. *Bitte.*"

„Oh, das werde ich, Red. Keine Sorge."

Er steckte einen zweiten Finger in sie hinein.

Für keine Sekunde unterbrach er sein hungriges Lecken. Seine Zähne kratzten über ihren Kitzler und jeder Muskel in ihrem Körper spannte sich an. Sie wand sich unter Killian, aber er hielt sie fest. Die gezielten Bewegungen seiner Zunge trieb sie immer weiter auf den Abgrund zu.

Er war gnadenlos.

Natürlich war er das.

Ihr Höhepunkt erwischte sie schnell und heftig. Killian hielt sie weiter fest und stieß mit seinen Fingern in sie hinein, während sein Mund nicht aufhörte, sie zu quälen.

Willenlos schaukelte sie gegen sein Gesicht und schrie seinen Namen.

Dann sackte sie schlaff auf die Matte zurück. Killian atmete ebenso heftig wie sie.

Devyn fühlte sich zu träge, oder vielleicht war sie einfach noch nicht in der Lage, sich zu bewegen, also blieb sie liegen, wo sie war. Sie starrte hinauf in das harte Gesicht, in diese dunklen, durchdringenden Augen. Ihr Magen vollführte einen Salto.

Killian sah sie an, als ob er sie besitzen würde. Als ob er bis in ihr Innerstes blicken könnte. Bis an die Stelle, die sie noch nie einem anderen Menschen gezeigt hatte.

In diesem Moment verspürte sie einen Anflug der Panik. Ihr Blick fiel auf die beeindruckende Erektion, die Killians Shorts ausbeulte.

Oh. Erneut stieg Hitze in ihr auf und braute sich in ihrer Pussy zusammen. Sie streckte die Hand nach Killian aus.

„Nein." Er hielt ihr Handgelenk fest. „Noch nicht."

„Ich hätte dich nie für einen Pussyfopper gehalten, Killian."

Er beugte sich über sie und ihr Herz setzte einen Schlag aus. „Oh, du wirst meinen Schwanz schon bald genug bekommen, aber nicht kurz bevor wir in das Anwesen eines Drogenbarons einbrechen."

„Killian ..." Etwas in ihr schrie sie an, davonzurennen. Zu fliehen. Dieser Mann würde sie vernichten, bis sie nichts mehr zu geben hatte.

Ein anderer Teil in ihr schrie sie an, mutig zu sein.

Killian strich mit seiner Daumenkuppe über ihre Lippen. „Bald, Red. Versprochen. Und jetzt" – er erhob sich mit einer geschmeidigen Bewegung – „gehe ich noch mal eiskalt duschen und dann sprechen wir ein letztes Mal den Plan für heute Abend durch."

Devyn stieß einen Seufzer aus. „Ja, Boss."

Seine Augen blitzten auf. „Bring mich nicht auf mehr Ideen, als ich ohnehin schon habe."

Lautlos schlenderte er aus dem Fitnessraum.

Devyn ließ sich auf die Matte zurückfallen. Gott, sie steckte in monumentalen Schwierigkeiten.

Sie hatte längst gewusst, dass Killian *Steel* Hawke ein gefährlicher Mann war. Sie schloss die Augen und presste eine Hand auf ihr noch immer hämmerndes Herz.

Doch erst jetzt wurde ihr klar, wie gefährlich genau er war.

Sie öffnete die Augen und starrte blind an die Zimmerdecke. Sie konnte die Berührung seiner Finger noch immer spüren und ihre Oberschenkel waren noch wund vom Kratzen seines rauen Kiefers. Er hatte sie markiert, auf mehr als eine Art und Weise.

Aber er hatte sie mit nichts als purem Verlangen angesehen. Ihre Brust zog sich zusammen.

Killian beschützte die Menschen, die er als Sein betrachtete. Er herrschte mit gnadenloser Präzision über dieses kleine Reich.

Und er wollte sie.

Devyn erschauderte. War sie stark genug, es mit ihm aufzunehmen?

KILLIAN ZOG SEIN JACKETT AN. Er trug einen cremefarbenen Leinenanzug und darunter ein weißes Hemd, die obersten Knöpfe offen, aus Rücksicht auf die milde Abendluft.

Er warf einen suchenden Blick in den Flur und wartete auf Devyn.

Sie würden zu Reyes' Anwesen fahren, sich unter die Gäste mischen und sich dann umsehen. Sie mussten die Anzahl der Wachen sowie Reyes' Aufenthaltsort bestimmen. Aufgrund der hohen Sicherheitsvorkehrungen am Eingang war es wahrscheinlich, dass es auf der Party selbst ziemlich entspannt zugehen würde.

Gut. Das bedeutete, dass kein lauernder Bodyguard für Ärger sorgen würde, wenn Devyn und Killian Reyes für ein Schwätzchen mitnahmen.

Einmal mehr dachte Killian über die Wahrscheinlichkeit nach, dass Reyes ihr Attentäter war. Daran glaubte er nicht wirklich. Reyes' Drogenimperium sorgte dafür, dass er reich und beschäftigt war.

Wer zur Hölle war also hinter ihnen her?

Wer zur Hölle war verrückt genug und hatte die Eier, so etwas zu riskieren?

Wieder warf Killian einen Blick in den Flur. *Wo blieb sie?*

„Wir müssen los, Red."

Er konnte sie noch immer schmecken. Sein Bauch zog sich zusammen. Das Bild der halb nackten Devyn, die für ihn ausgebreitet dalag, ihre süße, feuchte Pussy zur Schau gestellt und ihr würziger, honigsüßer Geschmack auf seinen Lippen ...

Diese Erinnerung würde niemals verblassen. Seine Hände ballten sich zu Fäusten. Er musste sie bald ficken oder er würde noch den Verstand verlieren.

Dann hörte er das Klackern von Absätzen auf den Bodenfliesen und hob den Blick.

Und erfuhr eine Empfindung, wie er sie nie zuvor in seinem Leben erlebt hatte.

Das Herz blieb ihm im Halse stecken.

Ihr langes Kleid war silbern – als ob es aus geschmolzenem Platin gefertigt wäre. Es war über und über mit winzigen Pailletten bedeckt, die im Licht schimmerten. Dazu trug Devyn silberne Sandalen mit hohen Absätzen, deren Riemchen sich um ihre schlanken Waden wanden. Ihre roten Haare waren offen und sahen aus wie feuriger Regen. Sie hatte irgendwas mit ihrem Gesicht angestellt – ihre Augen waren dunkel, ihre Wangenknochen betont und ihre Lippen gewagt rot.

Killian starrte sie an.

„Was meinst du?" Sie breitete die Arme aus und drehte sich einmal um sich selbst.

Dieses Luder folterte ihn mit Absicht. Das Kleid schmiegte sich an ihren Körper, hatte schmale Träger, die sich hinter ihrem Nacken kreuzten, und stellte Devyns prachtvolle Brüste zur Schau. Ihr wunderschöner Rücken war nackt, und nie im Leben trug sie unter diesem Outfit einen BH. An der Seite wies das lange, verführerische Kleid einen verführerisch hohen Schlitz auf.

„Du siehst atemberaubend aus."

Eine leichte Röte legte sich über ihre Wangen. „Danke."

„Was trägst du unter dem Kleid?", fragte er.

Sie warf ihm einen aufreizenden Blick zu. „Mein Parfüm."

Er knurrte. „Keinen Slip?"

Sie zwinkerte ihm zu, begriff offensichtlich nicht, dass sie einen hungrigen Tiger anlockte.

Devyn strich ihre Haare glatt. „Ich finde –"

Mit zwei langen Schritten durchquerte Killian den Raum. Er griff nach Hadley, wirbelte sie herum und drängte sie gegen die Wand.

Sie schnappte nach Luft. „Hawke."

Sie roch wie Sex und Sünde, was nicht weiter überraschend war. Ihr Parfüm heute Abend war warm und würzig.

„Weißt du eigentlich, wie wunderschön du bist?" Er raffte den Rock ihres Kleids in seiner Hand.

„Die Leute sagen mir immerzu, dass ich schön wäre. Das hat nichts zu bedeuten. Ich habe nichts dafür getan, um so geboren zu werden."

Killian schob den Stoff ihres Kleids hoch und ließ seine Hand daruntergleiten. Seine Finger berührten die glatte Haut ihres Oberschenkels und er hörte, wie ihr für einen Augenblick der Atem stockte. „Ich spreche nicht nur darüber, wie du aussiehst, Devyn." Er fand das

Messer, das sie an ihren Oberschenkel gebunden hatte. Gott. Das ließ ihn steif werden.

„Ist eine Keramikklinge", erklärte sie. „Falls die Wachen einen Metalldetektor haben, werden sie es nicht bemerken."

Seine Hand glitt höher. Sie hatte nicht gelogen. Sie trug keinen Slip.

Killian streichelte ihren Schlitz und ließ seinen Daumen über ihre Kitzler schnellen – zutiefst zufrieden, als sie zusammenzuckte –, dann zog er seine Hand wieder unter ihrem Kleid hervor.

Er drehte sie so, dass sie ihn ansah. Es gefiel ihm, zu sehen, dass ihre Wangen nun deutlich gerötet waren. Er wusste, dass die knallharte Spionin Hellfire für niemanden rot wurde, außer für ihn.

„Ich habe etwas für dich." Er griff nach der Schatulle, die auf einem Beistelltisch lag.

Devyn zog eine Augenbraue hoch.

Killian klappte die Schatulle auf und zeigte Devyn die schlanke Kette und den tiefroten, mit Diamanten bestückten Platinanhänger, der daran baumelte.

„Wunderschön", murmelte Devyn.

„Er nennt sich das Teufelsherz. Ein seltener Rubin. Reyes hat ein Faible für Edelsteine und wird den Anhänger erkennen."

Ihre Augen blitzten auf. „*Oh*. Richtig. Für die Mission. Natürlich."

Killian griff nach ihrem Kinn. „Und ich weiß, dass er wunderschön an dir aussehen wird." Er verriet ihr nicht, dass er die Kette schon vor langer Zeit für sie gekauft hatte.

Devyn schluckte und starrte ihn einfach nur an.

Killian nahm die Kette aus der Schatulle und drehte Devyn wieder mit dem Rücken zu sich, dann legte er ihr die Kette um den Hals. Der Anhänger schmiegte sich perfekt an ihr Dekolleté.

„Pass heute Abend auf dich auf, Red."

Sie suchte seinen Blick. „Das werde ich. Und ich weiß auch, dass ich mich auf meinen Partner verlassen kann."

Partner. O ja, das gefiel Killian. „Dann lass uns diese Mission auf den Weg bringen."

Er führte Devyn hinaus zum Ferrari Portofino M und zog ihr die Beifahrertür auf.

„Oh, und Steel?" Auf halbem Weg ins Cabrio hielt sie inne.

Er senkte das Kinn.

„Pass du auch auf dich auf, oder ich werde nicht sehr glücklich sein." Ein entschlossenes Funkeln blitzte in ihren Augen auf, dann glitt sie hinunter auf den Beifahrersitz des Sportwagens.

Kopfschüttelnd drückte Killian die Beifahrertür zu. Wann hatte sich das letzte Mal jemand Sorgen um ihn gemacht, als er auf eine Mission losgezogen war?

Sicher, sein Team von Sentinel Security, insbesondere Hex und Hadley, mochten es, großes Aufheben um ihn zu machen. Und Saskia machte sich Sorgen.

Aber sie alle wussten, dass er sehr gut auf sich selbst aufpassen konnte.

Das wusste auch Devyn, und doch hatte sie ihn gerade angesehen, als ob sie richtig Ärger machen würde, wenn ihm etwas zustoßen sollte.

Er lächelte und schüttelte einmal mehr den Kopf.

Zeit, dich auf die Mission zu konzentrieren. Auf Reyes.

Es war nur eine kurze Fahrt zum Elysium. Auf ihrem Weg bemerkten sie jede Menge andere Luxusautos, die ebenfalls in Richtung des riesigen Anwesens fuhren.

Die Villa bestand aus nichts als weißer Weitläufigkeit. Das Haupthaus war hell erleuchtet, was es aussehen ließ wie einen Palast. Auf dem makellos gepflegten Grundstück waren überall Lichter verteilt, und direkt vor dem Eingang erhob sich ein großer, lagunenartiger Springbrunnen.

Dieses Anwesen besaß nichts des entspannten, romantischen Charmes ihrer eigenen Villa. Das Haus war eine protzige, prunkvolle Demonstration von Reichtum.

Sie fuhren vor und Killian reichte einem jungen, einheimischen Valet die Autoschlüssel an.

Der Mann lächelte sie offen an. „Hübscher Wagen, Sir." Der Blick des Mannes wanderte weiter zu Devyn. „Sehr hübsch."

Killian griff nach Devyns Arm und zusammen mit anderen Gästen gingen sie auf den Eingang zu.

Als sie bei den Sicherheitskräften ankamen, die die Einladungen überprüften, hoffte Killian inständig, dass ihre Fälschung funktionierte.

„'N Abend", murmelte eine der Anzug tragenden Wachen.

„Abend." Killian hielt ihm die Einladung hin.

Der Mann scannte die Einladung, dann nickte er.

„Viel Spaß auf der Party." Außerdem warf er einen anerkennenden Blick auf Devyns Beine.

Killian zog Devyn enger an seinen Körper und sie betraten das Haus.

„So viele Menschen", murmelte sie.

Ja. Noch während immer weitere Gäste in ihren Autos vorfuhren, tummelten sich bereits unzählige Feiernde in der Villa. Champagner und Cocktails flossen in Strömen und Musik schallte durch die Räume. Der Wohnbereich hatte hohe, offene Decken bis in den zweiten Stock und öffnete sich zu einer großen Steinterrasse.

Während sie tiefer ins Haus hineingingen, zog Killian Devyn weiterhin eng an seine Seite. Nachdem sie sich einen ersten Überblick über die Party verschafft hatten, hatte Killian bereits mehrere vermögende Drogenhändler, einige Geschäftsleute mit eher zweifelhaften Verbindungen sowie diverse Drogenbarone und eine Handvoll Promis katalogisiert.

Gemeinsam traten sie hinaus auf die Veranda und an die vom Meeresduft erfüllte Luft. Am geschwungenen Geländer blieben sie stehen. Unter ihnen breitete sich die weite Fläche des herrlichen, weißen Sandstrands aus, an dem sanfte Wellen brachen. Überall auf dem Grundstück waren brennende Fackeln aufgestellt – im grünen Garten, entlang des Pfads zum Strand und in langen Reihen im Sand – und erleuchteten die Gesichter der Gäste, die Reyes' Gastfreundschaft genossen.

„Und dann heißt es immer, Verbrechen lohnt sich nicht." Devyn lehnte sich mit dem Rücken gegen das Geländer.

Die Meeresbrise spielte sanft mit ihren Haaren und ihrem Kleid. Der Stoff des Kleids schmiegte sich eng an ihren Körper und präsentierte Killian eine herrliche Aussicht.

„Hast du Reyes schon irgendwo gesehen?", fragte sie.

Killians Blick schweifte erneut über die Menge der Gäste. Ihm fielen einige stumme Wachen mit steinernem Gesichtsausdruck auf, die entlang der Wände im Haus standen. Er notierte sich in Gedanken ihre Positionen. „Nein."

„Vielleicht ist er unten am Strand?"

Killian bemerkte einen Mann, der Devyn hungrig beäugte. Er warf dem Kerl einen finsteren Blick zu, ließ seine Hand über Devyns Rücken wandern und hielt kurz inne, um mit ihrem Schulterblatt zu spielen.

Sie blickte zu Killian auf, dann bemerkte sie ihren Bewunderer. Ihr Lächeln wurde breiter und sie drückte sich an Killian.

„Warum markierst du mich nicht als Killian Hawkes Eigentum?"

„Gute Idee." Seine Hand legte sich auf ihren Hintern.

Sie prustete leise, dann küsste sie die Unterseite seines Kiefers.

Verdammt, sie ging ihm derart unter die Haut, dass er sie nie wieder von dort wegbekommen würde.

Ein tiefes, maskulines Lachen tönte durch die Party.

Killian hob den Kopf. Ein Mann in weißer Hose und einem blauen Hemd mit hochgerollten Ärmeln tauchte aus dem Haus auf und begrüßte mehrere Gäste. Er hatte dunkle, lockige Haare mit grauen

Sprenkeln darin, dunkle Augen und einen grauen Kinnbart.

„Wir haben gerade Reyes gefunden", murmelte Killian.

KAPITEL ZEHN

Mit großer Mühe riss Devyn ihre Aufmerksamkeit von Killian fort.

Der Mann ruinierte ihre Konzentration einfach völlig.

Sie fokussierte sich auf Reyes. Er lachte mit seinen Gästen. Hm, er war attraktiv, erinnerte sie an einen Silverfox Daddy. Seine sonnengebräunte Haut ließ seine Zähne umso weißer strahlen und er hatte einen schlanken, trainierten Körper.

„Bereit, unseren Plan in die Tat umzusetzen?", fragte Devyn und berührte den Anhänger an ihrem Hals.

„Ja. Sorge dafür, dass du mit ihm allein bist, und dann schaffen wir ihn in ein leeres Zimmer und fühlen ihm auf den Zahn." Killian beugte sich zu ihr hinunter und seine Lippen streiften über ihre. Verlangen regte sich in ihrem Inneren. „Wehe, er fasst an, was mir gehört."

Bei seinem besitzergreifenden Tonfall machte

Devyns Herz einen seltsamen Sprung. „Ich gehöre dir nicht."

Killian zog eine dunkle Augenbraue hoch.

Mit einem entrüsteten Schnauben marschierte Devyn an ihm vorbei. Dieses arrogante Alphamännchen.

Du willst ihm gehören. Du liebst es doch.

Gott, ihr inneres Miststück war heute Abend wirklich fies.

Devyn zwang sich, sich zu konzentrieren und sich in ihre Rolle zu versetzen. Mit einem betonten Hüftschwung spazierte sie durch den Raum. Sie ging an Reyes vorüber, ohne ihn anzusehen.

Aber im Augenwinkel bemerkte sie, wie er den Kopf hob. Spürte seine Augen auf sich.

Und sie spürte, wie sich Killians heißer Blick zwischen ihre Schulterblätter bohrte. Mit einem Lächeln hielt sie einen der Kellner an und nahm sich einen fruchtig aussehenden Cocktail mit Schirmchen darin von seinem Tablett.

„Danke." Sie nippte an dem Drink. *Mhm, köstlich.* Ihr Blick wanderte über die anwesenden Gäste.

Killian war nun nirgendwo mehr zu sehen. Aber er war hier, irgendwo, verbarg sich vor neugierigen Blicken.

Ein Tiger, der sich im hohen Gras versteckte.

„Guten Abend", erklang eine Stimme mit kaum merklichem Akzent.

Devyn drehte sich zu Reyes um.

„Hallo", erwiderte sie.

„Ich glaube nicht, dass wir uns schon vorgestellt wurden. Ich bin Juan Reyes." Sein Lächeln war breit und freundlich.

„Delia."

„Gefällt Ihnen meine Party, Delia?"

Ihre Augen wurden groß und ihr Tonfall flirtend. „Ihre Party? Das wusste ich gar nicht. Oh, es ist fantastisch hier. Sie haben ein *wirklich* herrliches Zuhause, Mr. Reyes."

„Bitte, nennen Sie mich Juan und ich nenne Sie Delia. Mit wem sind Sie hier?"

„Mit meinem Date." Sie ließ ihre Mundwinkel sinken. „Ähm, er ist ... er hat ein bisschen zu viel getrunken. Ich musste mal kurz weg von ihm."

Reyes' Blick verfinsterte sich. „Hat er ihnen etwas getan?"

Ein Drogenbaron mit Anstand. „Nein. Aber ich glaube nicht, dass ich auf ein drittes Date mit ihm gehen werde."

Reyes' Augen fielen auf ihre Kette. „Hat er Ihnen diesen Anhänger geschenkt?"

„Ja. Er ist so hübsch." Sie seufzte und streichelte mit den Fingern über den Edelstein. „Ich schätze, den muss ich ihm zurückgeben."

„Würde ich nicht tun. Es ist ein wunderschöner Anhänger und er steht Ihnen sehr gut. Und wenn der Kerl so dumm ist, sich eine Frau wie Sie durch die Lappen gehen zu lassen, dann hat er es verdient, sowohl Sie als auch den Edelstein zu verlieren."

Devyn ließ eine Röte in ihre Wangen steigen, extra für Reyes. „Sie kennen mich doch gar nicht. Ich könnte ein totales Miststück sein oder langweilig oder eine Lügnerin."

Er bot ihr seinen Arm an. „Dann lernen wir uns eben

kennen. Möchten Sie einen Spaziergang mit mir machen, Delia?"

„Klingt toll." Sie stellte ihren Drink auf einem Beistelltisch ab und hakte sich bei Reyes ein. „Ich würde sehr gern noch mehr Ihres wundervollen Anwesens sehen."

Er lächelte. „Ist mir ein Vergnügen."

O nein, es ist definitiv nur mein Vergnügen.

Eine Weile schlenderten sie über die Party. Immer wieder hielten sie an, um die Aussicht aufs Meer zu genießen oder an unterschiedlichen Orten in der Villa zu plaudern. Reyes war wortgewandt und intelligent. Zu schade, dass er ein Krimineller war.

Devyn hatte mit eigenen Augen gesehen, welches Leid Drogen verursachten. Nie im Leben würde sie gutheißen, was dieser Mann tat.

„Ich besitze eine Edelsteinsammlung, falls Sie die gern sehen würden", schlug er irgendwann vor.

Devyn lächelte ihn an. „Ich hoffe, das ist kein Anmachspruch."

Er berührte ihren Arm. „Ich verspreche Ihnen, ich bin ein Gentleman."

Klar. Ein Gentleman, der Drogen vertickt und mit einem Attentäter unter einer Decke steckt.

„Ich würde die Sammlung sehr gern sehen", schnurrte Devyn.

Reyes führte sie einen langen Korridor hinunter. Alles in diesem Haus war entweder weiß oder cremefarben, mit Holzakzenten hier und da. Der Fußboden bestand aus milchigem Marmor.

Die Klänge der Party wurden leiser. Vor einer Tür

blieb Reyes stehen und öffnete sie über einen Ziffern-block an der Wand.

Scheiße, sie hoffte, Killian würde den Code knacken können.

Lautlos schwang die Tür auf und dahinter befand sich ein von weichem Licht erleuchteter Raum.

Devyn erblickte mehrere Glasvitrinen.

„O wow." Sie trat auf die erste Vitrine zu. Darin lagen mehrere Paare Ohrringe auf schwarzem Samt sowie ein funkelndes Diamantarmband und eine Kette aus schwarzen Perlen. Die Schmuckstücke waren wirklich atemberaubend. In einer zweiten Vitrine lagen zierliche, glitzernde Tiaras.

„Ich mag es, meiner Leidenschaft für wunderschöne, einzigartige Juwelen nachzugeben", erklärte Reyes.

Devyn drehte sich zu ihm um. „Ich schätze, das ist einfach, wenn man jedes Jahr Millionen von Dollar durch den Handel mit Kokain verdient." Ihr hauchender, flirtender Tonfall war verschwunden und von einer kühlen, sachlichen Stimme abgelöst worden.

Reyes erstarrte und blickte sie argwöhnisch an. „Wer sind Sie?"

„Eine Frau auf der Suche nach Antworten."

Er stürzte sich auf sie.

Devyn verpasste ihm einen Hieb in die Magengrube, gefolgt von einem Tritt mit ihrem Knie. Stöhnend klappte Reyes vornüber.

Sie zückte ihr Messer aus der Halterung an ihrem Oberschenkel und presste die Klinge an Reyes' Hals. Er stand noch immer vornübergebeugt da und schnappte keuchend nach Luft.

„Wir werden uns jetzt ein bisschen unterhalten."

„Ich bringe Sie um", versprach er finster. „Sie werden hier nicht lebend rauskommen."

„Aber, aber, Reyes." Killian tauchte aus den Schatten auf. „Hier wird niemand umgebracht."

Reyes zuckte zusammen. „Steel."

„Ich würde ja sagen, dass es ein Vergnügen ist, Sie zu sehen, aber das wäre eine Lüge. Wir haben ein paar Fragen an Sie." Killian griff sich einen Stuhl von der Wand und zerrte ihn polternd in die Mitte des Raumes. „Setzten Sie sich."

Reyes schluckte und wägte seine Optionen ab.

„Ich würde es nicht riskieren", bemerkte Killian aalglatt. „Ich nehme an, Sie haben von Hellfire gehört?"

Wieder zuckte Reyes zusammen und seine Augen flogen zu Devyn, dann ließ er sich auf den Stuhl sinken. „Dachte ich mir schon, dass Sie mir irgendwann einen Besuch abstatten würden. Ich habe ihm gesagt, dass es absoluter Wahnsinn ist, Sie ins Visier zu nehmen."

„Wem?", verlangte Killian. „Wir wissen, dass uns ein Attentäter umbringen will. Ich will wissen, wer dieser Wichser ist."

Reyes seufzte. „Er hat gerade erst angefangen. Ich war ihm einige Gefallen schuldig und er hat Geld verlangt, um Söldner zu bezahlen."

„Und Caddock wiederum war Ihnen einen Gefallen schuldig", riet Devyn. „Also haben Sie den Auftrag weitergereicht."

„Ja. Ich hatte gehofft, ich könnte mich aus der ganzen Sache raushalten, wenn ich Caddock zahlen lasse."

Reyes' Blick flog zwischen Devyn und Killian hin und her. „Das hat offensichtlich nicht funktioniert."

„Sein Name", verlangte Killian. „Ich werde unserem Möchtegernattentäter einen Strich durch die Rechnung machen."

„Nicht Möchtegernattentäter", widersprach Reyes. „Er hat bereits getötet."

Devyns Magen zog sich zusammen. „Was?"

„Der Mann ist skrupellos und durchtrieben. Vielleicht ein bisschen wahnsinnig. Er will sich als exklusiver Auftragskiller, der sogar die Besten der Besten auslöschen kann, einen Namen machen. Er hat eine Liste der weltweit zehn besten Geheimdienstagenten erstellt und plant, jeden von ihnen umzubringen."

Ein kalter Schauer schüttelte Devyn, gefolgt von einer Welle des Zorns. „Wer steht sonst noch auf dieser Liste?" Ihre Stimme war schneidend wie eine Peitsche.

Reyes rutschte auf seinem Stuhl herum. „Die gesamte Liste kenne ich nicht, aber ich weiß, dass er bereits einen Mossad-Agenten und einen MI6-Agenten attackiert hat, ebenso wie einen Agenten der CIA –"

„Wen?", fuhr sie ihn an. „Welchen CIA-Agenten?"

„Shade. Ich wusste nicht einmal mit Sicherheit, ob der Mann echt ist. Ich dachte immer, er wäre womöglich nur eine Erfindung, um den Leuten Angst einzujagen. Soweit ich weiß, ist das Attentat nicht nach Plan verlaufen. Shades Leiche wurde nie gefunden und sein Tod konnte nicht bestätigt werden."

Killians Gesicht war ausdruckslos, aber sein Körper verströmte kaum gezügelte Energie.

„Wer ist der Attentäter?", fragte er leise.

Reyes fuhr sich mit den Händen durch die Haare. „Elijah Duffy."

„Nein", stieß Devyn hervor. „Duffy ist ein ehemaliger CIA-Agent im Ruhestand. Ein Patriot. Er dient seinem Land treu."

„Er hatte aufgrund von zu viel Stress mit fünfzig einen Herzinfarkt", erklärte Reyes. „Die CIA hat sich geweigert, ihn für seinen jahrelangen Dienst auszuzahlen, und er ist auf enormen Arztrechnungen sitzen geblieben. Also hat er beschlossen, sein Können auf andere Weise einzusetzen, um sich zu Reichtum zu verhelfen. Er ist ein gefährlicher Mann, Hellfire. Unterschätzen Sie ihn nicht."

AM NÄCHSTEN MORGEN saßen Killian und Devyn im Sentinel-Security-Jet und flogen zurück nach New York. Noch immer versuchte Killian, zu begreifen und zu akzeptieren, dass jemand aus ihren eigenen Reihen es darauf abgesehen hatte, sie umzubringen.

Ein Mann, den Killian immer respektiert hatte. Bewundert hatte.

Devyn sah genauso unglücklich aus wie er. Sie hatte sich auf ihrem Sitz ihm gegenüber zusammengerollt, die Arme um die Knie geschlungen und starrte aus dem Fenster. Unter ihren Augen bemerkte er dunkle Ringe. Beide hatten sie eine schlaflose Nacht hinter sich.

Killian wusste, dass Devyn Kontakt zu ihrem Boss bei der CIA aufgenommen hatte. O'Reilly hatte ihr eine

Carte blanche erteilt, um zu tun, was immer nötig war, um Duffy aufzuhalten und zu verhaften.

Und er wusste, dass sie sich große Sorgen um Shade machte.

Killian stieß den Atem aus. Er glaubte noch nicht daran, dass der andere Agent umgekommen war. Shade war zäh.

Gestern Abend noch hatte Killian diese neuen Informationen an Hex geschickt und sie gebeten, alles über Elijah Duffy zusammenzutragen, was sie über ihn hatten. Sie mussten sein Leben auseinandernehmen.

Elijah Duffy. Verfickt noch mal.

Killian konnte es noch immer nicht ganz akzeptieren. Er kannte Eli. In den letzten Jahren hatte er nicht mehr viel mit dem älteren Mann zu tun gehabt, wusste aber, dass Eli hart gearbeitet hatte und gut in seinem Job gewesen war. Er hatte neue Agenten ausgebildet und war ihnen ein Mentor gewesen. Er hatte sogar das Team unterstützt, das Bin Laden geschnappt hatte.

Duffy war ein Patriot.

Und jetzt war er zum Attentäter geworden?

Killians Laptop pingte und er beugte sich vor. „Hex, was hast du für mich?"

Das Gesicht seines Tech-Gurus war ernst. „Keine guten Neuigkeiten, Boss. Ich kann bestätigen, dass ein MI6-Agent vor einer Woche bei einem Autounfall ums Leben gekommen ist. Das Auto ist beim Zusammenprall sofort in Flammen aufgegangen, aber die Autopsie hat ergeben, dass er eine Schusswunde im Schädel hatte."

„Scheiße", murmelte Devyn.

„Und der Mossad hat seinen besten Agenten verloren", fuhr Hex fort.

Killian schnappte nach Luft. „Aahron Levitt?"

„Ja. Tut mir sehr leid, Kill. Ich weiß, dass ihr befreundet wart."

Sein Hals war wie zugeschnürt. Killian starrte auf den Fußboden. Levitt war ein verdammt guter Agent und ein guter Mann gewesen. Devyn ließ sich in den Sitz neben ihm sinken und drückte seinen Oberschenkel.

Er warf ihr einen Blick zu und legte seine Hand über ihre.

„Wie ist er umgekommen?", fragte er Hex.

„Angeblich ist er aus einer Bar getaumelt und dann von einem Balkon gestürzt."

Fuck. Auf gar keinen Fall war Aahron Levitt betrunken von einem verfickten Balkon gestürzt. Er hätte es gehasst, so zu sterben. Levitt war ein talentierter, intelligenter Mann gewesen, und nun war er tot.

„Die Autopsie hat ergeben, dass er vergiftet wurde", erklärte Hex leise.

„Ist das alles?", fragte Devyn angespannt.

Hex rutschte auf ihrem Stuhl herum. „Ja. Zu Shade konnte ich nichts finden. Hast du von ihm gehört?"

Devyn schüttelte den Kopf.

Hex kaute auf ihrer Unterlippe herum, dann straffte sie ihre Schultern. „Ich werde ihn finden. Er ist eine zu große Nervensäge, als dass er tot sein könnte."

„Und Eli Duffy?", fragte Killian.

Hex stieß den Atem aus und raufte sich die pinkschwarzen Haare. „Eli Duffy ist vor vier Monaten verschwunden. Wie vom Erdboden verschluckt. Seine

Sachen liegen noch immer unangetastet in seinem Haus. Und es gibt nirgendwo auch nur eine einzige Aufnahme auf einer Überwachungskamera von ihm."

„Er versucht, jegliche Kameras zu meiden", bestätigte Devyn. „In den letzten zehn Jahren hat er nicht mehr an aktiven Einsätzen teilgenommen, aber er hat die Rekruten in Langley ausgebildet. Zu seiner Blütezeit war er wahnsinnig gut."

„Reyes hatte recht", fuhr Hex fort. „Duffy hatte extrem hohe Arztrechnungen und die CIA hat ihm nach seinem Herzinfarkt die Übernahme der Kosten verweigert. Seine Schwester hat ihn als vermisst gemeldet und ich habe schon mit ihr gesprochen. Sie hat erzählt, er wäre verbittert und hätte zurückgezogen gelebt. Wäre wütend gewesen. Er hat sich von seinem Vaterland, für das er so viel geopfert hat, verraten gefühlt."

„Und er hat keine Spur hinterlassen?", fragte Devyn. „Kreditkarten? Bankkonto? Reisepass?"

Hex schüttelte den Kopf und sah frustriert aus.

„Möglicherweise hat er diese Sache schon seit einer ganzen Weile geplant", murmelte Killian. „Er könnte ein Alias haben und irgendwo ein geheimes Geldversteck."

„Seine Schwester hat gesagt, dass er in letzter Zeit fokussierter gewesen wäre. Angeblich hätte er gute Aussichten auf eine neue Arbeit gehabt und wäre zuversichtlich gewesen, dass sie sich auszahlen würde."

„Richtig", schnaubte Devyn. „Attentäter werden."

„Als Erstes müssen wir ihn finden, Hex", befahl Killian.

„Bin schon dran, Boss. Ich tue alles, was ich kann, um ihn aufzuspüren."

Wenn irgendwer den Mann finden konnte, dann Hex.

„Bitte Remi, uns zu helfen", sagte Killian. „Und Ace drüben bei Norcross Security." Ihre Verbündeten würden ihnen zur Seite stehen.

Hex nickte. „Wir wollen ja nicht, dass ein Anschlag auf dich verübt wird, also bin ich dankbar für jede Hilfe, die ich kriegen kann."

Remi war eine ehemalige Hackerin, die früher für Sentinel Security gearbeitet hatte. Seit sie den Tech-Milliardär Maverick Rivera geheiratet hatte, hatte sie ihren Job aufgegeben. Und Ace Oliveira war ein ehemaliger Hacker des Red Teams der NSA und von Vander Norcross in dessen Firma rekrutiert worden. Aces Fähigkeiten waren ebenso gut wie die von Hex und die beiden arbeiteten großartig zusammen.

„Passt auf euch auf", sagte Hex. „Wir sehen uns, wenn ihr wieder hier seid."

„Danke, Hex." Killian wischte über den Bildschirm.

Er sah, wie Devyn auf ihrem Handy herumtippte.

„Ich habe Cain noch eine Nachricht geschickt", erklärte sie.

„Hat er zurückgeschrieben?"

„Nein." Beunruhigung stand in ihr Gesicht geschrieben. „Es sieht ihm nicht ähnlich, sich mit seiner Antwort so viel Zeit zu lassen, wenn ich schreibe, dass es dringend ist."

Killian legte seine Hand auf ihren Nacken. „Cain ist sehr schwer umzubringen."

Ein leichter Anflug der Belustigung huschte über ihr Gesicht. „Ich weiß." Dennoch gruben sich Sorgenfalten in ihre Stirn. „Killian, wir müssen herausfinden, wer womöglich sonst noch auf dieser Liste steht. Diese Leute müssen gewarnt werden."

Er nickte. „Okay. Wer könnte draufstehen?"

Eine Weile diskutierten sie die Namen einiger der weltweit besten Geheimdienstagenten und erstellten eine vorläufige Liste. Denjenigen, die sie persönlich kannten, schickten sie Nachrichten, und bei allen anderen schickten sie Nachrichten an Mittelsmänner.

Devyn holte sich eine Cola Light aus dem Kühlschrank der Bordküche, dann ging sie im Mittelgang des Jets auf und ab.

„Wie kann Duffy nur so etwas tun? Menschen umbringen, die er kennt. Menschen, die er *ausgebildet* hat. Menschen, die versuchen, ihren Ländern zu helfen."

„Klingt, als ob sein Herzinfarkt und die Art und Weise, wie die CIA ihn behandelt hat, ihn gebrochen haben."

Devyn seufzte. „Manchmal ist es kein einfacher Job."

„Ist es nicht."

„Ist das der Grund, weshalb du aufgehört hast?", fragte sie.

Killian sah ihr in die Augen. „Ja. Eine Weile bin ich bei der CIA aufgeblüht. Aber mit jeder Mission wurde ich innerlich ein wenig zerrütteter. Außerdem hat meine Schwester mich gebraucht."

„Und du würdest alles für deine Familie tun."

Er griff nach Devyns Arm. „Ich würde für die Menschen, die zu mir gehören, alles tun."

Killian sah, wie sie schluckte. „Und wer kümmert sich um dich?"

Er runzelte die Stirn. „Was?"

Sie trat auf ihn zu und stellte ihre Coladose auf dem kleinen Tisch neben dem Fenster ab. „Wer kümmert sich um Killian Hawke, wenn es schwer wird?"

„Ich selbst."

„Du hast einen anderen Menschen verdient, der auf dich aufpasst, Killian. Oder wenigstens jemanden, der im Dunkeln der Nacht da ist, wenn die Albträume am schlimmsten sind."

Ungestüm zog er sie auf seinen Schoß. „Willst du dieser Mensch sein?"

Bevor sie etwas erwidern konnte, ertönte ein lautes Scheppern und das Flugzeug sackte ab. Killian und sie wurden gegen den Sitz geschleudert.

Was zur Hölle?

Wieder erklang das Scheppern.

„Ist das … der Motor?", fragte Devyn.

Killian streckte die Hand nach der Gegensprechanlage aus. „Ric?"

„Wir haben ein Problem mit dem Motor, Killian. Er läuft noch, aber irgendwas stimmt nicht. Schnallt euch an. Ich versuche, einen geeigneten Landeplatz zu finden."

KAPITEL ELF

Devyn lehnte an der Wand eines Hangars auf dem Hartsfield-Jackson Atlanta International Flughafen und sah Killian und seinem Piloten zu, wie sie sich am Motor des Flugzeugs zu schaffen machten.

Sie stopfte die Hände in die Hintertaschen ihrer Jeans. Könnte Duffy Killians Flugzeug manipuliert haben? Hätten sie abstürzen sollen?

Sie war sich nicht sicher. Duffy versuchte, sich als Attentäter einen Namen zu machen. Es war wahrscheinlicher, dass er sie aus nächster Nähe umbringen wollen würde.

Irgendwann kam Killian zu ihr herüber.

„Irgendwelche Erkenntnisse?"

Er schüttelte den Kopf. „Einige Leitungen sind abgenutzt. Könnte normaler Verschleiß sein."

„Aber das glaubst du nicht?"

„Nein, tue ich nicht." Er griff nach ihrem Arm. „Ric wird am Jet bleiben und die Reparaturarbeiten beaufsichtigen. Ich habe Hex geschrieben und sie hat uns auf einen kommerziellen Flug nach New York gebucht." Er zog eine Baseballkappe aus der Hosentasche. „Hier, deine Verkleidung."

Auf der Kappe prangte ein Schriftzug. *Aerocom Aviation.*

Devyns Mundwinkel zuckten, aber sie setzte sich die Kappe auf und zog ihren Pferdeschwanz durch die Öffnung am Hinterkopf. „Und deine Verkleidung ist dieser noble Armani-Anzug?"

„Nein, der ist von Brioni."

Sie verdrehte die Augen.

„Ich gehe mich umziehen. Bin gleich wieder da."

Killian verschwand im Jet.

Devyn musste sich ablenken, um nicht darüber nachzudenken, wie sich Killian im Flugzeug auszog. Er hatte sie berührt und sein Mund und seine Hände waren überall auf ihrem Körper gewesen, aber sie hatte noch nicht die Gelegenheit dazu gehabt, seinen harten Körper zu erforschen.

Sie zog ihr Handy hervor.

Noch immer nichts von Shade.

Komm schon, Cain. Bei der Vorstellung, diesen pietätlosen, knallharten Spion zu verlieren, hatte sie plötzlich das Gefühl, Wackersteine in der Brust zu haben.

Nahende Schritte ließen sie aufblicken.

Ein Blitz des puren Verlangens schoss durch sie hindurch. Wie konnte ein Mann nur so viel köstlichen Sex-Appeal besitzen?

Killian trug eine abgewetzte Jeans, die perfekt an ihm saß, und ein marineblaues Henley Shirt, das sich über seine Brust spannte. Die beiden obersten Knöpfe standen offen und zeigten ein Dreieck aus bronzener Haut unter seinem Hals. Genau dorthin wollte Devyn gern ihre Lippen drücken.

„Bereit?"

Sie nickte.

Er hielt ihr eine SIG hin. „Versteck die."

Sie kontrollierte die Waffe, dann steckte sie sich die Pistole in den Hosenbund. „Wie kommen wir durch die Sicherheitskontrolle am Flughafen?"

Sie sah, wie Killian seine eigene Pistole versteckte.

„Werden wir nicht. Ric bringt uns zum SkyTrain und damit fahren wir zum Terminal für Inlandsflüge. Ich habe einen Flughafenmitarbeiter organisiert, der uns abholt und durch den Terminal begleitet, und dann steigen wir in unser Flugzeug."

Devyn nickte. Und anschließend würden sie nach New York fliegen und Jagd auf Eli Duffy machen.

In einem weißen Truck, auf dem ebenfalls ein Aerocom-Aviation-Schriftzug prangte, fuhr Ric sie zur SkyTrain-Station neben dem Georgia International Convention Center.

Devyn blickte hinauf zum SkyTrain, der hoch über ihnen über die Hochbahntrasse fuhr.

Sie folgten den Schildern zur Station und fuhren mit dem Fahrstuhl hinauf zum Bahnsteig.

„Wenn wir in New York sind, bleibst du bei mir in der Zentrale", informierte Killian sie.

Sie mischten sich unter die anderen Fluggäste, die auf dem Bahnsteig auf die nächste Bahn warteten.

„War das eine Frage?", erwiderte Devyn.

„Nicht wirklich."

„Du bist es offensichtlich zu gewohnt, der König in deinem kleinen Reich zu sein, Hawke."

Er drehte sich zu ihr um. „Devyn –"

Da schwang etwas in seiner Stimme mit. Eine Bitte.

Sie erwiderte seinen dunklen Blick und seufzte. „Ich werde bleiben."

Schlagartig konnte sie mitansehen, wie sich Freude und Erleichterung in seinen Augen ausbreitete.

„Damit ich auf *dich* aufpassen kann", erklärte sie.

Sein Mund verzog sich zu einem Lächeln. „Einverstanden."

Der selbstfahrende Zug fuhr ein und sie warteten, bis die Fahrgäste ausgestiegen waren, bevor sie sich zusammen mit den anderen Passagieren in den Waggon schoben.

Sie fanden einen Platz neben dem Fenster und Devyn bemerkte, wie eine Frau Killian voller Bewunderung beäugte.

Als der Zug anfuhr, suchte Devyn den Blick der Frau und starrte sie grimmig an. Augenblicklich senkte die andere Frau den Blick.

Eine warme Hand drückte sich auf Devyns unteren Rücken, direkt über ihrer Pistole. Killian spielte am Saum ihres T-Shirts herum.

„Ich mag es, wie du deinen Anspruch erhebst", murmelte er.

„Bilde dir bloß nichts darauf ein."

Die Türen der Bahn glitten zu.

Am anderen Ende des Waggons begann ein Baby zu weinen und Devyns Blick wanderte in diese Richtung.

Ihr Dad wippte das verdrossene kleine Mädchen auf und ab.

Dann fiel Devyns Blick auf einen Mann, der sie unverhohlen anstarrte. Als er sie bemerkte, wandte er eilig den Blick ab.

Sie runzelte die Stirn. Verspürte ein sanftes Kribbeln in ihrem Nacken und ihre Instinkte wisperten ihr etwas zu. Der Kerl war nicht groß, aber muskulös. Er hatte einen rasierten Schädel und sah trainiert aus.

Devyn drehte sich halb zu Killian um. „Der Kerl am Ende des Waggons. Etwa eins fünfundsiebzig groß, schwarzes T-Shirt, rasierter Schädel." Sie lächelte, als ob sie Killian eine unterhaltsame Anekdote erzählen würde. „Er beobachtet uns."

Killian stieß einen leisen Fluch aus. „Vielleicht war das der Grund für die Manipulation am Flugzeugmotor. Wir sollten genau hier in diese Falle tappen." Er hielt inne. „Er murmelt etwas."

Devyn keuchte. „Funkverbindung."

Fuck. Sie blickte sich um. Der SkyTrain war nicht zum Bersten voll, aber dennoch voll genug. Es waren auch Kinder an Bord.

Killian griff nach ihrem Arm und schob sie langsam zum Ende des Waggons.

Der Mann beobachtete sie weiter, dann erhob er sich von seinem Platz.

Und zog eine riesige Pistole hervor.

O Scheiße.

Devyn wirbelte herum, duckte sich und stürzte sich auf den Kerl.

Die Pistole ging los und Kugeln schlugen in das Dach der Bahn ein.

In diesem beengten Raum waren die Schreie der Fahrgäste ohrenbetäubend. Devyn warf sich gegen den Mann und sie stürzten zu Boden. Er bäumte sich auf, aber Killian tauchte neben ihnen auf und trat ihm gegen den Kopf.

Killian half Devyn auf. Weitere Schreie erklangen, und als Devyn sich herumdrehte, entdeckte sie einen zweiten Schützen, der aus der Mitte des Waggons auf sie zukam. Rücksichtslos bahnte er sich seinen Weg durch das Chaos.

Verdammt. Wie viele waren da noch?

„Komm." Killian drehte sich zum Fenster am Ende des Waggons um.

Dort hing ein kleines, rotes Schild. Killian riss die Klappe auf und schnappte sich den Feuerlöscher. Er wirbelte herum und rammte den roten Zylinder gegen die Scheibe. Das Glas splitterte. Zweimal mehr schmetterte Killian den Feuerlöscher gegen die Scheibe.

„Los", bellte er.

Devyn nickte. Wenn sie es aus dem Zug herausschafften, würden hoffentlich keine unschuldigen Menschen zu Schaden kommen.

Sie nahm Schwung und kletterte durch das Fenster hinaus.

Der Wind zerrte an ihren Haaren. Dieser verfickte Duffy hatte ihnen eine Falle gelegt. Hatte den Jet sabotiert, sie gezwungen, hier in Atlanta zu landen, und hatte Angreifer auf sie warten lassen.

Diese Arschlöcher würden sie lebendig schnappen

wollen. Damit Duffy die Ehre zuteilwerden konnte, sie umzubringen.

Devyn zog sich an der Seite des Waggons hoch. Die Bahn fuhr nicht besonders schnell, aber verdammt noch mal, es war ein weiter Weg bis nach unten.

Sie biss die Zähne zusammen und stemmte sich auf das Dach hoch.

Eine Sekunde später tauchte Killian neben ihr auf.

„Komm!", brüllte er gegen den Wind an.

Sie standen auf, fanden ihr Gleichgewicht und balancierten zum vorderen Teil der Bahn. Devyn konnte bereits die nächste Station sehen, die in der Ferne auftauchte.

Schüsse.

Kugeln zischten an ihnen vorbei. *Scheiße.*

„Runter!", rief Killian.

Devyn schmiss sich bäuchlings auf den Boden. Killian richtete sich auf ein Knie auf, zückte seine SIG und wirbelte herum.

Zwei Männer waren ihnen auf das Dach des Waggons gefolgt. Killian schoss in ihre Richtung.

Die beiden Angreifer duckten sich.

Devyn zog ihre Pistole und schoss ebenfalls.

Killians nächster Schuss erwischte einen der Männer am Arm. Der Kerl zuckte zurück, wirbelte herum, verlor das Gleichgewicht und stürzte vom Waggon. Der Wind riss seinen Schrei davon.

Devyn zielte auf den anderen Mann und auch er stürzte Sekunden später mit ausgebreiteten Armen vom Zug.

Die Bahn wurde langsamer und hielt kurz darauf an der Station.

„Komm mit." Killian griff nach ihrer Hand. Sobald die Absperrungen zur Station aufglitten, sprangen sie vom Dach des Waggons und landeten mit gebeugten Knien auf dem Bahnsteig.

Devyn konnte die panischen Passagiere im Zug hören. Ihr Puls hämmerte und das Adrenalin pumpte durch ihre Adern.

Killian und sie steckten ihre Pistolen fort und Killian zog sie auf die Menge der Fahrgäste zu, die an der Station warteten. Devyn riss sich die Baseballkappe vom Kopf und warf sie in den nächstbesten Mülleimer.

„Sie haben auf uns gewartet", sagte sie.

„Ja."

Killian verströmte nichts als Intensität. Er zog Devyn in einen Flur, an den Toiletten vorbei und in einen Abstellbereich für Putzutensilien.

„Killian –"

Er drängte sie gegen die Wand.

Dann presste sich sein Mund auf ihren.

Sie seufzte und warf ihre Arme um Killians Hals. Er hob sie hoch und sie schlang die Beine um seine Taille.

Sie küssten sich leidenschaftlich und Devyn drängte gegen ihn.

Als sie sich voneinander lösten, keuchten sie beide atemlos. Killian senkte seine Stirn auf Devyns.

„Sie werden am Gate auf uns warten", sagte sie.

„Werden sie."

„Also, was tun wir jetzt?"

„Wir tun das, womit niemand rechnet. Wir fahren mit dem Auto nach New York."

DAS SURREN der Reifen auf dem Highway hatte eine beinahe hypnotische Wirkung auf ihn. Es war lange her, seit er eine so weite Strecke gefahren war.

Hex hatte das Mietauto organisiert, damit es nicht zu Killian zurückverfolgt werden konnte.

Er saß entspannt auf dem Fahrersitz des Cadillac CT5, während Devyn sich in den Beifahrersitz fläzte und eine weitere Cola Light trank.

Ihr leises Lachen schwebte durch das Wageninnere.

„Was ist so lustig?", fragte Killian.

„Du fährst einen Cadillac." Sie grinste ihn an. „Da es kein Ferrari oder Aston Martin oder sonst irgendein schnelles und teures Auto ist, ist es praktisch ein Wunder, dass du noch nicht implodiert bist."

„Es ist ein guter, solider, amerikanischer Wagen. Und vor allem fällt er nicht auf."

Killian hatte nicht vor, auf ihrer Fahrt nach New York noch einmal von irgendjemandem angegriffen zu werden, der sie umbringen wollte.

„Stell dir einfach vor, wir wären auf einem Familienurlaub", sagte er.

Devyn prustete. „Ich war noch nie auf einem Familienurlaub."

Mist. Das wusste er eigentlich. Nach allem zu urteilen, was er über ihre Kindheit gelesen hatte, konnte sie von Glück sprechen, es überhaupt jeden Tag in die

Schule geschafft zu haben. „Du bist in Alabama aufgewachsen."

Ihr Kopf flog zu ihm herum und für einen Moment verstummte sie. „Natürlich. Du hast Nachforschungen über mich angestellt."

„Ich besitze eine Sicherheitsfirma. Ich stelle über jeden Nachforschungen an."

Ein seltsamer Ausdruck legte sich auf ihr Gesicht und ihr Körper spannte sich an.

Killian streckte die Hand aus und drückte ihr Knie. „Ausschließlich grundlegende Details aus deiner Vergangenheit. Das ist alles. Ich weiß, dass du keinen Vater hattest und deine Mutter dich allein großgezogen hat."

Devyn stieß ein harsches Lachen aus. „Ich habe mich selbst großgezogen. Meine Mutter hat einen verdammten Scheißdreck getan."

Seine Finger zogen sich um das Lenkrad zusammen.

Devyn verstummte.

Killian entschied, sich als Erster zu öffnen. „Mein Vater hat uns verlassen, als ich noch ganz klein war. Er ist einfach aus der Wohnung spaziert und hat meine Mom mit Saskia und mir allein gelassen."

Devyn starrte aus dem Fenster. „Ich bin mir nicht sicher, ob meine Mutter überhaupt wusste, wer mein Vater war." Sie sah ihn an und er bemerkte den leeren Blick in ihren Augen. „Sie hatte eine endlose Reihe von Mackern. Hat sich von ihnen aushalten lassen, als ob sie eine Abneigung gegen Arbeit hätte. Sie war wunderschön, anfangs, bevor das Trinken und Rauchen ihren Tribut gezollt haben." Ihre Stimme wurde leiser. „Ich sehe aus wie sie, nur dass sie braune Haare hatte. Die roten Haare muss ich von demjenigen mitbekommen haben, der den Rest meiner DNS beigesteuert hat."

„Hat sie dich misshandelt?" Plötzlich wollte Killian diese Frau aufspüren.

„Ein paar Ohrfeigen hier und da. Größtenteils hat sie mich einfach ignoriert oder angebrüllt. Sie hatte eine scharfe Zunge, vor allem, als ich ins Teenageralter kam und ihre Männer anfingen, mir mehr Aufmerksamkeit zu schenken."

Jetzt knirschte Killian mit den Zähnen. Ein wunderschönes junges Mädchen, das sich in eine atemberaubende Frau verwandelte. „Hat einer von ihnen –?"

„Nein. Ich wurde sehr gut darin, ihnen aus dem Weg zu gehen und mich zu verstecken." Sie stieß ein weiteres, harsches Lachen aus. „Ma hat irgendwann angefangen, mich in den Kleiderschrank zu sperren, wenn ihre *Freunde* zu Besuch kamen."

„Gott."

„Es war keine schöne Kindheit, Killian. Keine Ferraris, so viel ist sicher. Wir haben in einem verdreckten Wohnwagen gelebt, miserable Sachen getragen und ich konnte von Glück reden, wenn Essen im Vorratsschrank war. Ein paar Damen aus der Stadt hatten Mitleid mit mir und brachten mir hin und wieder getragene Kleidung vorbei. Ich war fest entschlossen, diesem Höllenloch so schnell wie möglich zu entkommen. Ich wollte mehr sein als dieser dürre, arme, wertlose kleine Rotschopf."

Killian griff nach ihrer Hand. „Du warst nie wertlos, auch wenn sie dir das Gefühl vermittelt hat. Du bist außergewöhnlich, Devyn. Und das sage ich nicht nur, weil du eine talentierte Agentin bist. Du hast überlebt.

Du bist entkommen und hast ein besseres Leben für dich aufgebaut, indem du deinem Land hilfst und andere Menschen beschützt. Und das hast du alles ganz allein geschafft."

Sie starrte ihn einfach nur an.

„Und ich weiß über Fighting Chance Bescheid."

Devyn zuckte zurück. „Verdammt, es ist wirklich unmöglich, irgendwelche Geheimnisse vor dir zu haben."

Fighting Chance war eine Wohltätigkeitsorganisation in D.C., die Mädchen aus verarmten Familien dabei half, eine gute Bildung zu erhalten. Die Organisation finanzierte Schulbücher, Nachhilfe, Kleidung und alles, was die Mädchen sonst noch brauchten, um ihre Schullaufbahn erfolgreich abzuschließen. Devyn war eine große, anonyme Spenderin.

„Ich weiß, dass du noch andere Geheimnisse hast, Devyn." Er senkte die Stimme. „Ich möchte, dass du sie mit mir teilst. Ich will sie alle erfahren."

Ihre Atmung ging schneller. „Ich muss nicht gerettet oder beschützt werden, Killian. Du lebst nur dafür, um sicherzustellen, dass jeder Mensch in deinem Leben beschützt ist." Ihr Blick fiel durch die Windschutzscheibe auf die Straße.

„Na und?", erwiderte er.

Devyn beugte sich zu ihm. „Und ich weiß, dass du den Haushalt geschmissen hast, nachdem dein Vater abgehauen und deine Mutter zusammengebrochen ist. Ich weiß, dass du deine Schwester praktisch allein großgezogen hast."

„Ich habe nur getan, was jeder andere auch getan hätte."

„Nein, nicht jeder andere hätte das getan." Sie drückte seinen Oberschenkel. „Du musst mich nicht beschützen, Killian."

Er konnte ihre Berührung in seinem ganzen Körper spüren. „Werde ich aber trotzdem."

Sie lächelte ihn an. „Ich weiß. Und ich werde dasselbe für dich tun."

Seine Brust zog sich zusammen. Kurz streichelte Devyn sein Bein, dann zog sie ihre Hand zurück.

Und ließ ihn hart wie Marmor zurück. *Verdammt.*

Ihr Handy piepte. Eilig zog Devyn es aus der Tasche und stieß einen lauten Seufzer aus. Ihr Gesicht hellte sich auf. „Eine Nachricht von Shade."

Gott sei Dank. Sogar Killian hatte sich langsam Sorgen um den Mann gemacht.

„Er fragt, ob ich in Sicherheit bin." Sie tippte auf ihrem Handy herum. „Es geht ihm gut. Scheiße. Er wurde angegriffen, hat aber überlebt. Sagt, er hätte sich irgendwo verkrochen. Ich solle mich an dich halten." Sie verdrehte die Augen.

„Das hat nichts damit zu tun, dass er dir nicht zutraut, auf dich selbst aufzupassen, sondern dass er weiß, dass du und ich zusammen Duffy zu Fall bringen können", erklärte Killian.

„Ja, verdammt. Duffy wird diesen Karrierewechsel noch gründlich bereuen." Sie tippte eine Antwort an Shade, dann seufzte sie. „Die Nachricht konnte nicht zugestellt werden. Er hat das Handy schon entsorgt."

„Er kommt klar."

Devyn nickte. „Ich wünschte nur, ich wüsste, wo er ist und wie schwer verletzt er ist."

Sie überquerten die Staatsgrenze von South Carolina.

„Wir müssen irgendwo für die Nacht anhalten", sagte Killian schließlich.

„Ein abgelegenes Motel?"

„Nein, ich weiß einen Ort in Virginia. Dort ist es sicher."

Sie hielten an einer Raststätte an und kauften Essen und Getränke. Devyn hatte eine ausgewachsene Cola-Light-Sucht.

„Ich habe Angst, dass sie die Produktion irgendwann einstellen", erklärte sie. „Coke Zero macht sich mittlerweile überall breit." Sie rümpfte die Nase. „Das ist einfach nicht dasselbe."

„Wenn du willst, sorge ich dafür, dass du immer einen Vorrat an Cola Light dahast", sagte er.

Sie lachte. „Willst du mir alles schenken, was ich mir wünsche, Hawke?"

Er warf ihr einen Blick zu. „Ja."

Ihr Lachen verstummte. „Du meinst es ernst, habe ich recht?"

Er zog eine Augenbraue hoch. „Diese Vorstellung jagt dir Angst ein, das sehe ich."

„Ich bekomme nicht so schnell Angst."

„Gut." Dann warf er einen Blick in den Rückspiegel.

„Gibts ein Problem?", fragte sie vorsichtig.

„Vielleicht. Dieser weiße Chevy SUV folgt uns schon seit einer Weile. Noch ist er unauffällig, aber er ist da."

Und er würde kein Risiko eingehen.

Aufmerksam beobachtete Killian das andere Auto. Devyn griff in den Fußraum und holte ihre SIG hervor.

Dann saß sie da, bereit und wachsam.

Die perfekte Partnerin.

Killian wurde etwas langsamer. Einen Augenblick später überholte sie der Chevy SUV. Als der Wagen auf selber Höhe in der Spur neben ihnen fuhr, spannten Devyn und er sich an.

Dann stieß Devyn ein leises Glucksen aus.

Ein Mann und eine Frau saßen auf den Vordersitzen, drei Kinder auf der Rückbank. Eins der Kinder war noch klein und saß in seinem Kindersitz. Der Kofferraum des Autos war mit Koffern, Spielzeugen und jeder Menge anderer Dinge vollgestopft, die man für eine Reise mit kleinen Kindern eben so brauchte.

Ein kleiner Junge presste sein Gesicht gegen die Scheibe und winkte ihnen zu.

Devyn winkte zurück. Sie lächelte Killian an. „Ich glaube, wir haben nichts zu befürchten."

Er erwiderte ihr Lächeln.

Für jetzt sind wir in Sicherheit. Aber so schnell würde Duffy nicht aufgeben.

Du wirst Devyn nicht in die Finger bekommen.

Dafür würde Killian sorgen.

KAPITEL ZWÖLF

Die Sonne ging bereits unter, als Killian vor einer Hütte hielt.

„Gehört die dir?" Devyn betrachtete das rustikale Holzhaus, das am Rand eines Berghangs stand.

„Ja." Er stellte den Motor aus. „Ich habe die Hütte vor ein paar Jahren gekauft. Läuft auf den Namen einer Firma, die nicht zu mir zurückverfolgt werden kann, also sind wir hier sicher."

Die Hütte war abgelegen. Sie hatten den Highway weit hinter sich gelassen und befanden sich in Virginia, inmitten der Blue Ridge Mountains.

„Ich hatte vor, immer mal für Kurzurlaube hier runterzukommen", erklärte Killian.

„Aber dazu ist es nie gekommen?" Etwas in ihr freute sich hämisch, dass er keine Parade von Freundinnen hierhergebracht hatte.

„Nein. Es war einfach nie wirklich Zeit." Er führte sie einen Pfad aus Holzplanken hinunter und schloss die

Haustür auf. Devyn hörte das Alarmsystem piepen, bevor Killian es ausstellte.

Devyn verschlug es den Atem. „Killian, es ist wunderschön hier."

Die Hütte war nicht besonders groß. Es gab ein kleines Wohnzimmer mit einer Küchenzeile und ein Schlafzimmer, das zu einer Seite abging. Direkt neben der Eingangstür befand sich eine kleine Büronische, in der ein schmaler Schreibtisch und ein dunkelblauer Sessel standen.

Devyn betrat die Hütte und bemerkte die glatten Holzwände und die Holzdecke. Der Kamin und der Spritzschutz in der Küche waren aus Naturstein gefertigt. Eine gemütliche, graublaue Couch stand auf einem flauschigen, cremefarbenen Teppich vor dem Kamin.

Aber Devyn marschierte schnurstracks an all diesen Dingen vorbei zu den großen, gläsernen Schiebetüren. Draußen erblickte sie eine gebogene, hölzerne Veranda, die beinahe so groß war wie die Hütte selbst. An eine Stelle wuchs ein riesiger Baumstamm durch ein extra gesägtes Loch in den Holzplanken, und die Äste des Baums breiteten sich über der Veranda aus.

Schwere Gartenmöbel waren so aufgebaut, dass man die herrliche Aussicht genießen konnte.

Die waldbedeckten Berge und Täler wurden von der untergehenden Sonne in goldenes Licht getaucht. Die Landschaft war majestätisch und Devyn stockte der Atem.

„Du solltest öfter hierherkommen", bemerkte sie.

„Vielleicht werde ich das."

Sie drehte den Kopf. Killian sah sie an.

„Ich sage Hex Bescheid, dass wir gut angekommen sind", sagte er. „Dann hole ich die Einkäufe aus dem Auto."

Auf dem Weg hierher hatten sie an einem Supermarkt angehalten und Vorräte eingekauft. Devyn nickte, zog die Schiebetür auf und trat auf die Veranda.

Als sie auf das Geländer zutrat, stieg ihr der Waldgeruch in die Nase. Devyn atmete tief ein.

Sie verbrachte viel Zeit in Städten oder in eher unwirtlichen Gegenden. Es sicher, gemütlich und bequem zu haben, war kein Gefühl, das ihr besonders vertraut war.

Noch war diese Anspannung ihr ständiger Begleiter, die sie bei dem Wissen ergriff, dass sie mit dem faszinierendsten Mann, den sie kannte, zusammen in einer einsamen, herrlichen Hütte abgestiegen war.

Ihre Finger legten sich um das Holzgeländer. Sie bemerkte, dass die Veranda und ein Teil der Hütte in die Luft über dem steilen Berghang hinausragten. Es fühlte sich an, als ob sie sich in einem Baumhaus befinden würde.

Hinter sich hörte sie das Wispern der Schiebetür.

„Hex schickt uns alles rüber, was sie über Duffy gefunden hat", sagte Killian. „Wenn wir das alles durchkämmen, finden wir vielleicht einen Hinweis darauf, wie wir ihn aufspüren können."

Devyn nickte. „Ich kann einfach nicht verstehen, wie er das tun konnte." Sie seufzte.

„Kanntest du ihn gut?"

„Nicht besonders. Er kam mir immer wie ein anständiger Kerl vor. Erfahren, klug. Ich werde einige Kollegen bei der CIA kontaktieren, die ihn besser kannten. Vielleicht weiß irgendjemand was, das uns weiterhelfen kann." Sie kräuselte die Nase. „Ich hasse es einfach, warten zu müssen."

Seine Mundwinkel zuckten und er lehnte sich gegen das Geländer. „Ich auch."

„Ich hasse es, warten zu müssen, bis er seinen nächsten Schritt macht. Ich mag es lieber, in der Offensive zu sein."

„Duffy wird einen Fehler machen oder wir finden vorher einen Hinweis darauf, wo er sich aufhält. Wir werden nicht zulassen, dass er mit der Ermordung weiterer guter Agenten durchkommt."

Killians Tonfall barg ein unerbittliches Versprechen.

Devyn wurde klar, dass sie auf dieser Mission nicht allein war. Plötzlich war ihr Hals wie zugeschnürt und eine ungewohnte Emotion breitete sich in ihrer Brust aus.

Gott. Sie versuchte immer, die Dinge nicht zu zergrübeln, und hielt niemals lange genug inne, als dass sich klebrige Emotionen in ihr einnisten konnten.

Aber jedes Mal, wenn sie in der Nähe dieses Mannes war, spürte sie, wie diese unerbittlichen Gefühle auf sie eindrängten.

Ihr Magen zog sich eng zusammen. Ihr war bewusst, wie viel Macht Killian über sie haben könnte.

Das war etwas, was sie gemieden hatte, seit sie ihrer Mutter entkommen war.

In diesem Moment hatte sie das Gefühl, als ob sie über dieses Geländer neben sich balancieren würde, hoch oben über dem tiefen, gefährlichen Abgrund.

Würde sie zurückweichen können? Würde sie hinab-stürzen? Oder würde sie springen?

„So", sagte Killian irgendwann. „Wir sind hier in Sicherheit. Geh unter die Dusche oder lass dir ruhig ein Schaumbad ein."

Sie lachte. „Sehe ich aus wie eine Frau, die Schaum-bäder nimmt?"

Er musterte sie. „Vielleicht nicht. Aber ich werde dir jedenfalls ein Abendessen kochen. Du hast heute nichts gegessen außer Cola Light, Chips und einen Scho-koriegel."

„Ein selbst gekochtes Abendessen klingt –" Ihre Stimme brach, was ihr einen riesigen Schrecken einja-gen. Ihre Augen brannten.

Killian kümmerte sich um sie. Niemand kümmerte sich um sie.

„Weinst du?", fragte er vorsichtig.

„Nein."

„Doch, tust du."

„Ich weine nicht, Hawke." Der Kloß in ihrer Kehle machte es ihr schwer, die Worte auszusprechen. „Es ist nicht so, wie du denkst."

„Wenn du mir jetzt irgendeinen Mist über Freuden-tränen erzählen willst – das kaufe ich dir nicht ab. Saskia hat das auch schon bei mir versucht."

Devyn lachte, aber es klang ein wenig wässrig. „Der große Steel gerät in Panik, weil eine Frau in Tränen ausbricht."

Er nahm ihr Gesicht in seine großen Hände und streichelte mit den Daumen sanft über ihre Wangenkno-chen. „Ich will nicht, dass du traurig bist."

„Bin ich nicht. Ich bin ... einfach nicht daran gewöhnt, dass jemand anderes für mich da ist."

Sein dunkler Blick wich für keinen Moment von ihrem Gesicht. „Gewöhn dich besser dran. Ich habe nicht vor, damit aufzuhören."

„Gott, Killian. Ich würde nicht auf mich wetten. Du weißt doch, wie die Leute in unserer Branche sind."

Er stieß ein zorniges Geräusch aus.

„Und ganz besonders ich", fuhr sie fort. „Meine Mutter hat mich gehasst. Ich war nichts als eine Plage für sie, eine Unannehmlichkeit."

Sein Gesicht verfinsterte sich.

Devyn griff nach seinen Handgelenken. „Sie hat mir jeden Tag gesagt, dass ich wertlos bin."

„Sie hat gelogen. Zweifelsohne war sie nur eifersüchtig auf ihre wunderschöne, intelligente Tochter, von der sie wusste, dass sie besser ist als sie selbst."

„Killian, mir hat nie jemand Abendessen gekocht oder mich gefragt, ob ich müde bin."

Er knurrte. „Tja, das wird sich ab sofort ändern."

Ihre Finger zogen sich enger um seine Handgelenke zusammen, so sehr versuchte sie, ihn dazu zu bringen, zu begreifen. „Du hast eine nette, vernünftige Frau verdient. Eine Frau, die dir ein gutes Zuhause schenken kann –"

Wieder knurrte er. „*Devyn.*"

„Ich will dich nur warnen", wisperte sie. „Wenn du mir gehörst, werde ich dich *nie* wieder loslassen. Wenn du mir gehörst, werde ich es mit jedem aufnehmen, der dich mir wegnehmen will.

Und wenn du genug von mir hast und verschwindest, werde ich daran zerbrechen.

Er trat einen Schritt auf sie zu und ihre Körper pressten sich aneinander.

„Warnung zur Kenntnis genommen", sagte er. „Aber Devyn, es ist eine Warnung, die ich nicht brauche."

Das Herz ging ihr über.

Mein, wisperte ihr inneres Miststück. *Dieser Mann ist jetzt mein.*

KILLIAN KONNTE die Augen nicht von Devyn abwenden.

War ihr eigentlich bewusst, wie schlecht sie darin war, ihr Verlangen zu verstecken?

Er zog sie enger an sich. „Und du gehörst mir, Devyn Hayden. Du bist bei mir in Sicherheit."

Behutsam biss er in ihre Unterlippe. „Ich will jeden Zentimeter deines Körpers erforschen und ihn mir ins Gedächtnis brennen. Ich will, dass du mir all deine Geheimnisse verrätst."

Jeder log, ständig. Killian wusste, dass sich die Menschen ungemein anstrengten, ihre Narben und Schwächen zu verbergen. Aber er wollte, dass sich diese Frau für ihn ganz allein öffnete.

Ihr Lächeln war verführerisch. „Zwing mich doch."

Er hob sie von den Füßen, dann senkte sich sein Mund auf ihren.

Sie schlang die Beine um seine Taille und küsste ihn zurück. Hitze rauschte durch ihn hindurch und seine Hände schoben sich unter ihren Hintern.

Sie rieb sich an ihm. „Fass mich verdammt noch mal endlich an."

„Tue ich doch." Er wirbelte sie herum, machte zwei Schritte und presste Devyn gegen die Wand der Hütte.

Devyns Hände vergruben sich in seinen Haaren und ihr Mund eroberte seinen. Sie schmeckte nach Würze und Hitze und Frau.

Seiner Frau.

Er drückte ihren Hintern und sie rieb sich an seinem schmerzhaft steifen Schwanz.

„Nicht aufhören, Killian. Hör nicht auf, mich zu küssen und mich anzufassen."

„Niemals. Du gehörst jetzt mir." Irgendwie schaffte er es, die Schiebetür aufzuziehen und Devyn in die Hütte zu tragen.

Sie löste ihre Beine von seiner Taille und er stellte sie auf dem Boden ab.

Devyn ging rückwärts und er sah das Verlangen in ihren Augen. „Ich verzehre mich nach dir, Killian. Mein ganzer Körper brennt. Ich will dich so sehr, dass mir alles wehtut." Sie zog sich das T-Shirt über den Kopf.

Ein einfacher, schwarzer BH bedeckte ihre Brüste. Sie war stark und ihre Muskeln definiert. Sein Schwanz pochte.

Er griff nach seinem Henley Shirt und zog es aus.

Hungrig wanderte Devyns Blick über seinen Brustkorb und verweilte kurz auf seinen alten Narben. Als Nächstes machte sie ihre Jeans auf und zog sie über ihre Beine hinunter.

Killian hatte sie schon fast nackt gesehen, aber die

Wucht ihres Anblicks in diesem Moment ließ ihn dennoch aufknurren. „Unterwäsche aus. Jetzt."

Es dauerte nur eine Sekunde, bis sie ihren BH aufgemacht und aus ihrem Slip gestiegen war.

Killian trat auf sie zu, dann riss er sie an seinen Körper. Ihre nackten Brüste pressten sich gegen seinen Brustkorb und sie stöhnte auf und rieb sich an ihm. Ihre Nippel waren harte Knospen.

Er eroberte ihren Mund und stieß seine Zunge zwischen ihre Lippen.

Killian war sich sicher, dass Devyns Geschmack nur für ihn erschaffen worden war. Ein Geschmack, von dem er niemals genug bekommen würde.

„Ich will dich nackt sehen", keuchte sie atemlos. „Ich will, dass du in mich hineinstößt."

Seine Hände legten sich auf ihren Hintern und er stöhnte. Dann hob er sie von den Füßen.

„Killian ..." Sie biss in sein Ohrläppchen und rieb ihre heiße Mitte gegen seine Bauchmuskeln.

Er trug sie durchs Wohnzimmer und trat die Tür zum Schlafzimmer auf.

Wie im Wohnbereich der Hütte bestanden auch die Wände des Schlafzimmers aus poliertem Holz. Es gab ein großes Bett, von dem aus man die Veranda und die Aussicht im Blick hatte, und das mit cremefarbener Leinenbettwäsche bezogen war.

Killian warf Devyn auf die Matratze. Sie drückte eine Hand auf ihren Bauch und ihre Beine zappelten ungeduldig herum.

Wenn er sie nicht bald nahm, würde er sterben.

„Du gehörst jetzt mir." Sein Tonfall war düster. Er wollte sicherstellen, dass sie es begriff.

„Nein", murmelte sie. „Du gehörst *mir*."

Killian verschwendete keine Zeit damit, den Rest seiner Sachen auszuziehen. Er stand neben dem Bett und sah zu, wie Devyn mit den Fingern kleine Kreise auf ihren flachen Bauch malte. Ihr Blick wanderte über seinen nackten Körper, fiel auf seinen harten Schwanz und ihre Lippen öffneten sich einen Spaltbreit.

„Oh."

Killian legte den Kopf zur Seite. Mit diesem Anflug der Nervosität in der Stimme der ach-so-toughen Devyn *Hellfire* Hayden hatte er nicht gerechnet.

Er beugte sich über sie und weidete seinen Blick an ihr. Gott, er liebte diesen straffen Körper, liebte die Röte auf ihren Wangen und das pure Verlangen in ihren Augen.

Devyn erschauderte.

„Ist dir kalt?", fragte er.

„Nein."

Killian kniete sich aufs Bett und streichelte mit der Hand über Devyns blasse Haut.

Verflucht atemberaubend. Er spielte mit einem ihrer pinken Nippel und sie schnappte nach Luft. Dann beugte er sich hinunter und saugte ihren anderen Nippel in seinen Mund.

Devyn wand sich. Er ließ seine Hand ihren Körper hinuntergleiten, tauchte seine Finger kurz in ihren Nabel und strich über ihren Hüftknochen.

Sie streckte die Hand nach ihm aus. „Killian, *bitte*."

„Was willst du, Devyn?"

„Dich. Einfach nur dich. In mir."

Er streichelte sie zwischen den Beinen. Sie war so feucht, so erregt. Er fand ihren Kitzler und rieb ihn. Beobachtete ihr Gesicht und jede ihrer Reaktionen, um herauszufinden, was ihr am besten gefiel und wie viel Druck ideal war.

Devyn bog den Rücken durch. „Nein, ich will, dass du in mir kommst. Killian, bitte."

Das wollte er auch, mehr als alles andere auf der Welt. Bewaffnete Terroristen könnten in die Hütte einbrechen und er würde nicht aufhören.

Seine Finger versanken in ihrem Schlitz und Devyn schrie mit heiserer Stimme auf. Verdammt, war sie eng.

„Ich benutze kein Kondom, es sei denn, du willst es", sagte er. „Ich kenne die Ergebnisse deiner letzten Untersuchung und dass du ein Hormonimplantat trägst." Das stand in seinem Bericht über Devyn. „Ich bin sauber." Er würde sie nie einem Risiko aussetzen.

Sie nickte und ihre Augen waren glasig vor Verlangen. „Nichts mehr zwischen uns."

Wieder beugte sich Killian über sie und strich über ihre Oberschenkel. Dann schloss er eine Hand um seinen pochenden Schwanz, aus dem bereits ein Lusttropfen drang. Devyn beobachtete, wie er ihn rieb, und ihr Mund öffnete sich.

„Warte", sagte sie atemlos.

Killian erstarrte.

„Zuerst will ich eins dieser Geheimnisse mit dir teilen." Sie fuhr sich mit der Zungenspitze über die Lippen und sah nervös aus. Etwas, was Killian sonst nie bei ihr sah.

„Du kannst mir alles sagen."

„Okay." Sie stieß den Atem aus und ihre grünen Augen suchten seine. „Na ja ... ich habe das hier noch nie gemacht."

Killian erstarrte. „Was?"

„Du brauchst gar nicht so schockiert zu klingen." Sie verzog den Mund. „Ich sage ja nicht, dass ich irgendeine schüchterne, scheue Jungfrau bin, Killian." Sie richtete den Oberkörper auf, küsste ihn und saugte seine Unterlippe zwischen ihre Zähne. „Ich habe rumgemacht und jede Menge –"

Er stieß ein Knurren aus. „Ich will nichts von irgendwelchen anderen Männern hören." Er legte seine Hand auf ihre Wange. „Du hast noch nie mit einem Mann geschlafen?"

Das sollte keinen Unterschied machen. Aber in diesem Moment fühlte Killian sich wie ein Höhlenmensch. Sein ganzer Körper war angespannt und sein Herz hämmerte vor Begehren. Der erste Mann zu sein, den sie an ihre intimste Stelle ließ. Der einzige Mann, der je in sie eingedrungen war. *Verdammt.* Er kämpfte gegen den Drang an, auf der Stelle zu kommen.

„Nein", murmelte sie. „Ich habe nie zuvor jemandem genug vertraut." Sie schmiegte ihre Wange an seine Hand. „Ich wollte nie jemanden so sehr. Und ich wollte nie wie meine Mutter werden."

„Red." Er streichelte ihre Haut.

Wieder küsste sie ihn. „Sei nicht behutsam, Killian. Ich will dich. Ich will dich in mir spüren. Also hör jetzt bloß nicht auf."

Dieses unbändige Verlangen gab ihm den Rest.

Devyn gehörte ihm. Er würde ihr Erster sein. Der erste Mann, dem sie vertraute, der erste Mann, der in sie eindrang, der erste Mann, der sie befriedigen würde.

Und wenn er seinen Willen bekam, dann würde er auch der letzte sein.

„Ich werde nicht aufhören, Devyn."

„Gut." Sie stieß den Atemzug aus, den sie angehalten hatte. „Denn wenn du mich nicht auf der Stelle fickst, werde ich –"

Killian spreizte ihre Beine und legte seine große Hand über ihre Pussy.

Devyn stöhnte auf. *„Killian."*

„Ich will, dass du genau so meinen Namen sagst, wenn ich meinen Schwanz in dich reinstecke."

KAPITEL DREIZEHN

Ich brauche das hier.

Ich brauche diesen Mann.

Devyns Herz hämmerte heftig und Verlangen, heiß wie Lava, strömte durch sie hindurch.

Killian kniete zwischen ihren Beinen und ragte über ihr auf. Seine harte, muskulöse Brust glänzte, seine Bauchmuskeln waren angespannt und sein langer, dicker Schwanz ragte in die Höhe. *O wow.*

Killian streichelte ihren Schlitz und schickte Schauer der Erregung durch sie hindurch.

„Beeil dich", keuchte sie.

„Will nur sicherstellen, dass du bereit bist."

Gott. „Ich bin bereit! Versprochen."

„Immer so ungeduldig." Er griff nach ihrer Hüfte und zog sie zu sich. Ihr Herz hämmerte gegen ihre Rippen und ihr Bauch spannte sich an.

Killian hob ihre Knie zu seinen Schultern und beugte sich über sie. Dann griff er zwischen ihre Körper und Devyn spürte die Spitze seines dicken Schwanzes, die gegen ihren Schlitz rieb. Killian neckte ihren Kitzler und ihr Innerstes zog sich zusammen.

Devyn stöhnte auf und schaukelte mit den Hüften.

Killians Atem ging rau. „Wir machen langsam."

„Machen wir nicht."

„Devyn."

„Wenn du nicht –"

Er drang in sie ein, nicht schnell, aber auch nicht langsam.

Devyns Finger krallten sich in Killians Seite. *Oh*. Sie spürte das Dehnen, das Brennen, die unerbittliche Art und Weise, wie sein Schwanz sie ausfüllte.

Es war alles, was sie sich je ausgemalt hatte, und noch so viel mehr. „*Killian*."

„Alles gut, Red?" Seine Stimme klang gepresst.

„Ja. Mehr." Das Brennen ließ langsam nach. Sie wollte mehr von ihm. „Ich will dich ganz und gar, Killian."

Er stemmte die Hände auf dem Bett ab und zog seinen Schwanz behutsam aus ihr heraus, dann stieß er wieder hinein.

Oh. Mein. Gott.

Devyn schrie auf, hob die Hüften an und versuchte, noch mehr von Killian in sich aufzunehmen.

Sein nächster Stoß war heftiger und jedes Eindringen seines Schwanzes fühlte sich an wie ein Besitzergreifen.

Killian zog ihre Beine nach unten um seine Taille und Devyn verschränkte die Füße hinter seinem Rücken. Jeder harte Stoß schickte Elektrizität durch ihre Nervenenden. Lust erfüllte sie, heiß und unerbittlich.

„Ja. So gut." Sie wandte den Kopf und biss in seinen Arm, während ihr Atmen zu einem Keuchen wurde.

Killian stöhnte und spürte, wie ihn die Kontrolle verließ. Er fickte sie heftiger und genoss das Geräusch, als Fleisch auf Fleisch klatschte.

Druck baute sich in ihr auf. Sie wollte nicht, dass es jemals aufhörte. Killian in ihr. Vereint. Verbunden.

Sein starker, schlanker Körper hielt den ihren unter sich gefangen und seine Hand glitt zwischen sie. Als er ihren Kitzler berührte, war es um sie geschehen.

Devyn schrie seinen Namen. Woge um Woge der unerträglichen Lust rollte durch sie hindurch. Ihr ganzer Körper bebte und ihre Fingernägel kratzten über Killians Haut.

„*Fuck*, Devyn." Er stieß einen rauen Seufzer aus, dann stieß er ein letztes Mal heftig in sie hinein.

Sein Körper spannte sich an und Devyn spürte, wie seine Wärme sie ausfüllte.

Killian ließ sich aufs Bett fallen und zog Devyn an sich. Sie blieben miteinander verbunden liegen und schlangen die Arme umeinander.

„Okay?", flüsterte er in ihr Ohr.

„So viel besser als okay." Ihre Hand strich über seine schweißnasse Haut. „Können wir das bald wieder machen?"

Er stieß einen amüsierten Laut aus, ließ sie aber nicht los. „Später. Du wirst wund sein."

„Na ja, was muss dein Schwanz auch so groß sein."

Er kniff ihr in den Hintern.

Pfft. Sie hatte gebrochene Knochen, Schläge und eine gerissene Milz überlebt. Was sie gerade getan hatten, hatte ihr nicht wehgetan. Das Brennen hatte ihr gefallen.

„Ein warmes Bad wird helfen", sagte Killian.

Devyn rümpfte die Nase. „Ich habe dir doch gesagt, dass ich nicht bade."

Killian stand auf und hob sie in seine Arme. „Heute wirst du das."

Sie spürte einen Tropfen seiner Erlösung ihren Oberschenkel hinablaufen und biss sich in die Unterlippe. Das gefiel ihr. Sie schlang ihre Arme um Killians Hals und ließ zu, dass er sich um sie kümmerte.

„Abgesehen davon werde ich dir in der Wanne Gesellschaft leisten", erklärte er.

Das ließ sie aufhorchen. „Okay."

Nach einem langen, genüsslichen Schaumbad in der riesigen Wanne direkt neben dem Fenster trockneten sie sich ab und gingen in die Küche. Devyns Magen knurrte bereits.

Wie versprochen kochte Killian ihr Abendessen. Er briet Lachs in einer Pfanne und dazu machte er grüne Bohnen und Reis.

Für eine Frau, die fast immer unterwegs aß, war das praktisch wie im Himmel. Ihr lief das Wasser im Mund zusammen.

Und es tat der Sache auch keinen Abbruch, dass der Koch nur eine lose, schwarze Jogginghose und sonst nichts trug. Er war sogar noch verlockender als das Essen.

Killian brachte die gefüllten Teller an den Tisch. Devyn hatte sich mit ihrem Laptop und einem Haufen Zettel und Unterlagen am Esstisch eingerichtet. Sie war gerade dabei, Eli Duffys Leben unter die Lupe zu nehmen.

Bisher hatte sie nichts Nützliches gefunden. Sie aß ihr Abendessen und genoss die frischen Aromen. „Nicht schlecht, Hawke."

Ein schwaches Lächeln huschte über sein Gesicht. „Ich habe mir das Kochen selbst beigebracht. Ich musste oft für Saskia und mich kochen, als wir Kinder waren und es unserer Mutter nicht gut ging."

Auch Killian hatte keine einfache Kindheit gehabt. Das hatte dazu beigetragen, seinen Beschützerinstinkt zu entwickeln. Vielleicht zu sehr.

„Meine Mutter hat nie gekocht", erklärte Devyn. „Ich glaube nicht, dass sie es überhaupt konnte oder wollte." Marla Hayden war zu beschäftigt damit gewesen, zusammen mit ihrem neusten Liebhaber zu trinken. „Ich habe mich ausschließlich von Käsebroten ernährt."

Ein unglücklicher Ausdruck breitete sich auf Killians Gesicht aus.

Devyn griff nach seiner Hand. „Das ist Vergangenheit. Ich habe es überlebt. Ich schaue nicht zurück."

„Niemand hat für dich gekocht?"

Sie konnte eiskalten Zorn in seiner Stimme hören. Da war er wieder, der Alpha-Beschützer. „Mein Onkel hat Hotdogs gemacht, wenn er zu Besuch kam. Aber er hat mir mehr Sorgen bereitet als irgendeiner der vielen Liebhaber meiner Mutter."

Killian murmelte einen Fluch.

Devyn streichelte seinen Arm. „Er hat mir nichts getan. Er war ein Perversling. Hat mich immer angeglotzt, sich mit meinen Brüsten unterhalten und mir

Geld für einen Blowjob angeboten, wenn meine Mutter nicht im Zimmer war."

Killian erstarrte.

Ihre Hand glitt über seine Brust. „Keine Sorge, er hat mich nie angefasst. Ich habe immer darauf geachtet, nicht lange mit ihm allein zu sein."

Killians Finger versanken in ihren Haaren. „Alles, was du mir erzählst, hat nur zur Folge, dass ich dich noch mehr bewundere."

Sie blinzelte. Sie hätte nie damit gerechnet, dass ihre üble, verarmte Kindheit bei irgendwem Bewunderung hervorrufen würde. Schon gar nicht bei einem Mann wie Killian Hawke.

Ihre Brust zog sich zusammen und ihr Hals war wie zugeschnürt.

Oh, oh. Nein.

Sie verliebte sich in ihn.

Ihr inneres Miststück prustete. *Als ob du wüsstest, was Liebe ist.*

„Iss dein Abendessen auf." Killian stupste ihren Teller an. „Und dann gehen wir die Informationen über Duffy durch."

„Und dann tun wir es wieder?", fragte sie.

Seine dunklen Augen glühten förmlich, als er sie ansah. „Du wirst wund sein."

„Ist mir egal."

„Mir aber nicht."

Sie lächelte und aß ihren Lachs auf. Sie würde ihn schon noch rumkriegen.

ALS DIE DÄMMERUNG am nächsten Morgen die Berge vor der Hütte in sanftes Licht tauchte und er wach im Bett lag, wurde Killian bewusst, dass er für das hier töten würde.

Jeden Morgen mit Devyn Hayden im Arm aufzuwachen. Seine Hand lag besitzergreifend auf einer ihrer festen Brüste und sein Knie ruhte zwischen ihren Beinen.

Gestern Abend hatte sie alles gegeben, um ihn dazu zu bringen, sich wieder mit ihr zu lieben, aber er hatte gewusst, dass sie noch empfindlich sein würde. Irgendwann hatte er sie auf dem Bett festgehalten und seinen Mund zwischen ihren Beinen und in dieser süßen Pussy vergraben. Dann hatte sie für ihn gestöhnt.

Doch die Frau war einfach unnachgiebig und unermüdlich. Sie hatte anschließend Stunden damit verbracht, seinen Körper zu erforschen. Anscheinend mochte sie seine Brust und seine Oberschenkel besonders gern und hatte ihnen gründliche Aufmerksamkeit zuteilwerden lassen. Sie hatte jede seiner Narben mit ihren Lippen erkundet und ihn darüber ausgefragt. Und dann hatte sie ihm sehr enthusiastisch den Schwanz gelutscht.

Sogar jetzt noch loderte Verlangen in seinen Lenden, als er sich daran erinnerte, wie sich ihre Lippen um seinen Schwanz gedehnt hatten und wie die Erregung in ihren Augen aufgeblitzt war.

Nein, sie war wirklich keine schüchterne, scheue Jungfrau.

Sie war überhaupt keine Jungfrau mehr.

Seine Arme zogen sich enger um Devyn zusammen und sie murmelte im Schlaf.

Du gehörst jetzt mir, Devyn Hayden. Ich lasse nicht zu, dass du je wieder in den Schatten verschwindest.

Die Gewalt seiner Emotionen erschreckte Killian. Ihm war nicht klar gewesen, dass er so empfinden konnte.

Killian schlüpfte aus dem Bett und zog seine Jogginghose an. Leise ging er durchs Zimmer und zog die Verandatür auf, dann trat er hinaus in den Morgen.

Er setzte sich auf einen der großen Adirondack-Stühle, ließ sich von der kühlen Morgenluft die nackte Haut streicheln und sah zu, wie die aufgehende Sonne Berge und Himmel langsam in Töne von Orange und Pink hüllte.

Er musste sich bemühen, dieses besitzergreifende Verlangen unter Kontrolle zu bekommen. Killian wusste, dass er Devyn verlieren würde, wenn er sie zu sehr festhielt oder dem Drang nachgab, sie einzusperren.

Seine Finger krallten sich in die Armlehnen des Verandastuhls.

Wird nicht passieren.

Er hörte sie nicht, aber er konnte ihren Duft riechen – warm, weiblich und mit einem Hauch Lavendelöl, das sie gestern Abend in ihr Bad geschüttet hatten.

Devyns Hand glitt über seine Schultern, dann trat sie vor ihn. Sie war noch atemberaubender als die Aussicht. Sie hatte sich in eine weiche, blaugraue Tagesdecke gehüllt und ihre Haare waren offen. Die Schwellung um ihr Auge war endlich abgeklungen und die blauen Flecken kaum noch zu sehen. Aber seine Lippen hatten

Spuren an ihrem Hals hinterlassen. Es gefiel Killian, dass er sie markiert hatte.

Scheiße. Er musste diesen Neandertaler in sich irgendwie in die Schranken weisen.

Devyn setzte sich rittlings auf ihn und das war der Moment, in dem er bemerkte, dass sie unter der Decke nackt war.

„Devyn."

„Ich will dich wieder in mir spüren, Killian Hawke." Ihr Ausdruck war fest entschlossen. „Ich werde kein Nein akzeptieren."

Seine Hände legten sich auf ihre Hüften und ihre Haut fühlte sich warm unter seinen Fingern an. Er achtete darauf, dass die Decke sie weiterhin einhüllte.

Dann sah er das Grinsen, das auf ihrem Gesicht aufblitzte. „Außerdem will ich oben sein."

Seine Hand glitt zwischen ihre seidigen Beine. Sie stieß ein verlangendes, heiseres Geräusch aus.

„Genau da sehnt sich alles nach dir", wisperte sie.

„Hier?" Seine Finger drangen in sie ein und er spürte, wie sich ihre Oberschenkelmuskeln anspannten. „Du wirst mich spüren, wenn ich wieder in dir bin."

Sie schaukelte gegen seine Hand. „Gut."

Verdammt, diese Frau.

Devyn streckte die Hand aus und zog den Bund seiner Jogginghose hinunter. Ihre Finger legten sich um seinen Schwanz und rieben ihn. „Aber zuerst sollte ich sicherstellen, dass du bereit bist."

Killian biss die Zähne zusammen und spürte, wie sich jeder Muskel in seinem Körper anspannte.

Sie rutschte von ihm herunter und sank auf die Knie. „Fuck."

Sie stieß ein leises, kehliges Lachen aus und leckte über seine Eichel.

„So habe ich mir dich so viele verdammte Male vorgestellt", presste Killian hervor.

„Wirklich?" Sie leckte über seinen Schaft.

„Ja. Du auf deinen Knien, vor mir. Mein Schwanz in deinem Mund."

Devyn machte ein summendes Geräusch und saugte die Spitze seines Schwanzes zwischen ihre Lippen.

Killians Finger zogen sich um die Armlehnen des Verandastuhls zusammen. Devyn öffnete ihren Mund weiter und nahm ihn tiefer. Die Muskeln in seinem Bauch spannten sich an. Dann vergrub er seine Faust in ihren Haaren.

Stöhnend nahm sie ihn bis zum Anschlag auf. Ihr Kopf wippte an seinem Ständer auf und ab und das Saugen ihres Munds war die süßeste Folter.

„Devyn", stöhnte er und stieß in ihren Mund.

Sie saugte ihn tief ein, dann hob sie den Kopf. Ein hungriger, leidenschaftlicher Ausdruck hatte sich auf ihrem Gesicht ausgebreitet. Killian zog sie zurück auf seinen Schoß.

Devyn hob ihre Hüfte an und spreizte die Beine weit. Dann sank sie Zentimeter für Zentimeter auf seinen harten Schwanz hinunter. Sie stieß einen sexy Laut aus.

„So tief. Ich glaube nicht, dass du noch tiefer in mich eindringen kannst." Sie suchte seinen Blick. „Du bist so tief in mir."

Er wollte bis in ihre verdammte Seele vordringen. „Du bist so verflucht eng. Und jetzt bewege dich.“

Das brachte ihm ein weiteres sexy Grinsen ein. Devyn hob die Hüften an und senkte sich dann auf ihn hinunter.

Fuck. Rasend schnell baute sich die Lust in ihm auf. Seine Hände legten sich auf die Rundungen ihres Arsches.

Devyn fand einen Rhythmus, bewegte sich schnell und heftig und ritt ihn. Dann presste sie ihre Hüfte hinunter auf seine und küsste ihn mit hungriger Verzweiflung.

Die Decke glitt von ihren Schultern, aber Devyn schien die Kälte nicht zu spüren.

„Berühre deinen Kitzler, Red“, befahl Killian.

Ihre Lippen öffneten sich an seinen. Sie hob ihre Hand zu seinem Mund und er lutschte an ihren Finger, dann spürte er ihre Hand zwischen ihren Körpern.

„*Ja.* O Gott, ja.“ Sie warf den Kopf in den Nacken.

Killian senkte den Blick und sah zu, wie Devyn ihren Kitzler rieb und wie sein Schwanz sie regelrecht aufspieße. Er konnte nicht anders, als seine Hüften hochschnellen zu lassen und ihr Schaukeln zu erwidern. Er spürte Devyns Schenkel zucken.

Dann schrie sie laut auf und ihre Pussy zog sich eng um seinen Schwanz zusammen.

Killian beobachtete Devyn, wie sie die Kontrolle verlor. *Fuck.* Es war das Beste, was er verdammt noch mal je gesehen hatte.

Abrupt stand er auf. Devyn stieß ein überraschtes Wimmern aus und klammerte sich an ihm fest.

Er betrat die Hütte und ging ins Wohnzimmer. Das Schlafzimmer war zu weit entfernt. Sie erreichten die Couch und Killian legte Devyn darauf ab, dann kniete er sich zwischen ihre Beine. Wieder stieß er in sie hinein.

„Killian!"

„Du wirst noch einmal kommen." Ihre Körper klatschten gegeneinander. „Du wirst noch einmal auf meinem Schwanz kommen, Devyn."

„Ja. Hör nicht auf."

Er hämmerte in sie hinein und spürte, wie ein zweiter Höhepunkt sie mitriss. Ihre Fingernägel gruben sich in seine Schultern.

Killians eigene Erlösung rauschte näher.

„Komm, Killian. Gott, du bist wunderschön so. Komm in mir."

„Verdammt", presste er hervor.

„Warte. Komm auf meinen Bauch. Markiere mich."

Mit einem Brüllen zog er sich aus ihr heraus und ergoss sich auf ihren straffen Bauch. Sein Körper zuckte und die Lust schoss durch ihn hindurch. Stöhnend malte er sein Zeichen auf ihre Haut.

Killian hielt sich an der Couchlehne fest und sah zu, wie Devyn mit den Fingern durch sein Sperma fuhr. Sie lächelte.

„Ich mag es, zu sehen, wie du die Kontrolle verlierst", sagte sie.

„Nur für dich." Er beugte sich hinunter und küsste sie.

Aber das Aufblitzen der Verletzlichkeit auf ihrem Gesicht entging ihm nicht. Irgendetwas in ihm verschob sich. Er musste Devyn beschützen. Devyn war sein, damit er sie beschützte. Damit er sie liebte.

Doch das musste er ihr behutsam beibringen. Er musste ihr zeigen, wie es ging.

„Dusche?", murmelte er.

„Mhm." Ihr Mund landete erneut auf seinem.

Er wusste, dass das echte Leben schon sehr bald Einzug halten würde. Ein Attentäter machte Jagd auf sie und das war etwas, was er nicht ignorieren durfte. So sehr er sich auch wünschte, hierzubleiben, sich für immer mit Devyn in diese Hütte einzusperren, sie konnten es einfach nicht tun.

KAPITEL VIERZEHN

Devyn räkelte sich. Sie war auf der Fahrt eingedöst. Durch die Windschutzscheibe hindurch starrte sie nun auf die Skyline von New York City.

Killian und sie waren beinahe zurück am Sentinel-Security-Lagerhaus.

Sie rieb sich das Gesicht. Es war kein Wunder, dass sie müde war. Sie hatte letzte Nacht kaum ein Auge zugetan.

Ihre Mundwinkel zuckten. Nicht, dass sie irgendwas davon bereuen würde.

Mit Killian zusammen zu sein ... das war der beste Moment ihres Lebens gewesen.

„Gut geschlafen?"

Sie warf ihm einen Blick zu. Killian saß hinterm Steuer. Devyn hatte angeboten, zu fahren, aber der Mann war einfach ein Kontrollfreak und hatte ihr Angebot abgelehnt.

„Ja", erwiderte sie.

„Wir sind fast am Lagerhaus. Wir melden uns bei

den anderen und hören uns an, ob Hex irgendwas Neues für uns hat. Und dann kannst du mir Abendessen kochen."

Devyn prustete. „Mach dir nicht zu viele Hoffnungen. Ich bestelle mein Essen meistens beim Lieferdienst."

„Was ist dein Lieblingsessen?"

„Einmal habe ich diesen kleinen Imbiss in Kairo gefunden, der die weltbesten Falafel in Pitabrot hatte –"

„Mit Tahinisoße."

„Ja." Sie lächelte ihn an. „Ich liebe Falafel."

„Davon habe ich selbst eine Menge gegessen."

„Ich versuche, immer örtliche Spezialitäten zu essen, egal, wo ich bin."

„Ich auch." Er streckte den Arm aus, griff nach ihrer Hand und legte sie auf seinem Schoß ab. „Ich kenne ein tolles, kleines ägyptisches Restaurant hier in der Stadt. Nichts Ausgefallenes, aber das Essen ist fantastisch."

Devyn drückte sein Bein. „Bittest du mich gerade um ein Date, Hawke?"

„Nein. Dating haben wir schon längst hinter uns gelassen, Red. Wenn diese Sache vorbei ist und Duffy in irgendeinem Geheimgefängnis der CIA verrottet, dann wirst du in meinem Bett liegen. Und ich werde dich nie wieder gehen lassen."

Ihr Herz setzte einen Schlag aus. Sie hatte bei ihrer Mutter so viele Männer kommen und gehen gesehen. Anfangs hatten sie alle interessiert gewirkt, doch irgendwann hatten sie unweigerlich genug von ihrer Mutter gehabt, waren abgehauen und hatten Marla Hayden noch ein wenig verbitterter zurückgelassen.

Devyn begriff nun, wie es anderen Menschen Macht verleihen konnte, ihnen zu viel von sich zu offenbaren.

„Du weißt schon, dass Männer nicht länger einfach irgendwelche Frauen in ihre Höhlen zerren dürfen, oder?"

Seine Zähne blitzten auf, als er sie angrinste. „Wer sollte mich denn aufhalten?"

Devyn verdrehte die Augen, aber es stimmte. Wer zur Hölle würde Killian *Steel* Hawke aufhalten? Tatsache war, dass sie ihn überhaupt nicht aufhalten wollte.

Doch ein Gefühl des Unbehagens stieg in ihr auf.

Eli Duffy versuchte, Killian umzubringen.

Und der Mann würde nicht fair spielen. Es war schwer, mit jemandem zu kämpfen, den man nicht kommen sah.

Devyn schluckte. Das machte keinen Unterschied. Sie würde nicht zulassen, dass Duffy Killian etwas antat.

Das Sentinel-Security-Lagerhaus tauchte vor ihnen auf. Sie fuhren die Rampe in die Tiefgarage hinunter und parkten. Devyn folgte Killian zum Fahrstuhl.

Sie spürte ein Ziehen an Stellen, an denen sie es nicht gewohnt war. Sie lächelte. Davon wollte sie mehr.

Nach einer kurzen Fahrt mit dem Aufzug betraten sie die Zentrale. „Ich freue mich schon darauf, deine Wohnung zu sehen."

Killian zog eine Augenbraue hoch.

Sie legte ihre Hand auf seine Brust und schnappte nach seiner Unterlippe. „Und dein Bett."

Er griff nach ihrer Hüfte. „Du musst doch noch wund sein."

„Ich habe dir doch gesagt, dass mir das egal ist."

Er drückte ihre Taille. „Und ich habe dir gesagt, dass es mir nicht egal ist."

Sie küsste ihn. „Willst du mich etwa nicht in deinem Bett ficken, Killian?"

Er knurrte und eroberte ihren Mund. Sie presste sich gegen ihn und stöhnte leise. Dann hakte sie ihr Knie um seine Taille und Killian griff nach ihrem Bein.

„Puh, ihr beiden seid einfach *heiß*."

Hex' Stimme ließ sie auseinanderzucken.

Die Hackerin stand vor ihnen, wedelte sich Luft zu und grinste sie an. Heute hatte sie ihre Haare in zwei Schnecken links und rechts an ihrem Kopf gebunden. „Wie ich sehe, hattet ihr eine tolle Zeit auf den Bahamas."

„Hallo, Hex." Killian war nicht aus dem Konzept zu bringen.

„Boss."

„Irgendwelche neuen Entwicklungen, während wir unterwegs waren?", fragte er.

Hex winkte sie zur Kommandozentrale. „Ich lasse ein neues Programm laufen. Wir hatten zwar ein vernünftiges Programm zur Gesichtserkennung, aber ich habe noch ein paar Verbesserungen daran vorgenommen. Remi hat mir geholfen."

„Remi?", fragte Devyn.

„Sie hat früher auch hier gearbeitet", erklärte Hex. „Eine fantastische Hackerin. Sie ist gegangen, nachdem sie Maverick Rivera geheiratet hat."

„Den Tech-Milliardär?", fragte Devyn.

„Ja. Sie ist jetzt total beschäftigt damit, bis über beide

Ohren verliebt zu sein. Kann man ihr nicht verübeln. Der Typ ist umwerfend. Auf eine groß-dunkel-grummelige Art und Weise."

„Hex", mahnte Killian.

„Richtig, ich schweife ab. Das neue Programm. Es überprüft nicht nur Überwachungsaufnahmen und bestehende Dateien der Strafverfolgungsbehörden. Wir lassen es auch in sämtlichen sozialen Medien laufen. Es analysiert Fotos. Falls Duffy im Hintergrund eines Selfies auftauchen sollte, werden wir es wissen und ihn finden." Hex spielte mit ihren Haaren. „Und möglicherweise habe ich auch ein paar Überwachungssysteme angezapft, für die ich *theoretisch* keine Zulassung habe."

Killians Augen wurden schmal.

Hex breitete die Arme aus. „Wir wollen nicht, dass du umkommst, Kill. Wir müssen diesen Typen finden."

„Ich habe auch nicht vor, umzukommen. In Ordnung, wenn es einen Treffer gibt, sag mir Bescheid."

Hex nickte.

„Hast du von Shade gehört?", fragte Devyn.

Hex' Ausdruck wurde grimmig. „Eine sehr kurze Nachricht." Sie versuchte vergeblich, den Anflug der Erleichterung in ihren zweifarbigen Augen zu verbergen. „Wenigstens lebt er noch."

„Seine Nachricht an mich war auch sehr knapp", sagte Devyn. „Das sieht ihm nicht ähnlich."

Hex erstarrte. „Glaubst du, es gibt ein Problem?"

„Vielleicht. Kannst du ihn finden?"

Ein langsames Lächeln breitete sich auf Hex' Gesicht aus. „Allerdings kann ich ihn finden."

Devyn nickte. „Gut."

„Wir gehen in meine Wohnung", sagte Killian. „Sag mir Bescheid, sobald Duffy auftaucht."

Falls Duffy auftauchte. Der Mann hatte seine gesamte Karriere bei der CIA verbracht. Er kannte alle Tricks und Tipps der Branche.

Er würde es ihnen nicht leicht machen.

Möge er dafür in der Hölle schmoren, sie und alles, wofür er gestanden hatte, verraten zu haben.

Killian griff nach Devyns Hand.

„Wir werden ihn finden", murmelte er ohne den geringsten Anflug eines Zweifels auf seinem attraktiven Gesicht.

Devyn nickte. „Das werden wir."

DEVYN LAG BÄUCHLINGS VOR KILLIAN, presste die Wange in seine Laken und ihre geschwollenen Lippen standen einen Spaltbreit offen.

Er stieß von hinten in sie hinein und nagelte sie gegen das Bett, während er ihren atemlosen Schreien lauschte.

Sie hatte recht gehabt – er mochte es, sie in seinem Bett zu ficken.

Seine Hellfire, endlich in seinem Bett.

Killians Hand legte sich auf ihren Nacken und er hämmerte mit gleichmäßigen Stößen in sie hinein. Devyn schob sich zurück in seine Hand.

Sie machte es sich nicht leicht und würde es auch nie tun, aber Killian hatte sich geschworen, ihr Leben ein bisschen leichter zu machen, ein bisschen süßer.

Er würde sein Bestes geben, sie zu beschützen, zu verwöhnen, zu lieben.

Er beugte sich über sie. „Mein ganzes Leben lang habe ich hart gearbeitet, mich um andere gekümmert, meine Schwester beschützt und für mein Land gekämpft."

„*Killian*", stieß sie atemlos hervor.

„Ich dachte immer, dafür würde ich etwas im Gegenzug erhalten. Etwas Besonderes. Dass ich eine Belohnung für meine Opfer verdient hätte."

Sie blickte zu ihm auf, die Lippen geöffnet, die Augen weit.

„Ich hatte es längst aufgegeben, daran zu glauben." Er stieß tief in sie hinein und füllte sie vollkommen aus. Er sah, wie ihre Lider flattern. „Jetzt glaube ich wieder", murmelte er. „Du bist es, Red. Du bist meine besondere Belohnung."

„Gott, Killian." Eine Flut der Emotionen breitete sich auf ihrem Gesicht aus. „Ich habe nie daran geglaubt, irgendetwas Besonderes zu verdienen."

Ihre verfickte, verdammte Mutter. Killians Hand zog sich um Devyns Nacken zusammen.

„Ich fange an, mich in dich zu verlieben", wisperte sie.

„Was dir eine Heidenangst einjagt."

Sie lachte. „Ja, aber ich bin nicht dumm. Du bist das Beste, was mir je passiert ist, Killian. Ich werde es nicht vermasseln. Oder zumindest werde ich versuchen, es nicht zu vermasseln."

Killian zog sich aus ihrer engen Pussy zurück und drehte Devyn auf den Rücken. Dann drang er wieder in sie ein und beobachtete dabei jedes Aufblitzen von Emotionen auf ihrem Gesicht. Er eroberte ihren Mund. Der Kuss war tief und heiß und Devyn legte alles hinein.

„Ich helfe dir", sagte er. „Wir werden es nicht vermasseln."

Sie griff nach seinen Schultern. „Normalerweise spiele ich nicht besonders gut in einem Team."

„Das ist okay, Red. Du musst ja nur mit mir spielen." Er biss in ihre Unterlippe. „Befolge einfach meine Befehle."

Sie lachte. „Träum weiter."

Gott, wie er ihr Lachen liebte. Sie liebte.

Devyn musste es auf seinem Gesicht gelesen haben, denn ihre Augen wurden groß. „Sprich jetzt *bloß* nicht das *L*-Wort aus, Hawke. Ich gewöhne mich erst noch an das alles. Du musst mir etwas Zeit geben."

Jetzt war er es, der lachte. Er war sich nicht sicher, ob er jemals gelacht hatte, während er in einer Frau gewesen war.

Mittlerweile wusste er, dass er mit Devyn zusammen sehr viele erste Male erleben würde.

„Und jetzt" – sie hob ihre Hüfte an –, „würdest du mich bitte zu Ende ficken?"

„Wie du willst."

Killian wurde schneller. Schon bald hallten Devyns Schreie in seinen Ohren wieder, während er sich in sie ergoss.

Sein Körper hielt sie auf dem Bett fest. Er war zu erledigt, als sich noch zu bewegen.

Irgendwann drückte Devyn gegen seine Schulter. „Ich habe Hunger."

Er grunzte. Ihm wurde langsam klar, dass Devyn immer Hunger hatte. „Du hast einen riesigen Burger zum Abendessen gegessen." Sie hatten sie zusammen zubereitet.

„Das ist doch schon Stunden her. Ich habe einen sehr schnellen Stoffwechsel."

„Na schön, ich besorge dir was zu essen."

Devyn drückte einen schmatzenden Kuss auf seine Schulter. „Mein Held."

„Und anschließend gehen wir die neusten Informationen über Duffy durch."

Devyn setzte sich auf. Ihre Haare waren ein verknotetes Chaos. „Absolut. Die Tage dieses Arschlochs sind gezählt."

Nachdem er eine Jogginghose angezogen hatte, holte Killian Cracker und Pastete aus der Küche. Als er ins Schlafzimmer zurückkam, erblickte er Devyn, die in einem seiner weißen T-Shirts im Schneidersitz auf dem Bett saß und etwas auf einem Tablet durchlas.

Scheiße, sah sie sexy aus.

„Irgendwas Nützliches?" Er stellte den Teller auf dem Bett ab und setzte sich neben Devyn.

„Nein." Sie lehnte sich in die Kissen zurück. „Duffy ist nicht dumm. Er war ein sehr guter Agent, Killian."

„Ist mir egal." Er schmierte etwas der Pastete auf einen Cracker und hielt ihn Devyn hin. „Ich werde ihn aufhalten."

„*Wir* werden ihn aufhalten. Vergiss nicht, wir sind jetzt ein Team." Sie beäugte den Cracker. „Pastete? Sehe ich aus wie jemand, der Pastete isst? Ich bin in einem Wohnwagen aufgewachsen."

„Es wird dir schmecken."

Devyn nahm den Cracker an und biss hinein, kaute und stieß schließlich ein zustimmendes Geräusch aus. Killian mochte es, wenn sie solche Geräusche machte.

Er lehnte sich ebenfalls in die Kissen zurück und griff nach seinem eigenen Tablet.

Nebeneinander arbeiteten sie vor sich hin. Killian fand heraus, dass Devyn kleine Laute ausstieß, während sie Texte durchlas. Es war verdammt niedlich. Er strich mit der Hand durch ihre Haare. Sie warf ihm ein gedankenverlorenes Lächeln zu.

Einmal mehr ging Killian Duffys letzte bekannte Aufenthaltsorte durch.

Er war in Israel gewesen, als Aahron umgebracht worden war. Es bestand kein Zweifel, dass er dafür verantwortlich war. Trauer breitete sich in Killian aus.

Devyn strich mit ihrem Fuß seine Wade entlang und kaute währenddessen auf einem Bleistift herum. Sie mochte es, ihn zu berühren. Die Hälfte der Zeit glaubte er, dass sie es gar nicht bemerkte, wenn sie es tat.

Er versteckte ein Lächeln.

Dann pingte Devyns Tablet.

„Eine Nachricht von Hex", sagte sie. „Verdammt, ist sie gut. Sie hat Cain aufgespürt. Es ist beinahe unmöglich, den Kerl zu finden, wenn er nicht gefunden werden will." Sie wischte auf dem Bildschirm herum.

„Wo ist er?", fragte Killian.

Devyn drehte das Tablet und er sah Hex' Gesicht auf dem Display aufploppen. „Es war nicht einfach, aber ich konnte ihn zu einer Hütte in New Mexico zurückverfolgen."

„Er hasst die Wüste", sagte Devyn.

„Er versteckt sich." Hex' Lächeln war selbstgefällig. „Er war eher überrascht, als ich seinen Laptop gehackt und ihn per Videoanruf kontaktiert habe." Sorge breitete sich auf ihrem Gesicht aus. „Er ist verletzt, Devyn. Wurde übel zugerichtet."

„Scheiße", erwiderte Devyn. „Wie schlimm?"

„Er hat einen auf Alphamännchen gemacht und sich geweigert, es mir zu sagen, aber ich konnte den Doc vor Ort aufspüren, der ihn verarztet hat. Ein paar gebrochene Rippen, eine leichte Gehirnerschütterung, Hautabschürfungen und Blutergüsse. Duffy hat Shades Wagen von der Straße gedrängt."

„Dieser Wichser wird zahlen", murmelte Devyn.

Killian beugte sich zum Bildschirm. „Braucht Shade Hilfe?"

„Ich habe den Arzt gebeten, morgen wieder nach ihm zu sehen. Und ich habe eine Lieferung mit Lebensmitteln zu seiner Hütte veranlasst."

„Er wird heilen." Devyn nickte. „Er hat schon schlimmere Verletzungen überlebt und ist ein zäher Hund."

Killian bemerkte den erschütterten Ausdruck auf Hex' Gesicht, bevor sie ihn schnell verbarg. „Noch schlimmer?" Hex schüttelte den Kopf. „Klingt, als ob der Mann statt eines Gehirns nur einen Stein im Schädel hätte, also muss es schwer sein, ihn außer Gefecht zu setzen."

Devyn lächelte. „Danke, dass du ihn gefunden hast, Hex."

Ein Alarm piepte und Hex wirbelte herum. „Wartet!

Wartet. Ich habe gerade einen Treffer für Duffy rein-
bekommen."

Killian richtete sich kerzengerade auf. „Wo?"

„Ein Bild aus den sozialen Medien. In L.A. Er ist im
Hintergrund eines Fotos zu sehen, das am Flughafen von
L.A. aufgenommen wurde."

„L.A.?" Killian runzelte die Stirn. „Niemand, von
dem wir vermuten, dass er oder sie auf Duffys Abschussliste steht, befindet sich in Kalifornien."

Devyn runzelte die Stirn. „Was zur Hölle hat er vor?"

„Ich glaube nicht, dass L.A. sein endgültiges Ziel ist."
Hex tippte wie irre herum. „O Fuck." Sie hob den Blick
und starrte sie an. „Killian, Duffy ist mit falschen Namen
an Bord eines Flugs gegangen."

„Wohin?", verlangte er.

„San Francisco", erwiderte Hex.

Killian blieb das Herz stehen. „Saskia."

KAPITEL FÜNFZEHN

Devyn saß neben Killian auf der Couch in seinem Wohnzimmer, während er einen Videoanruf nach San Francisco startete.

Sie konnte die Anspannung spüren, die er verströmte. Er hatte schreckliche Angst um seine Schwester.

Er hatte bereits mehrfach versucht, Saskia anzurufen, aber sie war bisher nicht rangegangen.

Devyn hoffte, dass es ihr gut ging. Etwas in ihr war eifersüchtig, weil sie früher nicht auch einen Bruder wie Killian gehabt hatte – einen liebenden, beschützenden Bruder.

Nicht, dass sie schwesterliche Gefühle für Killian hegte. Ganz und gar nicht. Nein, es waren ganz andere Emotionen, die sie erfüllten. Gefühle, die zu benennen sie ein zu großer Feigling war.

Ihr Blick wanderte durch Killians Wohnung. Sie liebte sein Apartment. Die Bogenfenster, die Backstein-wände, die eleganten, schlichten Möbel. Es bildete seine

Persönlichkeit ab und war sein privates Reich, das kleine persönliche Akzente aufwies. Devyns Blick fiel auf das Buch auf dem Couchtisch, auf die gerahmten Bourbon-Poster an den Wänden und auf das Foto von Killian und Saskia, das auf einem Beistelltisch stand.

Auf den Regalen erblickte sie diverse Sammlerstücke. Weitere Bücher, eine kleine, geschnitzte Holzskulptur, ein Fernglas mit Messingfassung. Und dann fiel ihr Blick auf einen Ohrring mit einem funkelnden, grünen Stein.

Ihr Magen vollführte einen Salto. Der Stein war grüner Onyx. Das wusste Devyn, weil es *ihr* Ohrring war. Sie hatte ihn vor Monaten verloren.

Sie drehte sich zu Killian um.

Der Videoanruf wurde angenommen.

Der Mann, der auf dem Bildschirm auftauchte, ließ Devyn innehalten. Sie hatte ihn nie persönlich getroffen, aber sie wusste, wer er war.

Vander Norcross.

Er hatte dunkle Haare, ein attraktives Gesicht und schwarze Augen, und er verströmte nichts als gefährliche Intensität.

„Killian." Seine Stimme war tief.

„Vander. Du musst für mich rüber zu Saskias und Morgans Haus fahren. Für ihren Schutz sorgen. Saskia ist in Gefahr. Ich habe versucht, sie anzurufen, aber sie geht nicht ran."

„Sie ist in Sicherheit. Es ist ihr Date-Abend. Sie und Cam sind unterwegs und seine Brüder leisten ihnen Gesellschaft. Sie sind nicht allein." Vanders schroffes Gesicht blickte eindringlicher. „Was ist los?

Hat es mit diesem Attentäter zu tun, der hinter euch her ist?"

Killian nickte. „Der Kerl ist ein ehemaliger, skrupelloser CIA-Agent. Er hat entschieden, zum Attentäter zu werden, und nimmt nun bekannte Agenten ins Visier, um sich einen Namen zu machen."

Vander fluchte. „Verdammte Scheiße."

„Er hat bereits einen MI6-Agenten und einen Mossad-Agenten ausgeschaltet."

Wieder fluchte Vander. „Name?"

„Elijah Duffy. Ich schicke dir alles, was wir über ihn haben. Wir konnten ihn in L.A. aufspüren. Er ist auf dem Weg nach San Francisco. Ich glaube, er hat es auf Saskia abgesehen –"

„Um dich aus dem Versteck zu locken", beendete Vander den Satz.

Ein Muskel in Killians Kiefer zuckte. Er war unfassbar angespannt. Devyn drückte ihre Hand auf seinen Rücken und hörte, wie er tief einatmete.

„Pass auf sie auf, bis ich da bin, Vander."

„Mach dir keine Sorgen", erwiderte Vander. „Wir kümmern uns darum, Killian. Und nie im Leben wird Camden Morgan zulassen, dass seiner Frau etwas zustößt."

Killian schaffte es fast, seine Grimasse zu verbergen.

Devyn verkniff sich ein Lächeln. Sie schätzte, dass große Brüder mit einem übermäßig ausgeprägten Beschützerinstinkt es nicht mochten, wenn ihre kleinen Schwestern mit irgendeinem Mann im Bett lagen.

Aber sie konnte auch Killians Erleichterung sehen.

Er vertraute darauf, dass Norcross und Morgan seine Schwester beschützten.

„Ich werde mit dem Jet rüberfliegen, sobald ich kann. Ich werde Duffy zu Fall bringen."

Vander nickte. „Wir werden dir helfen, egal, was du brauchst."

„Danke, Vander. Wir sehen uns bald."

Der Bildschirm wurde dunkel.

„So. Lass uns packen", sagte Devyn.

„Duffy wird meiner Schwester *nichts* antun." Killian griff nach Devyns Kinn. „Und er wird auch dir nichts antun."

Sie sah ihm tief in die Augen. „Und er wird auch dir nichts antun." Sie beugte sich vor, küsste ihn und legte alles in diesen Kuss hinein, was sie sich noch nicht laut auszusprechen traute.

„Geh packen", sagte Killian. „Ich sage Bram Bescheid, dass er uns begleiten soll. Er ist im Augenblick der Einzige aus dem Team ohne laufende Ermittlung."

Devyn nickte.

Sie verschwendeten keine Zeit. Schon bald fuhr Killian sie in einem Firmen-SUV von Sentinel Security zum Flughafen von Teterboro. Devyn saß auf der Rückbank und ein schweigsamer Bram auf dem Beifahrersitz.

Ric wartete am Flughafen auf sie. Anscheinend überließ der Pilot nichts dem Zufall und hatte seinen Jet seit dem Sabotageversuch auf den Bahamas nicht mehr aus den Augen gelassen.

Devyn stieg aus und warf sich ihre Tasche über die Schulter. „Auf zur Jagd."

Killian erwiderte ihren Blick und nickte.

WÄHREND DES FLUGS hielt Devyn ein Nickerchen, war sich jedoch bewusst, dass Killian die ganze Zeit über wach blieb. Immer wieder ging er die Informationen über Duffy durch.

Als sie in San Francisco landeten, spürte sie die anwachsende Intensität, die von ihm ausging. Killian würde diese Sache zu Ende bringen, koste es, was es wolle.

Und Devyn würde ihm die ganze Zeit über den Rücken freihalten.

Als sie aus dem Jet stiegen, wartete Vander Norcross bereits auf sie. Er trug einen dunkelblauen Anzug und lehnte an einem schwarzen BMW X6. Er hatte eine Sonnenbrille auf dem Gesicht, um sich gegen das grelle Morgenlicht zu wappnen.

„Vander." Killian schüttelte dem Mann die Hand. „Das hier ist Bram O'Donovan, einer meiner Leute, und Devyn Hayden. CIA."

„Hellfire", bemerkte Norcross.

Sie nickte ihm zu.

Norcross schob sich die Sonnenbrille in die Haare. Seine tiefblauen Augen blickten finster.

O Fuck. Unbewusst trat Devyn näher zu Killian.

Killian erstarrte. „Duffy hat angegriffen."

„Saskia geht es gut", versicherte Vander ihm.

„*Fuck*", spuckte Killian aus. Sein ganzer Körper bebte vor kaum gezügeltem Zorn. „Was ist passiert?"

„Der Wichser hat angegriffen, als Cam und Saskia gerade das Restaurant verlassen haben. Vier Söldner.

Cam hat zum Gegenschlag ausgeholt." Vanders Mundwinkel zuckten. „Und Duffy wusste offensichtlich nichts über Cams Militärerfahrung oder darüber, dass er und Saskia zusammen mit seinen Brüdern essen waren."

Killian hatte Devyn erzählt, dass alle drei Brüder Ex-Militärs waren. „Also haben die drei Morgan-Brüder die Söldner ausgeschaltet?"

Jetzt grinste Vander sie unverhohlen an. „Nein. Ryder Morgans Frau hat sie ausgeschaltet. Siv arbeitet für mich. Sie war früher bei den norwegischen Spezialeinheiten. Sie war stinksauer und entschieden darauf aus, ein Exempel zu statuieren. Die Morgan-Brüder hatten ihre wahre Freude daran, ihr dabei zuzusehen."

Devyns Augenbrauen schossen in die Höhe. Diese Siv klang wie eine Frau, die ihr gefallen würde.

Vanders Blick wanderte zurück zu Killian. „Saskia geht es gut."

„Sie hätte verletzt oder umgebracht werden können." Killians Tonfall war düster und seine Hände ballten sich zu Fäusten.

Devyn sah, wie Bram sich anspannte, ganz so, als ob er nur darauf warten würde, dass jeden Augenblick eine Bombe explodierte.

Mist.

Devyn dachte nicht nach. Sie trat vor Killian und legte ihre Hände auf seine Brust. „Killian."

Er sah sie nicht an und sein Kiefer verkrampfte sich.

„Killian, es geht ihr *gut*. Heb dir diesen Zorn für Duffy auf."

Er atmete tief ein, starrte aber weiterhin in die Ferne, als ob er jemandem wehtun wollte.

Devyn nahm Killians Gesicht in die Hände, zog seinen Kopf zu sich hinunter und küsste ihn. Zunächst war er wie erstarrt, doch dann stieß er ein raues Geräusch aus und riss Devyn an sich.

Killian übernahm die Kontrolle über den Kuss. Es war ein harter, intensiver Kuss. Sie nahm ihn voll und ganz an.

Devyn mochte Killian, wenn er neckend und kontrolliert war, aber sie mochte ihn auch in Momenten wie diesem, wenn er angespannt und ungezügelt war. Wenn er sie brauchte.

Endlich entspannte er sich. Sein Kuss wurde sanfter und schließlich drückte er seine Stirn gegen ihre.

Devyn blickte auf und sah, wie Vander Norcross sie musterte. Sie kannte ihn nicht besonders gut, aber sie vermutete, dass er ausgesprochen amüsiert war.

„Ich will, dass Duffy das nicht überlebt", sagte Killian.

Vander nickte, als ob sie über das Wetter sprechen würden. „Dann lasst uns ihn suchen gehen."

ALS SIE DAS Lagerhaus in South Beach erreicht hatten, in dem sich die Norcross-Security-Zentrale befand, hatte Killian seinen brodelnden Zorn und seine Angst unter Kontrolle gebracht.

Wenn er Saskia verlieren sollte ...

Es geht ihr gut. Immer wieder erinnerte er sich daran. Aber er hatte sie schon einmal im Stich gelassen. Und letztes Jahr, als sie von einem reichen, russischen

Geschäftsmann entführt worden war, hätte er um ein Haar den Verstand verloren.

Er spürte, wie sanfte Finger über seinen Rücken strichen. Killian drehte sich um und warf Devyn einen Blick zu. Sie zwinkerte ihm zu.

Die Wut in seiner Brust kam etwas zur Ruhe. Er griff nach Devyns Hand und drückte sie.

Sie stiegen die Treppe hinauf, die aus der Parkgarage im unteren Stockwerk zum Büro führte. Norcross Security war eine kleinere Firma und Vander arbeitete größtenteils an Fällen vor Ort, mit einem Hauptaugenmerk auf Privatermittlungen. Sein Lagerhaus war kleiner als das, in dem sich die Sentinel-Security-Zentrale befand, und verströmte einen viel industrielleren Vibe.

Oben an der Treppe erwartete sie eine kleine Menschenmenge. Killians Blick flog augenblicklich zu Saskia, die in Camden Morgans Armen dastand. Sie besaß den großen, gertenschlanken Körper einer Tänzerin und hatte lange, schwarze Haare.

Sobald sie ihn erblickte, löste sie sich aus Camdens Umarmung und rannte auf Killian zu.

Genau so, wie sie es als kleines Mädchen schon getan hatte, wenn sie Bestärkung gebraucht hatte. Killian umarmte sie innig und drückte sein Kinn auf ihren Scheitel.

„Mir geht es bestens", sagte sie.

„Ich weiß." Für eine Sekunde fragte Killian sich, wo das kleine Mädchen geblieben war, das ihn gebraucht hatte, um ihre Haare zu flechten oder ein Pflaster auf ihr aufgeschlagenes Knie zu kleben oder nach ihren Ballettschuhen zu suchen.

Saskia löste sich aus seiner Umarmung. „Du hast einen mörderischen Blick in den Augen." Dann huschte ihr Blick zu Bram und ihr Gesicht verfinsterte sich, bevor sie eilig den Kopf abwandte.

Komisch. Saskia hatte Bram immer gemocht.

Dann fiel Saskias Blick auf Devyn und ihre Augen wurden groß. „Du bist Devyn."

Devyn nickte.

„Ihr beiden habt euch also noch nicht gegenseitig umgebracht?", fragte seine Schwester.

Devyns Mundwinkel wanderten in die Höhe. „Noch nicht. Vielleicht, nachdem wir diesen Attentäter geschnappt haben, wer weiß." Sie warf Killian einen amüsierten Blick zu.

Saskia bemerkte es und zählte eins und eins zusammen. Ihre Augen wurden ein wenig größer.

Vander trat auf sie zu. „Hex hat sich mit Ace zusammengetan."

„Ist dieser Oliveira die Norcross-Version von Hex?", fragte Devyn.

Killian nickte. „Wir müssen Duffy finden. Er hat sich irgendwo verkrochen."

„Konntet ihr irgendwas Brauchbares aus den Söldnern rausbekommen?", wollte Devyn wissen.

„Noch nicht", erwiderte Vander. „Die Männer befinden sich derzeit in unseren Arrestzellen. Zwei von ihnen sind noch bewusstlos." Vander warf einen vielsagenden Blick in Richtung einer großen, fitten Blondine, die in ihrer Nähe stand.

„Ups." Die Frau lächelte und sah nicht so aus, als ob es ihr im Geringsten leidtäte.

„Siv war ... gründlich." Vander sah sich um. „Okay. Lasst mich euch den anderen vorstellen." Er ging die Teammitglieder durch, die anwesend waren. Killian wusste, dass die meisten der Norcross-Security-Mitarbeiter früher bei Ghost Ops im Einsatz gewesen waren, so wie Vander selbst. Die Besten der Besten der Special Forces. Das schloss seinen Bruder Rhys und seinen besten Freund Saxon Buchanan ein, ebenso wie seinen Chef der Bodyguardtruppe, Rome Nash.

Cam war ebenfalls ehemaliges Mitglied einer Ghost-Ops-Truppe und noch nicht lange aus dem Dienst ausgeschieden. Killian nickte dem Mann zu und Camden grüßte zurück. Sein Bruder stand neben ihm. Ryder Morgan war Sanitäter in der Armee und Sivs Freund. Er arbeitete nicht in Vollzeit für Norcross Security, sondern wurde gerufen, wenn jemand zusammengeflickt werden musste.

„Das hier ist Bram O'Donovan, einer meiner Mitarbeiter von Sentinel Security", erklärte Killian.

Bram nickte wortlos.

„Und außerdem hilft mir Devyn Hayden bei diesem Fall aus. Sie ist von der CIA."

Saskias Blick heftete sich auf Devyn. „Der Kerl hat dich ebenfalls in Visier genommen, oder?"

Devyn zuckte mit den Schultern. „Es braucht weitaus mehr als nur einen Eli Duffy, um mich außer Gefecht zu setzen."

„Okay, Rhys wird euch helfen, Duffy aufzuspüren", verkündete Vander. „Der Rest meines Teams ist mit laufenden Ermittlungen beschäftigt. Sobald wir ihn gefunden haben, lasse ich sie ebenfalls helfen."

Noch einmal umarmte Killian Saskia. „Pass auf dich auf, bis wir diesen Kerl zu Fall gebracht haben."

„Werde ich." Sie tätschelte seine Brust. „Cam hat mir schon seinen Macho-Beschützer-Vortrag gehalten. Ich werde heute hier im Norcross-Büro bleiben und dann für die Nacht zusammen mit Rome in eins von Vanders Safe Houses fahren."

Der große Afroamerikaner nickte. „Ich werde für ihre Sicherheit sorgen."

„Danke, Rome", sagte Killian.

„Killian, du musst auch auf dich aufpassen", fügte seine Schwester hinzu.

„Ich bin gut in meinem Job, Saskia."

„Ich weiß." Sie lächelte. „Aber ich bin deine Schwester und ich liebe dich. Es ist mein Job, mir Sorgen um dich zu machen." Sie warf einen Blick in Devyns Richtung. Die Frau unterhielt sich mit Rhys.

Killian runzelte die Stirn. Der jüngste der Norcross-Brüder war attraktiv, besaß einen weltmännischen Charme und ein entwaffnendes Lächeln. Obwohl Killian wusste, dass Rhys eine Freundin hatte, gefiel es ihm ganz und gar nicht, ihn so nah neben Devyn stehen zu sehen.

„Und ich kann sehen, dass mein durch nichts aus der Ruhe zu bringender Bruder endlich seine Meisterin gefunden hat." Saskia lächelte.

„Vielleicht", erwiderte er. „Devyn ist irgendwie wie Wasser – immer in Bewegung, schwer festzuhalten."

Das Lächeln seiner Schwester erlosch. „Sei bloß vorsichtig."

Er drückte ihr einen Kuss auf die Nase. „Ich liebe sie. Die Vorsicht habe ich längst in den Wind geschlagen."

Sie nahm seine Hände in ihre. „Dann überzeuge sie davon, mit dir an einem Ort zu bleiben. Überzeuge sie davon, dass das die bessere Wahl ist."

„Als Erstes muss ich dafür sorgen, dass ihr beiden in Sicherheit seid."

Saskias Lächeln kam zurück. „Nach allem, was ich gehört habe, braucht diese Frau keinen Beschützer."

„Sie hat trotzdem einen."

Nachdem Saskia und Rome sich in eines der leeren Büros zurückgezogen hatten, gingen Killian und Devyn zu Ace in seinen Computerraum. Eine Wand aus Bildschirmen dominierte das Zimmer.

„Nichts anfassen!", warnte Ace sie, als sie den Raum betraten. Er war groß und schlaksig und hatte lange, dunkle Haare, die er in einen kurzen Pferdeschwanz zurückgebunden hatte. Sein brasilianisches Erbe hatte ihm ein attraktives Gesicht und dunkelbraune Augen beschert.

Der Norcross-Computer-Guru hob grüßend das Kinn. „Hawke."

„Oliveira. Wie gehts dem Baby?"

Das Lächeln des Mannes war breit und glücklich. „Sie ist der Hammer."

„Sprecht ihn bloß nicht darauf an oder er zeigt euch stundenlang Fotos von ihr", warnte Vander.

„Hey, mein Baby ist verdammt süß", bemerkte Ace.

„Das ist sie", stimmte Vander zu. „Aber wir müssen einen skrupellosen Attentäter schnappen."

Das Gesicht des Tech-Genies wurde ernst. „Dann lasst uns an die Arbeit gehen."

„Hex hat dir schon Zugang zu ihrem neuen Gesichts-erkennungsprogramm gegeben, richtig?", fragte Killian.

Ace nickte. „Sobald Duffy wieder sein Gesicht zeigt, haben wir ihn."

„Die Söldner sind noch immer unsere beste Option, um ihn zu finden", bemerkte Devyn.

„Diejenigen, die bei Bewusstsein sind, sagen, sie hätten die Person, die sie angeheuert hat, nie zu Gesicht bekommen", sagte Rhys. „Der gesamte Auftrag wurde per E-Mail und Telefon abgewickelt. Diese Typen sind Ex-Militärs aus Tampa. Nicht die hellsten Kerzen auf der Torte."

„Haben sie irgendwas Nützliches ausgespuckt?", fragte Killian.

„Nur, dass derjenige, der sie angeheuert hat, Saskia lebend haben wollte", erwiderte Vander.

„Als Köder", knurrte Killian.

„Eine Sache noch. Sie haben gesagt, der Klient hätte ein zweites Team erwähnt", sagte Vander. „Nicht aus derselben Truppe. International."

Devyn verschränkte die Arme vor der Brust. „Könnt ihr jegliche Söldnertruppen verfolgen, die nach San Francisco reinkommen?"

„Ich bin schon dran", sagte Ace. „Bisher gibt es nichts Auffälliges."

Killian runzelte die Stirn. „Wenn sie ihr Geld wert sind, reisen sie einzeln an oder fliegen zu einem Flug-hafen in der Nähe und fahren dann mit dem Auto weiter hierher." Er blickte auf einen der Bildschirme an der Wand, auf dem eine Straßenkarte von San Francisco zu sehen war. „Irgendeine Idee, wo Duffy sich verstecken könnte?"

„Ist eine große Stadt", murmelte Devyn.

„Zum Glück bleiben Kakerlaken nie lange in ihren Verstecken", sagte Killian. „Sobald er herauskriecht, zertrampeln wir ihn."

KAPITEL SECHZEHN

Devyn wischte durch die Fotos, bei denen die Chance bestand, dass Duffy darauf zu sehen war. Die Bilder in dieser Sammlung waren im Gesichtserkennungsprogramm alle mit „geringe Trefferwahrscheinlichkeit" gekennzeichnet worden.

Sie hoffte, sie würden etwas finden. Irgendwas.

Sie hatten nach Söldnertruppen Ausschau gehalten, die versuchten, sich in die Stadt zu schleichen, hatten aber nichts Auffälliges finden können.

Und Hex' ausgeklügeltes Gesichtserkennungsprogramm hatte bisher auch nichts Nützliches ausgespuckt.

Wieder studierte Devyn die Fotos.

Nichts.

Killian saß bei Vander im Büro. Die beiden Männer hatten die Söldner in den Zellen verhört, aber auch das hatte sie nicht weitergebracht.

„*Fuck.*" Frustriert sank Devyn in ihren Stuhl zurück.

„Geduld, *Vermelha*. Diese Dinge brauchen Zeit", bemerkte Ace träge.

Es machte Devyn nichts aus, dass er sie mit dem portugiesischen Wort für Rot ansprach, solange er sie nicht Red nannte.

So durfte nur Killian sie nennen.

„Ich will endlich einen Hinweis finden", erwiderte sie.

Er nickte. „Du bist eine Frau der Tat, schon verstanden."

„Duffy ist nicht dumm und er besitzt enorme Fähigkeiten. Je länger er da draußen ist ..."

Umso größer war die Chance, dass er Killian angriff.

„Wir werden ihn schnappen. Abgesehen davon ist dein Mann ein furchteinflößender Hurensohn. Ich hätte nicht geglaubt, dass ich jemals einen anderen Menschen treffen würde, der es mit Vanders Level von furchteinflößender Hurensohnerei aufnehmen kann."

Sie prustete. „Das ist kein Wort."

„Sollte es aber sein."

„Uff." Devyn stand auf. Sie schätzte, dass Vander hier irgendwo einen Fitnessraum hatte. Oder vielleicht könnte sie Killian für einen Quickie in eine leere Abstellkammer zerren. Bei dieser Vorstellung musste sie grinsen.

Dann bemerkte sie Saskia, die in der Tür stand. Killians Schwester beobachtete sie aufmerksam.

Plötzlich spürte Devyn ein unangenehmes Kribbeln am ganzen Körper.

Ace beäugte sie, dann erhob er sich. „Ähm, ich gehe kurz ..."

„Einen Kaffee holen", schlug Saskia vor.

„Genau. Kaffee." Er zwinkerte Devyn zu.

„Geht es dir gut, Saskia?", fragte Devyn.

Es war unschwer zu erkennen, dass die Frau Ballerina war. Sie bewegte sich so anmutig und elegant. Saskia schlenderte zu einem der Schreibtische und drehte sich zu Devyn um. „Mir geht es gut. Ich war nicht einmal in Gefahr, auch wenn Killian das glaubt.“

„Er liebt dich, und der Kerl kann einfach nicht anders, als zu beschützen. Er sorgt sich um alle, nur nicht um sich selbst.“

„*Ganz genau*. Das tut er. Er hat immer schon viel zu viel Verantwortung übernommen.“ Saskia strich sich eine dunkle Haarsträhne aus der Stirn. „Ich will nicht, dass dieser Irre ihm etwas antut.“

Devyn runzelte die Augenbrauen. „Ich werde nicht zulassen, dass das passiert.“ Sie klang wild entschlossen.

Saskia legte den Kopf zur Seite und lächelte sie an. „Genau dasselbe sagt er über dich.“

Devyn zuckte mit den Schultern und fühlte sich irgendwie unbehaglich unter der eingehenden Musterung der anderen Frau. „Wir halten uns gegenseitig den Rücken frei.“

Saskia nickte. „Das tut ihr. Ehrlich gesagt, bin ich hier, weil ich dir drohen wollte.“

Devyn blinzelte. „Mir drohen?“

„Mein Bruder liebt dich.“

Devyn hatte das Gefühl, als ob Saskia ihr eine Schlinge aus Stacheldraht um die Kehle gelegt und zugezogen hätte. „Wir benutzen das *L*-Wort nicht.“ Gott, gehörte diese panische Stimme etwa ihr? „Das hat er versprochen.“

Saskias Ausdruck wurde weicher. „Er kennt dich sehr gut.“

„Besser, als irgendjemand sonst es je getan hat."

„Und wie ich sehe, muss ich dir überhaupt nicht drohen, denn du liebst ihn auch."

Devyn öffnete den Mund, aber es kam nichts heraus.

Saskias Lächeln wurde breiter. „Ich hatte Angst, du könntest ihn womöglich verletzen." Sie trat auf Devyn zu und zog sie in eine Umarmung. „Aber jetzt weiß ich, dass du das nicht tun wirst."

„Danke ... schätze ich?", schnaufte Devyn.

„Ich habe immer befürchtet, er würde nicht die Richtige finden. Dass er irgendeine klammernde Frau abbekommt, die nur auf seinen Schutz aus ist und ihn ausnimmt, ohne etwas zurückzugeben. Ich habe mir immer gewünscht, dass er eine Frau findet, die es mit ihm aufnehmen kann und im Gegenzug ihn beschützt. Ich bin sehr froh, dass er dich gefunden hat." Saskia senkte die Stimme. „Und ihr beiden passt bitte auf euch auf."

Devyn schaffte es nur, stumm zu nicken.

Mit einem Winken verschwand Saskia aus dem Büro. Devyn stieß einen Seufzer aus.

In diesem Moment begann Aces Computer zu piepen. Sie eilte hinüber.

„Nicht anfassen!" Ace kam zurück ins Zimmer gestürzt.

Eine Sekunde später betraten auch Bram, Killian, Vander und Rhys Aces Reich.

„Was gibts?", fragte Vander.

„Ich arbeite noch dran." Ace starrte auf den Bildschirm seines Computers und seine Finger flogen über die Tastatur.

Killian trat zu Devyn und seine Hand strich über ihren Rücken.

„Okay, wir haben einen Treffer." Ace lächelte. „Drei Söldner sind gestern von Kolumbien aus nach San Francisco geflogen."

Die Fotos auf dem Bildschirm zeigten drei Männer mit eiskalten Augen.

„Da werden noch mehr von ihnen sein", bemerkte Killian.

„Diese Typen bedeuten Ärger", sagte Ace. „Sie arbeiten für eine kolumbianische Truppe, die den Ruf hat, ausgesprochen gewalttätig zu sein – Equis."

Vander fluchte. „Denen bin ich schon mal begegnet. Die Truppe hat sich nach der Equis-Schlange benannt, der tödlichsten von ganz Kolumbien. Extrem giftig und aggressiv."

Devyn rümpfte die Nase. „Können wir herausfinden, wo sich die Söldner aufhalten?"

„Sie haben kein Auto gemietet." Ace tippte auf seinem Bildschirm herum. „Ich lasse ihre Fotos durch Hex' Gesichtserkennungsprogramm laufen. Hoffentlich findet es –"

Ping.

„So schnell?", fragte Devyn.

„Hab sie!" Ein weiteres Bild ploppte auf.

Es zeigte einen der Söldner, der mit einem anderen Mann sprach. Sie standen in einem Park, in dessen Hintergrund die Golden Gate Bridge zu sehen war.

Devyn fauchte auf. Der andere Mann war Eli Duffy.

Ace tippte etwas ein. „Sie sind am Crissy Field."

Wieder piepte sein Computer.

Ein weiteres Foto erschien. Auf diesem war ein weiterer der Söldner zu sehen, der ebenfalls mit Duffy sprach. Sie standen vor irgendeiner Art Fabrik. Tanks und Behälter ragten in die Höhe und waren mit metallenen Stegen verbunden.

Ace fluchte. „Dieses Foto wurde an der Cemex-Zementfabrik am Pier 92 aufgenommen, direkt an der Bay."

Ein weiteres Piepen.

Stirnrunzelnd blickte Devyn zu Killian. Sein Gesicht war hart und ausdruckslos.

„Verdammt, noch ein Treffer." Ace beugte sich vor. Das dritte Foto zeigte den dritten Söldner, wie er sich scheinbar in einem Einkaufszentrum mit Duffy unterhielt. „Stonestown Galleria, draußen bei der San Francisco State University."

„Duffy kann doch in diesem Moment nicht an allen drei Orten gleichzeitig sein", sagte Devyn.

„Nein", erwiderte Killian knapp. „Er spielt mit uns."

„Ace, kannst du irgendwie herausfinden, welches der Fotos echt ist?", fragte Vander.

Frustriert schüttelte Ace den Kopf. „Der Wichser muss sich mit Computern auskennen. Soweit ich sehen kann, sind sie alle echt und wurden alle vor einer Minute aufgenommen."

„Wir müssen alle drei Standorte überprüfen", sagte Vander.

Devyn presste die Lippen zusammen. *Dieser verfickte Duffy.*

Ace zoomte aus der Straßenkarte von San Francisco heraus. Zwischen den drei vermeintlichen Standorten von Duffy erschienen Verbindungslinien, die ein beinahe perfektes Dreieck bildeten.

Duffy zwang sie dazu, sich aufzuteilen, und schickte sie auf eine aussichtslose Jagd durch die ganze Stadt.

„Bram und Devyn, ihr fahrt zur Zementfabrik", wies Killian sie an. „Rhys und ich fahren in die Galleria."

„Und ich schnappe mir Cam und überprüfe Crissy Field", schloss Vander ab.

Devyn biss sich auf die Unterlippe. Sie wollte bei Killian bleiben.

Er suchte ihren Blick. „Wir beide wissen, wie Duffy tickt. Es ist besser, wenn wir uns aufteilen."

Sie nickte. „Keine Verletzungen, Hawke, oder ich werde richtig sauer."

Seine Mundwinkel zuckten. „Mir passiert schon nichts." Er drückte ihr einen schnellen Kuss auf die Lippen. „Sei lieb zu Bram." Er suchte den Blick des Iren. „Passt auf euch auf."

Bram nickte.

Devyn wandte sich an ihren neuen Partner. „Okay, Großer, sieht so aus, als hättest du mich an der Backe."

DEVYN SAH DABEI ZU, wie sich die Stadt vor der Windschutzscheibe immer mehr in ein Industriegebiet direkt neben der Bucht verwandelte. Das hier war San Franciscos weniger pittoreske Seite. Allerdings erblickte Devyn in der Ferne eine Baustelle, auf der Eigenheime entstanden, also vermutete sie, dass auch diese industrielle Gegend früher oder später gentrifiziert sein würde.

Bram saß hinter dem Steuer, natürlich, das war keine Überraschung. Der große Ire fuhr schnell, aber sicher, und achtete die gesamte Fahrt über wachsam auf unerwünschte Gäste.

Auf ihrem Handy verfolgte Devyn die Route. „Wir sind fast da."

Sie fragte sich, wie es den beiden anderen Teams erging. Es gefiel ihr überhaupt nicht, dass Duffy seine Psychospielchen mit ihnen trieb.

Pass auf dich auf, Hawke. Oder es wird richtig Ärger geben.

„Da vorn ist die Fabrik", grummelte Bram.

Vor ihnen, entlang des Ufers, erhoben sich riesige Behälter und Kessel. Grauer, dumpfer Beton und rostiges Metall dominierten die Szene. An der Wand eines Gebäudes prangte ein Wandgemälde in lebhaften roten und grünen Farben. Devyn erkannte einen Vogel und vielleicht rote Ballons.

Ace hatte ihnen erklärt, dass die Fabrik derzeit aufgrund von Wartungsarbeiten geschlossen war. Der Maschendrahtzaun um das Gelände war hoch und Devyn wusste, dass die Tore zugesperrt sein würden.

War Duffy wirklich hier?

„Das schreit nur so nach Falle", bemerkte sie.

Bram grunzte und hielt an. Devyn stieg aus dem Wagen. Ihre SIG war ein beruhigendes Gewicht in ihren hinteren Hosenbund. Etwas in ihr hoffte, dass Duffy hier sein würde. Ihr Kiefer spannte sich an. Sie war mehr als bereit, dieses Arschloch zu Fall zu bringen.

Bram und sie kletterten über den Zaun. Der Bursche bewegte sich erstaunlich schnell und unauffällig für jemanden, der so groß und breitschultrig war. Sie überquerten den Schotterhof und duckten sich in die Schatten der Fabrikanlage. Devyn musterte die gigantischen Behälter und die metallenen Stege und Treppen, die sie verbanden.

Es war nirgendwo jemand zu sehen.

„Was denkst du?", murmelte sie.

Bram grunzte. „Gefällt mir nicht."

„Bram, ich bekomme langsam den Eindruck, dass dir überhaupt nichts gefällt."

Er warf ihr einen finsteren Blick zu und Devyns Mundwinkel zuckten.

Hinter all der Miesepetrigkeit war Bram tatsächlich ziemlich attraktiv. Kantiger Kiefer, rostrote Haare und ein großer, muskulöser Körper. Sogar seine schlechte Laune war irgendwie niedlich.

Er wuchs ihr langsam ans Herz.

Ein lautes Scheppern hallte über das Gelände. Bram und sie wirbelten herum und zückten ihre Waffen.

Devyn hob die Hand und deutete in eine Richtung. Bram nickte.

Lautlos bewegten sie sich durch die Schatten. Je tiefer sie in das Fabrikgelände vordrangen, umso düsterer und unheimlicher kam ihr dieser Ort vor. Devyn entdeckte Metalltreppen, die auf Plattformen hoch oben über ihnen führten. Angestrengt lauschte sie nach verdächtigen Geräuschen.

Wo bist du, Arschloch?

Plötzlich knallten laute Schüsse über das Gelände.

Devyn duckte sich und sah, wie Bram hinter einen Behälter hechtete. Kugeln prallten vom Metall ab.

Der Schütze befand sich auf der Ebene über ihnen und zielte auf Bram.

Denk nach. Devyns Gehirn spielte sämtliche Optionen durch. Wenn sie die Treppe hinaufrannte, würde der Schütze sie sehen.

Sie stopfte sich die Pistole in den Bund ihrer Jeans. Dann griff sie nach dem Metallrahmen, der den Behälter einschloss. Aus dem Augenwinkel sah sie einen finster dreinblickenden Bram, der sie kopfschüttelnd ansah.

Innerlich schnaubte sie auf. Glaubte er etwa, er müsse sie beschützen? Er würde es bald besser wissen.

Devyn kletterte los. Der Stahl fühlte sich kühl unter ihrer Haut an und ihr Verstand befand sich bereits im Kampfmodus.

Zielperson finden. Zielperson neutralisieren.

Sie kam auf der nächsten Ebene an und schwang sich lautlos über das Geländer. Sanft landeten ihre Schuhe auf dem Metallgitter.

Der Schütze befand sich vor ihr, hatte ihr den Rücken zugewandt und feuerte auf Bram.

Devyn rannte los und griff an.

Sie erwischte den Mann mit einem Tritt und er krachte schwer gegen das Geländer, während er grunzte und irgendwas auf Spanisch murmelte.

Als er herumwirbelte, machte Devyn mit einem Tritt gegen seinen Arm weiter. Seine Waffe schepperte zu Boden und sie hörte den Knochen in seinem Arm brechen.

Er stieß ein Brüllen aus. Ihre nächsten Schläge folgten schnell und hart.

Der Kerl hatte keine Chance. Stöhnend sackte er zu Boden.

Devyn zog Kabelbinder aus ihrer Tasche und fesselte seine Hand- und Fußgelenke.

Das Wispern eines Geräusches drang an ihre Ohren. Ihr Kopf flog herum und sie erblickte einen zweiten Angreifer, der die Treppe hinaufstürmte.

Scheiße.

Der untersetzte Kerl krachte in sie hinein. Alle Luft rauschte aus ihrer Lunge. Devyn blockte seine Faust ab, aber er war ein muskulöser Schweinehund. Ineinander verkeilt wirbelten sie im Kreis über den Steg, dann fingerte der Typ an seinem Gürtel herum und zückte ein Messer.

Na super.

Sein Gesicht war hässlich und seine Augen schwarz und hart. Seine Hand schnellte vor und Devyn sprang zurück.

Beim nächsten Schwingen seines Messers duckte sie sich tief und rammte ihren Fuß gegen sein Knie. Erneut schwang er laut fluchend sein Messer. Dieses Mal spürte Devyn, wie die Klinge ihre Schulter aufschlitzte.

Sie ignorierte das Brennen und das Gefühl, wie Blut langsam in ihr Oberteil sickerte. Sie war voll und ganz auf ihren Gegner konzentriert.

Dann hörte sie laute Schritte die Treppe hinaufpoltern, aber noch immer haftete ihr Blick auf dem Angreifer.

„Wo ist Duffy?", verlangte sie.

Das Gesicht des Kerls war vollkommen ausdruckslos. Er verriet nichts.

Einmal mehr ging er auf sie los. Devyn wich aus und geriet näher an eine Öffnung im Geländer, die nur mit einer Kette und einem daran baumelnden Warnschild gesichert war. Ihr Blick fiel hinab.

Tief unter sich sah sie einen großen, breiten Tank voll mit einer grauen, zähen Masse.

Ihr Angreifer schwang sein Messer. Devyn duckte sich erneut, aber diesmal stürzte der Mistkerl auf sie zu und trat nach ihr.

Sie wankte am Abgrund entlang.

Verfickte Scheiße.

Sie taumelte nach hinten.

Ihrem Angreifer blieb keine Zeit für Schadenfreude. Urplötzlich wurde er brutal zurückgerissen. Devyn erhaschte noch einen kurzen Blick auf Bram, doch im nächsten Moment stürzte sie bereits im freien Fall in die Tiefe.

Verdammt. Sie würde in dickflüssigem Zement ertrinken.

Killians Gesicht erfüllte ihre Gedanken.

Gott, sie liebte ihn. Sie liebte ihn mit jeder Faser ihres Seins, mit jeder Zelle, mit allem, was sie hatte.

Irgendetwas griff nach ihrem Arm und sie blieb so abrupt in der Luft hängen, dass es ihr beinahe den Arm aus der Gelenkschale riss. Ihr Körper knallte gegen die Seite der Plattform.

Uff.

Schmerzen vibrierten durch sie hindurch. Sie starrte hinauf in Brams angestrengtes Gesicht. Er hatte sie mit einer Hand aufgefangen, lag flach auf dem Bauch auf dem Steg und sein Oberkörper ragte ein Stück über den Abgrund hinaus.

„Bram –"

Dann nahm sie eine Bewegung wahr. Ein weiterer Angreifer stürzte auf sie zu und trat Bram brutal in seine Seite.

Bram grunzte und sein Griff um ihr Handgelenk wurde fester. Wieder ging sein Angreifer auf ihn los, nur diesmal hielt er eine Metallstange in der Hand.

O *Scheiße*. Ihr Magen zog sich zusammen.

„Bram. *Fuck*."

Der Kerl knallte Bram die Stange in den Rücken. Und noch einmal, mit voller Wucht.

Brams Kiefer verkrampfte sich, als er die Zähne zusammenbiss.

„Lass los!", rief Devyn.

„Nein", knurrte Bram.

Wieder ging der Angreifer auf ihn los.

„Bram!"

Dunkelblaue Augen suchten ihre. „Killian braucht dich."

Devyn wurde bewusst, dass sie einen weiteren gottverdammten Helden mit übertrieben hohem Beschützerinstinkt vor sich hatte. Bram würde sie nicht loslassen. Er würde ihre Hand festhalten, bis der Kerl ihn umgebracht hatte.

Wieder sauste die Eisenstange durch die Luft, aber Bram riss seinen freien Arm hoch und blockte den Hieb halbwegs ab. Doch Devyn sah, wie die Stange trotzdem die Seite seines Kopfs erwischte. Brams Fingernägel bohrten sich in ihre Haut. Blut tropfte über sein Gesicht.

„Zieh mich hoch", knurrte sie.

Mit blutüberströmter Wange starrte Bram sie an. Sein Angreifer trat einen Schritt zurück und machte sich zum nächsten Schlag bereit.

In diesem Moment spannte Bram alle Muskeln an und riss seinen Arm hoch.

Devyn schoss durch die Luft und landete unkontrolliert auf der Plattform. Augenblicklich sprang sie auf die Füße, stürzte sich auf den Angreifer und überrumpelte ihn.

Ihr Sinn für Gerechtigkeit ließ Zorn in ihr aufflammen. Er trieb sie zu neuer Kraft an. Dieses Arschloch hätte nicht aufgehört, mit der Eisenstange auf Bram einzuschlagen. Und der große Ire hätte es einfach geschehen lassen. Er hätte sie niemals losgelassen.

Weil er Killian gegenüber loyal war.

Weil er verdammt noch mal ein guter Kerl war.

Die Wucht ihres Angriffs ließ den Söldner zu Boden gehen. Devyn schmiss sich auf ihn und riss ihm die Eisenstange aus der Hand. Sie krallte das Metallstück zwischen ihre Finger und drückte es mit ihrem ganzen Gewicht gegen seine Kehle.

Der Kerl kämpfte, aber er war nicht so massig wie der letzte Typ. Er war schlanker, drahtiger. Seine Stiefel trampelten gegen den Metallboden, während er sich hin- und herwarf.

Devyn ließ nicht locker. Sie ließ ihre Zähne aufblitzen und fixierte die Metallstange mit aller Kraft, bis der Kerl leblos zusammensackte.

Ihre Brust hob und senkte sich hektisch, als sie sich

aufrichtete und die Stange fallen ließ. Besorgt wirbelte sie herum.

Bram lag regungslos auf dem Boden.

Verdammt noch mal.

Devyn rannte zu ihm. „Bram?"

Er stöhnte. Himmel. Die Platzwunde an seinem Kopf blutete stark und es sammelte sich bereits eine kleine Blutlache unter ihm.

„Scheiße." Sie half ihm in eine sitzende Haltung. Er sah benommen aus. „Keine Sorge, Großer. Ich kümmere mich um dich." Irgendwie schaffte sie es, ihn auf die Füße zu wuchten. Mist, er bestand aus nichts als Muskeln und war höllisch schwer.

Zusammen stolperten sie auf die Treppe zu.

„Wach bleiben, Bram", forderte sie ihn auf. „Ich bringe dich zurück zum SUV."

Sie nahmen die ersten Stufen die Treppe hinunter. Bram bemühte sich, nicht sein ganzes Gewicht auf Devyn abzuladen. Spielte noch immer den Helden.

„Danke, dass du mich gerettet hast", sagte sie.

Er grunzte bloß.

Devyn lächelte. Langsam konnte sie Brams Grunzer unterscheiden. Sie war sich ziemlich sicher, dass dieser bedeutete, sie solle nie wieder darüber reden.

„Wir Rotschöpfe müssen schließlich zusammenhalten", sagte sie.

Das brachte ihr eine Reaktion ein, die wie eine Mischung aus Grunzen und Stöhnen klang.

Sie kamen am Fuß der Treppe an. Es würde ein langsamer Weg zurück zum SUV werden, aber sie –

Schüsse.

Fuck. Devyn riss Bram abrupt nach links und sie stolperten zwischen zwei der großen Tanks.

Wie viele Angreifer waren da denn noch?

Weitere Schüsse prallten klirrend an den Speichern ab. Wer auch immer es war, sie kamen näher.

KAPITEL SIEBZEHN

Bram und Devyn humpelten über das Fabrikgelände. Sie umrundeten einen Tank, doch dann musste Devyn erkennen, dass sie in eine verdammte Sackgasse gelaufen waren und nun von Behältern und Ausrüstung eingekeilt wurden.

„Scheiße!", fluchte sie.

„Sie haben uns absichtlich hier hineingetrieben", knirschte Bram.

„Tja, ich habe aber nicht vor, heute zu sterben."

Das war der Moment, in dem Devyn bemerkte, dass sich am unteren Ende eines Speicherbehälters eine schwere Stahltür befand. Sie ließ Bram allein und öffnete die Tür. Der Behälter war leer und auf der gegenüberliegenden Seite befand sich eine identische Tür. Devyns Puls schoss in die Höhe. Sie könnten es durch den Tank hindurch schaffen.

„Komm." Während hinter ihnen weitere Schüsse knallten, manövrierte Devyn Bram umständlich in den hohen, schmalen Tank. Sie duckten sich durch die Tür.

Im Innern des Behälters stank es fürchterlich, aber Devyn lehnte Bram gegen eine Wand und zog die Metalltür hinter ihnen zu.

„Weiter gehts –" Gerade als sie die Hand nach Bram ausstrecken wollte, fiel die andere Tür lautstark krachend zu und schloss sie in der Dunkelheit ein.

Devyns Puls raste. Nein. *Nein.*

Sie rammte ihre Schulter gegen die Tür, hörte aber, wie jemand auf der anderen Seite sie verschloss.

„Fuck!" Sie trommelte mit der Faust gegen die Tür, dann versuchte sie dasselbe bei der anderen. Keine Chance.

„Wir sitzen in der Falle", bemerkte Bram.

In der Dunkelheit hörte Devyn, wie er an der Wand entlang auf den Boden sank. Sie zog ihr Handy hervor und wischte über den Bildschirm. Blaues Licht leuchtete auf.

Kein Empfang. „Fuck. Scheiße." Sie trat gegen die Wand. Das Echo dröhnte durch den Behälter.

„Die Stahlwände des Tanks blockieren das Signal", erklärte Bram.

Sie stopfte das Handy zurück in ihre Hosentasche. „Wie geht es dir?"

„Gut."

Er musste Schmerzen haben. Typisch Mann, dass er sie sich nicht eingestand. Devyn ließ sich neben ihm an der Wand hinunterrutschen.

„Killian wird kommen und uns hier rausholen", sagte Bram. „Früher oder später."

„Ich bin nicht besonders gut darin, stillzusitzen und abzuwarten."

Bram schnaubte amüsiert.

Ihre Mundwinkel zuckten. „Also, du hast mir vorhin das Leben gerettet und dir dafür eine ordentliche Tracht Prügel eingehandelt. Das bedeutet, dass wir jetzt beste Freunde sind."

Ein weiteres Schnauben. „Du hast mir auch das Leben gerettet. Also sind wir quitt."

„Nee. So leicht kommst du mir nicht davon. Wir sind jetzt offiziell BFFs."

Wieder warf sie einen Blick auf ihr Handy.

Weiterhin kein Empfang.

Im schwachen Licht bemerkte sie, wie übel Bram aussah. Seine Haare waren voller Blut, sein Gesicht damit beschmiert und ein Auge war zugeschwollen.

„Also, wer ist sie?", fragte Devyn.

Stille. Dann: „Wer?"

Jetzt war es Devyn, die schnaubte. „Die Frau, die dich so aus dem Konzept gebracht hat. Deine Freunde machen sich Sorgen um dich."

Der Bildschirm ihres Handys wurde dunkel. Bram war verstummt und Devyn vermutete, dass er nicht auf ihre Frage antworten würde.

„Sie heißt Addie." Er atmete tief ein. „Sie ist wunderschön, mit goldenen Haaren. Sie ist Tänzerin." Er hielt inne. „Sie ist so clever und niedlich und sie hat ein großes Herz. Und sie ist viel zu jung für mich."

Devyn drehte sich zu ihm. „Ich denke, das sollte sie selbst entscheiden."

„Du müsstest sie tanzen sehen." So etwas wie Ehrfurcht schwang in seiner rauen Stimme mit. „Sie mag Poesie."

Devyn versuchte, sich vorzustellen, wie Bram zu einer Vorstellung ging. „Hast du sie tanzen sehen?"

„Schon mehrmals. Ich sitze immer ganz hinten."

Und vermutlich hatte er ihr nie gesagt, dass er da gewesen war. „Was ist passiert?"

„Ich hätte sie niemals anfassen dürfen. Das ist passiert. Ich bin ein großer, unsensibler Mistkerl, und sie hat etwas Besseres verdient." Sein Akzent wurde stärker. „Aber ich habe die Selbstbeherrschung verloren." Wieder entstand eine lange Pause. „Ich habe so sehr versucht, die Finger von ihr zu lassen."

Devyn verdrehte die Augen. *Männer.* „Und wie ist das gelaufen?"

„Ich habe sie angefasst. Wir haben die Nacht zusammen verbracht und ich konnte einfach nicht die Finger von ihr lassen. Am nächsten Tag musste ich zu einem Auslandseinsatz aufbrechen." Er stieß einen bebenden Seufzer aus. „Als ich zurückkam, war sie aus ihrer Wohnung ausgezogen und hatte ihren Job bei der Show aufgegeben. Sie hatte sogar die Handynummer gewechselt."

„Bram, du arbeitest im Sicherheitssektor. Du kannst sie finden."

„Ich glaube, sie hat deutlich gemacht, dass ich nicht das bin, was sie will. Sie weiß, dass ich bei Sentinel Security arbeite, aber sie hat nie versucht, mich anzurufen oder zu finden. Ich respektiere ihre Wünsche."

„Du hast eine Aussprache verdient, Bram. Abgesehen davon – was, wenn ihr etwas zugestoßen ist?"

„Zugestoßen?"

Devyn spürte, wie Bram angespannter wurde. „Ja.

Ich meine, vielleicht ist jemand in ihrer Familie krank geworden oder sie selbst."

Bram atmete schneidend ein und Devyn wurde klar, dass er an so etwas noch gar nicht gedacht hatte.

Eine plötzliche Welle des Schwindels überkam Devyn. Sie runzelte die Stirn und schluckte. „Du musst mit ihr reden." Jetzt atmete sie schneidend ein.

Sie hörte, wie auch Brams Atem immer abgehackter ging.

Ihre Fingerknöchel rieben über den Knoten, der sich in ihrem Brustkorb bildete. „Meine Lungen ... brennen. Es wird immer schwieriger, zu atmen."

Bram stieß einen Fluch aus und seine Stimme klang kehlig und kratzig. „Wir sitzen in einem geschlossenen Raum fest. Fabriken müssen strenge Sicherheitsvorgaben befolgen, wenn ihre Angestellten in solchen Tanks arbeiten." Er schnappte nach Luft. „Zu wenig Sauerstoff, vermischt mit giftigen Gasen, kann tödlich sein."

Devyns Augen brannten mittlerweile. Sie mussten hier raus.

Ihnen blieb keine Zeit, auf Rettung zu warten.

„Scheiße." Devyn drückte sich an der Wand hoch und stand langsam und schwer atmend auf. Kurz wartete sie ab, bis der Schwindel verflogen war. Einmal mehr trat sie gegen die Türen, aber beide bewegten sich keinen Zentimeter.

Gott. Sie würde nicht hier herumsitzen und auf den Tod warten.

Sie wollte Killian noch einmal küssen. Wollte wieder spüren, wie er sich in ihr bewegte.

Sie warf einen weiteren Blick auf ihr Handy. Ihre

Sicht verschwamm mehr und mehr, aber sie konnte erkennen, dass sie noch immer keinen Empfang hatte.

Mit einem lauten Rumms fiel Brams Kopf gegen die Stahlwand.

„Bram, wir werden hier rauskommen. Du wirst deine Addie finden. Und ich werde Killian die Klamotten vom Leib reißen und ihn wieder ins Bett zerren."

Das Licht im Tank reichte gerade aus, dass sie Bram zusammenzucken sehen konnte.

„Zu viele Informationen", knurrte er.

Sie versuchte, zu lächeln, aber es war einfach zu schwer, zu atmen.

„Devyn ..."

„Ja."

„Guck hoch."

Sie legte den Kopf in den Nacken, wobei sie beinahe die Balance verlor. Oben über ihren Köpfen konnte sie den vagen Umriss eines Vierecks ausmachen. Sie blinzelte und realisierte, dass es der Umriss einer Luke war. Licht fiel durch die Ritzen.

„Das könnte unser Ausweg sein", sagte sie.

Bram stützte sich an der Wand ab und hievte sich hoch. „Kletter auf meine Schultern."

„Du wirst umfallen."

„Werde ich nicht." Sein Tonfall war entschlossen und hart.

Scheiße. Sie hatten keine Wahl. Devyn stellte sich hinter Bram und griff nach seinen Schultern. Dann sprang sie an ihm hoch. Sobald sie auf seinem Rücken gelandet war, gingen sie um ein Haar zu Boden. Devyn schaffte es trotzdem, sich auf Brams Schultern zu manö-

vrieren, während er die flachen Hände gegen die Tank-
wand presste.

Endlich kam Devyn oben an.

„Erzähl das bloß nicht Killian", bemerkte Bram.
„Jemals."

Devyns Blick fiel hinunter auf Brams Kopf zwischen
ihren Beinen und sie grinste, obwohl es ihr immer
schwerer fiel, zu atmen.

Sie streckte die Hände nach der Luke über ihnen
aus. Ihre Finger streiften das Metall und sie drückte
dagegen. Lautes, metallenes Knirschen erklang. Die
Luke öffnet sich einen Spaltbreit.

„Ich habs!"

„Gut." Urplötzlich sackte Bram zu Boden. Mit einem
dumpfen Schlag fiel er gegen die Wand des Tanks.

Devyn klammerte sich an der Öffnung der Luke fest
und ihre Beine baumelten in der Luft. „Bram? Bram!"

Scheiße. Sie stemmte sich durch den Spalt.

Luft. Gierig saugte sie den Sauerstoff in ihre
Lungen. Devyn legte sich flach auf das Dach des Behälters und wartete ab, bis sich ihr Kopf nicht länger
drehte.

Bram.

Sie setzte sich auf und wischte eilig auf ihrem Handy
herum.

„Devyn –"

Sie schnitt Ace das Wort ab. „Wir brauchen Hilfe.
Sofort!"

Devyn stopfte das Handy zurück in ihre Tasche und
stolperte auf die Metalltreppe an der Außenwand des
Tanks zu. Beinahe stürzte sie die Stufen hinunter.

Kurz hielt sie inne und sah sich um. Es waren keine weiteren Angreifer mehr zu sehen.

Als sie am Fuß der Treppe angekommen war, drehte sie das Rad, das den Eingang zum Tank versperrte, und stemmte die schwere Tür auf.

Bram lag zusammengesunken auf dem Boden.

„Bram!"

Sie trat in den Tank und griff unter Brams Achseln. Dann wuchtete sie ihn hoch.

Scheiße, war er schwer. Diese ganzen Muskeln wogen praktisch eine Tonne.

Devyn biss die Zähne zusammen, beugte die Knie und hievte Bram mit der Kraft ihrer Beine hoch. Zentimeter für Zentimeter zerrte sie seinen massigen Körper nach draußen.

Endlich hatte sie Bram an die frische Luft gebracht und ließ sich neben ihm auf den rissigen Betonboden sinken.

„Bram!" Ihre Finger berührten seinen Hals. Sie konnte seinen Puls spüren, der kräftig schlug. *Gott sei Dank*. Doch dann bemerkte sie, dass sich sein Brustkorb nicht bewegte.

Er atmete nicht mehr.

Nein. *Nein*. Sie rollte ihn auf den Rücken und legte seinen Kopf in den Nacken.

„Komm schon, Großer." Devyn drückte ihren Mund auf seinen und blies ihm ihre Luft in die Lungen. Sie beatmete ihn immer weiter, obwohl Panik sie ergriff. „Du darfst nicht sterben, verdammt noch mal."

Dann, endlich, schnappte er nach Luft.

Devyn hob ihren Kopf ein paar Zentimeter an und

stieß einen Seufzer der Erleichterung aus. Brams Brustkorb hob und senkte sich heftig, während er ein paarmal tief ein- und ausatmete. Devyn sah, wie seine Augen erst langsam aufflatterten, bevor er sie plötzlich weit aufriss, als er Devyn erblickte.

„Das hier erzählen wir Killian auch *niemals*", grummelte er.

Devyn grinste und setzte sich neben ihm auf den Boden. „Scheiße, bin ich froh, dass es dir gut geht. Du hast mir das Leben gerettet. *Schon wieder*."

„Und du hast meins gerettet. Schon wieder."

„BFFs." Sie streckte ihm ihre Faust entgegen.

Bram verdrehte die Augen, ließ sich aber schließlich auf einen Fistbump ein.

In diesem Moment hörten sie rennende Schritte. Devyns ganzer Körper spannte sich an.

„Devyn!"

Killian. „Hier!"

Sie erblickte ihn, als er um einen der Tanks gerannt kam, gefolgt von Vander und den anderen.

Als Killian Bram und sie erblickte, verfinsterte sich sein Gesicht. „Fuck."

„Wir leben noch", versicherte sie ihm.

Er riss sie auf die Füße und umarmte ihn fest. „Ihr seht furchtbar aus."

Und er sah großartig aus. Devyn atmete seinen Duft ein und hielt ihn fest. „Bram wurde übel zugerichtet und hat für einen Moment aufgehört, zu atmen."

„Mir geht es *gut*", knurrte besagter Mann, auch wenn er noch immer auf dem Boden lag.

Devyn verdrehte die Augen.

Ryder Morgan kniete sich neben Bram und begann, ihn zu untersuchen. Devyn sah zu Killian hoch und suchte seinen Blick. „Hattet ihr im Park oder in der Galleria mehr Erfolg?"

„Im Park war niemand. Am Einkaufszentrum hat jemand ein paar Schüsse auf unseren SUV abgefeuert."

Sie fluchte. „Er spielt mit uns. *Arschloch*."

Killian berührte die Schnittwunde an ihrer Schulter. Der Ärmel ihres Oberteils war blutgetränkt.

„Das ist nichts."

„Wer war das?" Seine Stimme war eiskalt.

„Der tote Söldner auf dem Steg ganz oben."

„Gut." Killians Augen funkelten.

„Immer langsam mit dem furchteinflößenden Gehabe, Hawke. Küss mich lieber."

Er zog sie an sich, vergrub seine Hände in ihren Haaren und presste seinen Mund auf ihren.

KILLIAN STAND im Sanitätsraum von Norcross Security und sah zu, wie Ryder Brams Wunden säuberte.

Er runzelte die Stirn. Sein Mitarbeiter war schlimm zugerichtet worden. Auf dem Rückweg im SUV hatte Devyn Killian geschildert, was ihnen zugestoßen war.

Einschließlich der Tatsache, dass Bram sein Leben riskiert hatte, um sie zu retten.

„Er hat eine leichte Gehirnerschütterung", erklärte Ryder. „Alles andere ist halb so wild, den Umständen entsprechend. Er wird heilen, aber er braucht Ruhe. Ich habe ihm ein Schmerzmittel verabreicht und seine

Wunden desinfiziert. Die Gehirnerschütterung werde ich im Auge behalten."

„Danke, Ryder." Killian trat auf Bram zu und legte ihm die Hand auf die Schulter. „Danke."

Der große Ire nickte bloß. „Ich mag sie, auch wenn sie nerven kann."

Killian lächelte. „Ich auch."

Er verließ Brams Krankenzimmer durch eine Verbindungstür und betrat den nächsten Raum. Als er die Tür hinter sich zuzog, verlangsamten sich seine Schritte.

Devyn saß auf einer Pritsche. Das blutgetränkte Oberteil war verschwunden und sie trug nur noch einen schwarzen BH, während sie sich das Blut vom Arm wischte.

„Lass mich das machen." Killian nahm ihr das Tuch aus der Hand. Er atmete ihren Duft ein. Heute war es irgendwas mit Jasmin.

„Danke", sagte sie.

Die Schnittwunde an ihrer Schulter war bereits mit Wundkleber verschlossen. Behutsam säuberte Killian Devyns Haut. Er spürte, wie sich etwas Ungezügeltes durch ihn hindurchwand. Er mühte sich ab, es unter Kontrolle zu behalten.

Devyn war verletzt worden. War angegriffen worden. Sein Verstand spielte ihm einen Streich und er sah immer wieder Bilder einer toten Devyn in seinen Gedanken aufblitzen. Erstochen, ertrunken in flüssigem Zement, erstickt in einem Tank.

Nichts davon waren Dinge, mit denen er klarkam.

„Hey." Sie drückte ihre Hand auf seine Flanke. „Mir geht es gut, Hawke."

„Ich weiß." Seine Worte klangen gepresst.

Sie stieß einen belustigten Laut aus und zog ihn neben sich auf die Pritsche. Dann küsste sie seine Wangen, seine Nasenspitze, erst sein eines Auge, dann das andere. Er suchte ihren Blick.

„Wirklich gut", wiederholte sie.

Er riss sie an sich und seine Hände zogen sich um ihren Körper zusammen. Er musste sie berühren. Musste wissen, dass ihr Körper noch warm und sie am Leben und Atmen war.

„Du weißt, dass ich gut in meinem Job bin, Killian. Du musst dir keine Sorgen machen. Und ..." Sie zappelte nervös herum und atmete tief ein. „Möglicherweise bin ich bald bereit, über das *L*-Wort zu sprechen."

Sein Herz hämmerte gegen seine Rippen. Wieder zog er Devyn an sich und küsste sie. Ihr mittlerweile so vertrauter Geschmack überwältigte ihn. Er saugte ihn auf und wollte sie ganz und gar verschlingen.

Devyn stieß ein hungriges Geräusch aus und setzte sich rittlings auf seinen Schoß. Sie nahm sein Gesicht in die Hände und erwiderte seinen Kuss, als ob sie beide die letzten Menschen auf der Welt wären. Sie rieb sich gegen seinen Schoß und Killian stöhnte.

Die Tür flog auf. „Ups, sorry, wenn ich störe", ertönte Aces amüsierte Stimme. Klang überhaupt nicht so, als ob es ihm leidtäte. „Wir haben einen Treffer für Duffys Söldner. Mein Büro. Sofort."

Widerwillig stand Killian auf und streichelte Devyn über die Wange. Sie schnappte sich ein einfaches, graues T-Shirt aus dem Regal hinter ihnen. Offensichtlich hatte

Vander extra eine Reserve da, für den Fall, dass seine Leute verletzt wurden.

Zusammen gingen sie zum Computerraum.

Ein Foto auf dem Bildschirm fesselte augenblicklich Killians Aufmerksamkeit. Es zeigte zwei der Söldner vom Flughafen.

Die beiden Männer standen auf einem Gehweg. Sah aus wie eine Vorortstraße.

Anders als die früheren Fotos schien dieses hier nicht gestellt zu sein. Diese Männer sahen nicht aus, als ob sie wüssten, dass sie gerade abgelichtet wurden.

„Wo?", fragte Vander.

„Glen Park", antwortete Ace.

Vander runzelte die Stirn. „Das liegt etwa fünf Meilen südlich der Innenstadt."

Devyn trat auf die Wand aus Bildschirmen zu und starrte auf das Foto der Söldner.

„Red?", fragte Killian.

Sie studierte den Hintergrund des Fotos. Auf der Straße hinter den beiden Söldnern war ein halb verdeckter Mann zu erkennen.

„Das ist Duffy. Sieh doch." Sie zeigte auf die Gestalt.

Ace zoomte in das Bild hinein. Das Gitter des Gesichtserkennungsprogramms ploppte auf und legte sich über das Foto. „Treffer."

„Wo in Glen Park sind sie?", fragte Vander.

„Chenery Street." Ace tippte etwas ein. „Ich rufe die Überwachungskameras in der Gegend auf. Ihr könnt mir nicht entkommen, ihr Arschlöcher."

Weitere Bilder tauchten auf. Weitere Blickwinkel auf

die Söldner und Duffy. Es gab sogar ein Video von ihnen, wie sie ein Haus betraten.

„Dieses winzige Haus kann nie im Leben ein Team von Söldnern beherbergen", bemerkte Killian.

„47 Chenery Street." Ace zog die Augenbrauen hoch. „Wartet mal. Doch, das ergibt Sinn! Das Haus ist nur eine Fassade."

„Was?" Killian blickte ihn finster an.

„Für die leer stehende, versteckte Villa dahinter", beendete Ace seine Erklärung.

Er tippte auf dem Bildschirm herum und eine Luftaufnahme der Straße erschien. Devyn atmete hörbar ein.

Hinter der regulären Häuserreihe erhob sich eine große Villa, die auf einem zugewachsenen Gelände stand.

„Chenery House", erklärte Ace. „Wurde in den 80er Jahren von einem exzentrischen Millionär erbaut. Robert Pritikin. Er hat den Rice-A-Roni-Jingle erfunden. Die Villa ist super schräg und hat sogar einen Indoor-Pool mit auffahrbarem Dach. Seit er in ein Altersheim gezogen ist, steht das Haus leer."

„Und jetzt hat Duffy sie in Besitz genommen", sagte Devyn.

„Ace, lass eine Drohne über das Grundstück fliegen", befahl Vander. „Ich will so viele Informationen wie möglich haben."

Killian verschränkte die Arme vor der Brust. „In dieser Villa kann man eine Menge Söldner unterbringen."

„Duffy wird ordentlich Feuerkraft haben", fügte Devyn hinzu.

Killian legte den Kopf zur Seite. „Das wird uns aber nicht aufhalten."

Sie lächelte. „Nein, wird es nicht."

„Ihr wollt in die Villa eindringen?", fragte Vander.

„Genau", erwiderte Killian.

„Ich hoffe, hier werden keine illegalen Einbrüche geplant, Norcross."

Die Frauenstimme ließ Devyns Kopf herumfliegen.

Oh, oh. Ein Mann und eine Frau standen in der Tür und beide schrien sie nur so *Bulle.* Und das lag nicht nur an den Dienstmarken, die an ihren Gürteln befestigt waren. Der Mann war groß, Ex-Militär und sah Camden Morgan zum Verwechseln ähnlich. Die Frau hatte braune Haare, und in diesem Moment starrte sie Vander Norcross finster an.

„Vielleicht doch." Vander trat auf die Frau zu.

„Muss ich Sie in Handschellen legen, Mr. Norcross?"

Devyn sah, wie Vander lächelte. Ein freimütiges Lächeln. Sie blinzelte und realisierte, dass sie ihn noch nie so offen erlebt hatte.

„Darüber können wir uns gern unterhalten, Detective Norcross." Dann küsste Vander die Frau.

Devyns Blick flog zu Killian.

„Seine Frau, Brynn", murmelte Killian.

„Und jetzt", sagte Brynn Norcross, „erklärt mir bitte mal, was zur Hölle hier los ist."

KAPITEL ACHTZEHN

K illian saß neben Devyn, während sie Aces
Bildschirme studierten.

Langsam senkte sich die Nacht über San Francisco
herab. Cam und Rhys waren gerade auf dem Weg nach
Glen Park, um die Drohne steigen zu lassen.

Anspannung hatte sich im Raum ausgebreitet. Brynn
Norcross und Detective Hunter Morgan waren noch
dageblieben, denn sie waren alles andere als erfreut
gewesen, zu erfahren, dass sich ein ehemaliger CIA-
Agent – neuerdings ein skrupelloser Attentäter – in ihrer
Stadt aufhielt.

„Die Drohne ist in der Luft", informierte Ace sie.

Die Aufnahmen der Drohne erfüllten den Bildschirm und die Gruppe sah dabei zu, wie sie über eine
Reihe von Häusern flog. Lichter funkelten und Killian
musste an all die Menschen in den Wohnhäusern
denken, die in diesem Moment Abendessen kochten, ihre
Kinder badeten, ihre Partner küssten. Ohne die geringste

Ahnung, was nur wenige Straßenblöcke entfernt vor sich ging.

Killian beugte sich vor. Devyns Hand lag auf seinem Knie und ihre Finger malten einen kleinen Kreis auf sein Bein. Auch sie hatte den Blick auf den Bildschirm geheftet und folgte der Liveübertragung aufmerksam. Ihr war nicht einmal bewusst, dass sie Killian berührte und ihren kleinen Anspruch auf ihn erhob.

Killian lächelte vor sich hin. Dann hob er den Blick und bemerkte, dass Vander sie beobachtete. Vanders Augen flogen zwischen ihm und Devyn hin und her, dann nickte er.

Ja, Vander war jemand, der wusste, dass es für Männer wie sie – Männer, die ein Leben des Kampfes lebten und schwierige Dinge taten, um ihr Land zu schützen – nicht einfach war, die richtige Frau zu finden. Eine Frau, die stark genug war, die Macht ihrer Liebe zu empfangen.

„Die Drohne nähert sich jetzt Chenery House", murmelte Ace.

Die Villa tauchte auf dem Bildschirm auf. Das Haus war ein riesiger Klotz und sah mit dem großen, gewölbten Glasdach aus wie eine Kulisse aus einem James-Bond-Film. Aber es hatte auch etwas eindeutig Verfallenes an sich. In den Fenstern brannte Licht.

Eine Sekunde später bemerkten sie die schattigen Gestalten, die in dem zugewachsenen Garten patrouillierten. Drei, vier, fünf Söldner. Killians Kiefer verkrampfte sich.

Duffy hatte eine kleine Armee um sich geschart.

„Die oberen Stockwerke", bemerkte Vander.

Killian konnte weitere Schatten in den Fenstern ausmachen. Noch mehr Söldner.

„Wir wechseln auf Infrarot", erklärte Ace. Ein zweiter Bildschirm erwachte zum Leben und wurde von einem bunten Farbmuster ausgefüllt.

Im Inneren der Villa waren eine Menge Wärmesignaturen zu erkennen.

„Er hat sich eine verfickte Armee zusammengestellt", murmelte Ace.

„Vander, du kannst nicht mitten in einem Vorort einen Krieg vom Zaun brechen", gab Hunt zu bedenken. „Die umstehenden Häuser sind voller unschuldiger Menschen. Die Villa grenzt an eine verdammte Grundschule."

Vander erwiderte nichts.

Hunter Morgan hatte recht. Sie konnte dort nicht mit gezückten Waffen einfallen.

Diese Operation musste präzise, lautlos und zügig durchgeführt werden.

„Er wird überhaupt nicht reingehen", kommentierte Killian.

Vander runzelte die Stirn. „Ich habe doch gesagt, wir helfen. Dieses Arschloch muss aufgehalten werden."

„Duffy ist unser Problem." Devyn erhob sich. „Und ich habe die Genehmigung der CIA, ihn zu stoppen."

Killian erhob sich ebenfalls und trat neben sie. „Devyn und ich werden uns darum kümmern."

Brynn stemmte die Hände in die Hüften. „In diesem Haus befinden sich mindestens fünfzehn extrem gut ausgebildete Söldner. Sie sind bis an die Zähne bewaffnet. Und so, wie es klingt, ist auch dieser Duffy nicht wehrlos." Die Polizistin zog eine Augenbraue hoch. „Und ihr beiden wollt ganz allein da reingehen?"

Devyn lächelte. „Genau. Wird ein nettes Cardio-Training für uns werden."

„Devyn und ich werden den Weg ins Haus sichern." Die Vorstellung, wie Devyn in Gefahr geriet, gefiel Killian ganz und gar nicht, aber er wusste, wie gut sie war, und außerdem würde er jede Sekunde an ihrer Seite sein.

Er würde ihre Fähigkeiten und ihr Können nicht geringschätzen, indem er ihr sagte, sie dürfe nicht mitkommen.

„Rhys, Cam und alle anderen, die du entbehren kannst, können dazustoßen und die Villa sichern, sobald wir Duffy dingfest gemacht haben."

Vander starrte ihn eine Sekunde an, dann nickte er.

„Wir werden unauffällig reingehen", versicherte Killian Brynn und Hunt. „Es werden keine unschuldigen Zivilisten zu Schaden kommen."

Die Detectives sahen nicht begeistert aus, nickten aber schließlich.

Killian wandte sich an Devyn. „Machen wir uns bereit."

Im Umkleideraum neben dem Fitnessstudio im unteren Stockwerk der Norcross-Security-Zentrale machten Devyn und Killian sich bereit. Killian öffnete die Reisetaschen, die er im Jet mitgebracht hatte und die mit Ausrüstung vollgepackt waren.

„Der ist für dich." Er reichte Devyn einen dünnen, schwarzen, zweiteiligen Bodysuit.

Devyn betastete den Stoff. „Was ist das?"

„Ein Prototyp von Secura. Ich musste Bennett ein kleines Vermögen dafür zahlen. Der Stoff ist beschusshemmend und schnittfest. Trag ihn unter deinen Sachen." Er wollte keine weiteren Schnittwunden an Devyn sehen.

Sie lächelte. „Danke."

„In der Tasche sind Waffen." Killian deutete auf eine der Reisetaschen. „Und Vander hat gesagt, dass wir uns an seiner Waffenkammer bedienen dürfen."

„Dann los." Sie zog sich das Oberteil aus und öffnete den Knopf ihrer Jeans.

Und mir nichts, dir nichts waren Killians Gedanken nicht länger bei der Mission, sondern bei Devyn.

Nur mit ihrer Unterwäsche bekleidet stand sie da und sah ihn an. Ihr Lächeln wurde verführerischer. „*Nachdem* wir uns um diese Verbrecher gekümmert haben, Hawke. Dann können wir es treiben wie die Karnickel."

Killian trat auf sie zu und Devyn wich keinen Millimeter zurück, sondern reckte nur das Kinn und starrte ihn an.

Er küsste sie. Es war ein hungriger Kuss, aufgeladen mit all den Emotionen, die in diesem Augenblick durch ihn hindurchrollten. Devyn sprang an ihm hoch und schlang ihre Beine um seine Taille.

Ihr Kuss war erfüllt von all den Dingen, die sie nicht aussprechen konnte. Als Killian die Hände in ihren Haaren vergrub, wurde er langsamer und nahm sich Zeit, seine Frau ausführlich zu genießen.

Schon bald würde sie sich sicher genug fühlen, ihm zu sagen, dass sie ihn liebte.

Er stellte sie wieder auf dem Boden ab. „Und jetzt hör auf, mich abzulenken."

Sie verdrehte die Augen, dann griff sie nach dem Bodysuit.

Kurz darauf waren sie bereit. Beide trugen sie Bennetts Bodysuits und darüber schwarze Cargohosen und langärmlige, schwarze T-Shirts. Genau wie Killian trug auch Devyn einen Gürtel und ein Holster um ihre Taille, in dem zwei Pistolen stecken, und hatte sich ein taktisches Messer um den Oberschenkel gebunden.

Sie war ruhig und ihre Augen wach. Sie war begierig auf die Mission.

Wollte dieser Sache endlich ein Ende bereiten.

Bevor sie losfuhren, sahen sie noch kurz nach Bram, aber er schlief gerade. Killian wusste, dass sein Mann sauer sein würde, diesen Kampf verpasst zu haben.

Ryder, Siv und Vander warteten bereits bei den SUVs auf sie. Auch sie trugen schwarze Sachen.

Killian erwiderte Vanders finsteren Blick.

„Ich kann nicht zulassen, dass nur ihr den ganzen Spaß habt", bemerkte Vander. „Wir sind auf Stand-by, falls ihr uns brauchen solltet."

„Dann lasst uns losfahren", sagte Killian.

Es war keine lange Fahrt nach Glen Park. Dunkelheit hüllte die Stadt ein, aber Killian wusste, dass sie noch eine Weile abwarten mussten, bis auch wirklich alle Anwohner in ihren Betten lagen.

Dann konnten sie in die Villa eindringen.

Sie parkten mehrere Straßen entfernt und gingen zu Fuß weiter.

An der Grundschule auf dem Gelände neben der

Villa angekommen, kletterten sie auf das Dach des Gebäudes und spionierten die große Villa über den Zaun hinweg aus.

Vander reichte Killian ein Fernglas.

Killian zoomte die Villa heran. Das große Grundstück war verwildert und zugewachsen. Er entdeckte mehrere Statuen, die beinahe vom Gestrüpp verschluckt wurden, ebenso wie einen großen, leeren Springbrunnen. Er wartete ab, dann entdeckte er mehrere dunkle Schatten, die sich durch den Garten bewegten.

„Ace hat euch einen Grundriss des Hauses aufs Handy geschickt", erklärte Vander. „Es ist nicht gerade einfach, zu bestimmen, wo im Haus Duffy sich aufhalten könnte."

„Wir werden ihn finden." Duffy, die Kakerlake, würde schon herausgekrabbelt kommen.

„Sei vorsichtig, Killian", sagte Vander. „Duffy weiß, dass es für ihn keinen Weg zurück gibt. Er wird alles, was er hat, geben, um dich umzubringen." Vanders Blick wanderte zu Devyn. „Euch beide. Seine Zukunft hängt davon ab."

„So leicht bin ich nicht umzubringen", erwiderte Devyn.

Killian nickte. Außerdem würde er jeden vernichten, der ihr auch nur ein Haar krümmte.

„Duffy will Hellfire und Steel", erklärte Killian. „Und jetzt wird er sie kriegen."

SIE ÜBERWAND den Zaun wie ein Geist.

Als sie sich verdeckt vom Gestrüpp aus der Hocke erhob, ließ Devyn ihren Blick über den verwahrlosten Garten der Villa schweifen.

Killian tauchte neben ihr auf, lautlos und still.

„Östlich von euch befinden sich zwei Wachen", murmelte Ace in ihren In-Ears. „Und zwei westlich von euch. Typisches Patrouillenmuster."

„Die Dame darf zuerst wählen", bemerkte Killian.

„Ich gehe nach Westen. Wir treffen uns an der Eingangstür, Hawke."

Er nickte, dann berührte er kurz ihre behandschuhten Finger, bevor er in der Dunkelheit verschwand.

Devyns Blick fiel auf die Villa.

Zeit, diese Sache zu Ende zu bringen.

Sie schlich durch den Garten. In den Büschen raschelten nachtaktive Tiere. Dann tauchte die erste Wache vor ihr auf. Der Söldner hatte ihr den Rücken zugewandt und rauchte eine Zigarette.

Nachlässig.

Devyn rammte ihre Fäuste in die Nieren des Mannes, dann nahm sie ihn in den Schwitzkasten. Grob riss sie ihn zurück und hielt ihn auf dem Boden fest.

Er wehrte sich, aber es war schnell vorbei. Sie wusste, was sie tat. Sobald der Kerl das Bewusstsein verloren hatte, fesselte sie seine Hände und Füße mit Kabelbindern, dann rollte sie ihn in ein zugewachsenes Beet.

Sie schlich weiter. Der nächste Söldner befand sich näher am Haus und ging langsam auf und ab. Sah nicht so aus, als ob er mit Gesellschaft rechnen würde.

Devyn duckte sich in das Gestrüpp und wartete den richtigen Augenblick ab.

Der Mann drehte ihr gerade den Rücken zu, um in die andere Richtung davonzugehen.

Devyn schlug zu. Bei dieser Wache ging es sogar noch schneller. Sobald er verschnürt war, eilte sie zur Eingangstür weiter.

Killian wartete dort bereits auf sie.

Vier Söldner erledigt. Bleiben noch elf.

Und anschließend Duffy. Sie biss sich auf die Zähne.

Killian deutete auf die Glasscheiben in der großen Eingangstür, die von riesigen, weißen Blumenkübeln eingerahmt wurde. Er zog eine kleine Apparatur aus der Hosentasche und presste sie auf das Glas. Langsam fuhr er damit über die Scheibe und schnitt ein perfektes Rechteck heraus.

Behutsam zog er das Rechteck aus der Glasscheibe und lehnte es an die Hauswand, dann kletterte er durch das Loch in der Tür.

Zu schade, dass es so dunkel war und sie dabei seinen Hintern nicht bewundern konnte.

Später, versprach Devyn sich. Ihr inneres Miststück sparte sich den Kommentar, also war es offensichtlich einverstanden mit dieser Idee.

Devyn kletterte hinter Killian durch das Loch in der Tür und fand sich in einem großen, Eingangsbereich mit Gewölbedecke wieder. Kühler, weißer Marmor mit feinen Adern beherrschte die Einrichtung, und über ihnen hing ein riesiger, verschnörkelter Kronleuchter an der Decke. Eine enorme, geschwungene Treppe führte in den ersten Stock hinauf. Es standen keinerlei Möbel mehr herum, nur noch das allumfassende Gefühl von Verfall war übrig.

Devyn folgte Killian an der Treppe vorbei ins Innere der Villa. Der nächste Raum war in ein Gewächshaus verwandelt worden. Er stand voller Pflanzen, die miteinander verwachsen waren.

Es roch nach Erde und verfaulten Blättern. Es überwuchert zu nennen, wäre eine Untertreibung gewesen. Das Zimmer platzte vor Vegetation aus allen Nähten. An zwei Enden davon befanden sich Glaswände, die das Gewächshaus tagsüber in helles Licht tauchen mussten, stellte sich Devyn vor. Sie schätzte, dass es eine Art automatisiertes Bewässerungssystem geben musste, wenn die Pflanzen nach all der Zeit noch immer am Leben waren.

Killian zeigte in eine Richtung und sie nickte und folgte ihm lautlos.

Dann hörten sie schnelle Schritte. Sie erstarrten.

Ganz in der Nähe öffnete und schloss sich eine Tür.

„Scheiße", sagte Ace in ihren Ohren. „Ich glaube, sie haben mitbekommen, dass die Wachen im Garten außer Gefecht gesetzt wurden. Sie wissen, dass irgendwas nicht stimmt."

Killian gab ein weiteres Handsignal, dann ging er ein paar Schritte nach links und wurde vom Dschungel verschluckt. Devyn trat nach rechts und verbarg sich hinter einer gigantischen, blühenden Pflanze.

„Herrera und Suarez haben nicht auf den Kontrollfunkspruch reagiert", sagte eine tiefe Stimme auf Spanisch.

„Molina und Hernandez auch nicht."

„Wir müssen nachsehen."

Zwei Söldner tauchten auf. Devyn konnte die beiden Männer durch den Blätterwald hindurch erkennen. Sie trugen Cargohosen und Kampfwesten und sahen muskulös und trainiert aus. An ihren Hüften trugen sie Holster mit Pistolen, und beide hatten ein Gewehr geschultert.

Kommt zu Mama. Sie spürte, wie sich ihre Muskeln anspannten und sich für den Kampf bereit machten.

Devyn warf Killian einen Blick zu. Er deutete mit dem Kopf auf die beiden Söldner und zückte sein Messer.

Lächelnd warf Devyn ihm einen zweifingrigen Gruß zu.

Jetzt konnte der Spaß beginnen.

Und anstatt allein kämpfen zu müssen, war Killian an ihrer Seite.

Sie warteten ab, bis die Männer nähergekommen waren, dann griffen sie gleichzeitig an.

Killian stürzte sich auf den Söldner, der näher bei ihm stand, und sein Messer blitzte auf. Devyn stürmte auf den anderen Kerl zu. Für einen Augenblick schien sich die Welt langsamer zu drehen. Devyn sah die Überraschung auf dem Gesicht des Mannes. Sein Arm bewegte sich, aber er war nicht schnell genug.

Sie platzierte einen Handkantenschlag gegen seinen Hals. Hämmerte mehrere harte Hiebe gegen seinen Brustkorb. Er schaffte es, einen Arm hochzureißen, doch schon griff Devyn danach und zog den Kerl an sich, dann rammte sie ihren Ellbogen in seinen Hals. Würgend ging er zu Boden.

Devyn brauchte nur wenige Sekunden, um seine Hände und Füße zu fesseln. Sie richtete sich auf.

Killian wartete auf sie. Sie sah die Hitze und die

ANNA HACKETT

Anerkennung in seinen Augen. Gott, dieser Mann war einfach perfekt für sie.

Plötzlich hallten weitere rennende Schritte und abgehackte Stimmen durch die Stille.

Devyn rechnete kurz nach. Noch neun Söldner.

Killian beugte sich hinunter und nahm einem der regungslosen Männer das Gewehr ab. Devyn tat es ihm gleich und kontrollierte ihre Waffe.

Es war ein Galil Córdova. Ein Sturmgewehr, das für die kolumbianischen Streitkräfte entwickelt worden war. Es war schwerer, als ihr lieb war, aber es würde seinen Zweck erfüllen.

Devyn schnappte sich ein Ersatzmagazin vom Gürtel des Söldners.

„Sie kommen", murmelte Killian. „Bleib hinter mir. Sobald mein Magazin leer ist" – er hob sein Gewehr – „positioniere ich mich hinter dir."

„Verstanden." Sie zwinkerte ihm zu. „Legen wir los, Steel."

Killians Blick war eindringlich, als er sie an sich riss. Sein schneller Kuss war erschreckend heiß. „Dass du dich bloß nicht verletzt."

„Ebenfalls", erwiderte sie.

Dann trat sie hinter ihn und sie setzten sich in Bewegung.

Vier Söldner kamen durch die Tür.

Killian feuerte. Devyn zuckte zusammen, als das laute Rattern der Schüsse durch das beengte Gewächshaus hallte.

Langsam zählte sie und wartete ab.

Als Killians Waffe verstummte, wirbelte er nach links

260

herum und trat eilig hinter Devyn. Zügig bewegte sich Devyn nach vorn und hob ihr Gewehr. Sie feuerte.

Killian und sie bewegten sich mit perfekter Synchronität. Devyn sah, wie die Söldner zu Boden gingen. Sie ging weiter vorwärts und in die Eingangshalle hinaus. Als ihre Waffe stumm klickte und ihr Magazin leer war, wirbelte sie herum und Killian war bereits da und feuerte auf die Söldner, die am Ende der Halle durch eine Tür kamen.

Eilig lud Devyn ihr Gewehr nach, und als Killians Magazin erneut leer war, bewegte sie sich wieder nach vorn.

Es fühlte sich beinahe an wie ein einstudierter Tanz. Als ob sie problemlos die Gedanken des anderen lesen könnten. Killians Bewegungen waren geradezu anmutig und Devyn stockte um ein Haar der Atem, als sie ihm zusah.

Sie feuerte, dann hielt sie inne. „Keine Söldner mehr."

Das Gewehr mühelos in der Hand trat Killian neben sie. „Ich habe neun gezählt. Keine weiteren Söldner mehr." Er suchte ihren Blick. „Gute Arbeit, Hellfire."

Ihr Inneres fühlte sich heiß und kribblig an. Sie liebte es, diese Bewunderung in Killians Augen zu sehen. „Danke, gleichfalls. So, sollen wir jetzt Duffy suchen gehen?"

Killians Ausdruck wurde hart. Ein Jäger, der sich an seine Beute heranschlich. „Ja."

„ACE, irgendein Hinweis auf Duffy?", murmelte Killian.

„Es gibt eine starke Wärmesignatur im Poolraum", erwiderte der Technik-Guru. „Der Raum hat zwei Eingänge, an jedem Ende einen." Ace hielt inne. „Und die Söldner?"

„Außer Gefecht gesetzt", erwiderte Killian.

„Alle? Mann, ihr seid wirklich gut. *Boa sorte, amigos.*"

„Zwei Eingänge." Mehr brauchte Killian nicht zu sagen. Devyn verstand ihn wie niemand zuvor.

Mit einem Nicken huschte sie durch die Eingangshalle zur anderen Pooltür davon.

Killian blieb neben seiner Tür stehen und lauschte auf die geringsten Geräusche. Nichts.

Er tippte auf sein In-Ear. „Bereit?"

„Ja", erwiderte sie.

„Los."

Mit gehobenem Gewehr stieß Killian die Tür auf und betrat den Poolraum.

Der große, rechteckige Pool wurde von einer Lampe im Becken beleuchtet und schimmerte blau. Über ihnen erstreckte sich das gewölbte Glasdach, durch das schummriges Nachtlicht fiel. Riesige, bunte Glasfenster bildeten die Rückwand. Die Reflexionen des Wassers funkelten wie Irrlichter über die anderen Wände. Killian ließ seinen Blick durch den düsteren Raum wandern.

Kein Zeichen von Duffy.

Aber er war hier. Irgendwo.

Jetzt musste Killian den Mann nur dazu bringen, aus seinem Versteck zu kriechen.

„Es ist vorbei, Duffy." Killians Stimme hallte durch

den Raum.

Keine Antwort.

Killian konnte Devyn nicht sehen, aber er spürte sie, als ob er einen Radar besäße, der nur auf sie eingestellt wäre.

„Deine Armee ist außer Gefecht gesetzt", fuhr Killian fort. „Zeit, diese Sache zu Ende zu bringen. Du kannst nicht wollen, dass dein Vermächtnis das eines Terroristen und Mörders ist."

„Mir ist egal, was andere denken", erklang eine tiefe, heisere Stimme. „Bis auf meine Klienten. Sie sollen wissen, dass ich der beste Attentäter der Branche bin."

Killian stieß ein abfälliges Geräusch aus. „Das wird nicht passieren."

„Aahron hat nichts geahnt, als ich ihn auf einen Drink eingeladen habe", fuhr Duffy im Plauderton fort.

Killians Hände ballten sich zu Fäusten. „Einen anderen Menschen zu verraten, macht dich nicht zum Besten, Duffy. Es macht dich zu Abschaum. Zu feigem Abschaum. Wir beide wissen, dass du Aahron in einem fairen Kampf nicht gewachsen gewesen wärst."

„Faire Kämpfe sind mir scheißegal. Mir geht es einzig und allein ums Geld. Die CIA hat mir *alles* genommen. Diese Arschlöcher haben mich unfassbar unfair behandelt. Sie haben mich benutzt, aber als ich Hilfe brauchte, haben sie mich in die Gosse getreten."

Killian konnte das schwache Zittern in der Stimme des Mannes hören. Duffy war nicht so selbstsicher, wie er Killian gerne glauben lassen wollte.

Wo war Devyn? Sicherlich begab sie sich gerade auf Position.

„Was dir zugestoßen ist, war falsch", stimmte Killian zu. „Aber das hier ist nicht die Lösung."

„Jetzt ist es zu spät." Duffy klang resigniert.

„Dann nimm es mit mir auf", sagte Killian. „Von Angesicht zu Angesicht."

Duffy lachte. „Oh, ich habe noch ein paar Tricks auf Lager, Steel. Für dich und Hellfire."

Killian presste die Lippen zusammen. Wenn dieses Arschloch Devyn bedrohte, würde Killian ihn ausweiden und basta.

Er nahm eine Bewegung in den Schatten neben dem Pool wahr. Zu breitschultrig, um Devyn zu sein.

Killian rückte vor und zückte sein Messer. Er wollte, dass Duffy verhaftet wurde und für seine Verbrechen und seinen Verrat zahlte.

Der Tod wäre zu einfach.

Duffy schnellte aus der Dunkelheit hervor, ein Messer in seiner Hand. Er stach nach Killian.

Killian neigte seinen Oberkörper nach hinten und wich aus. Er duckte sich und schwang seine eigene Klinge. Das Messer erwischte Duffy zwar, aber die taktische Weste des Kerls war zu dick.

Sie drehten sich in einem tödlichen Tanz, in dem jede Bewegung schnell und grausam war. Duffy war älter, aber weder aus der Übung noch untrainiert.

Dann wich der skrupellose Ex-Agent einen Schritt zurück und brach mit einer schnellen Handbewegung den Griff seines Messers auf. Damit zielte er auf Killians Gesicht.

Eine kleine Wolke irgendeines Gases schlug Killian entgegen. Er konnte Chemikalien riechen und taumelte zurück. Seine Sicht verschwamm und sein Verstand war wie benebelt.

Fuck, es war irgendeine kampfunfähig machender Substanz.

Killian fiel auf die Knie, schwankte, dann stürzte er vorwärts auf den Fliesenboden. *Verdammte Scheiße.* Er konnte nicht mehr denken, konnte sich nicht mehr bewegen.

Lächelnd hockte sich Duffy neben ihn. „Das ist ein neuer, experimenteller Wirkstoff auf der Basis von Fentanyl. Keine Sorge, die Wirkung wird nicht lange anhalten. Nicht, dass es einen Unterschied macht, denn du wirst tot sein, wenn ich fertig mit dir bin."

Das Aufblitzen einer Bewegung.

Lautlos griff Devyn an.

Wieder versuchte Killian, sich zu bewegen. Er hörte Kampfgeräusche.

„Ah, da bist du ja, Hellfire. Ich wusste, dass du angreifen würdest, wenn ich ihn verletze. Du warst immer schon unbesonnen, immer zu begierig darauf, dich zu beweisen."

„Fick dich", fuhr Devyn ihn an. „Du bist nichts weiter als ein rückgratloser Verräter."

Erneut erklangen Kampfgeräusche. Immer wieder versuchte Killian, sich zu bewegen. Er musste ihr helfen.

Sie war sein.

Er musste sie beschützen, ihr helfen, sie lieben.

Im nächsten Moment hörte er Metall klicken und Devyn grunzte auf.

„Was zur Hölle?", spuckte sie knapp aus.

„Dieser alte Gaul hat noch ein paar neue Tricks auf

Lager", erwiderte Duffy süffisant.

Dann ertönte ein lautes Platschen.

Nein, verdammt. Killian biss die Zähne zusammen. *Beweg dich!* Mit nichts als purer Willenskraft brachte er seine Beine dazu, sich zu bewegen.

Devyn brauchte ihn. Er würde sich von nichts aufhalten lassen, nicht einmal von irgendeinem beschissenen Nervengift.

Killian hörte das Platschen von Wasser und öffnete vorsichtig die Augen, achtete aber darauf, sich nicht zu bewegen.

„Verdammte Scheiße, ist die gut", spuckte Duffy aus, als er sich aus dem Pool stemmte.

Killian konnte Blut sehen. Sein Puls begann zu rasen. Das Blut tropfte auf die Fliesen – dunkle Flecken auf hellem Weiß.

Er sah das Messer, das in Duffys Schulter steckte.

Wo war Devyn? Killian musste dieser Sache ein Ende bereiten und sie finden.

Duffy, der noch immer glaubte, er wäre bewusstlos, trat brutal in Killians Seite.

Killian biss sich auf die Zunge und stieß keinen Laut aus.

„Die Gehaltsschecks, die auf mich warten, sind diesen Aufwand besser wert." Duffy tastete nach dem Messer in seiner Schulter und verzerrte das Gesicht.

In diesem Moment sprang Killian auf und rammte seinen Körper in den Mann. Er drängte Duffy zurück, bis dessen Rücken gegen die Wand krachte.

„Es wird keine Gehaltsschecks geben, Duffy", sagte Killian. „Keine Karriere als Auftragsmörder. Es endet hier und jetzt." Killian griff nach dem Messer und drehte es in Duffys Wunde herum.

Duffy stieß ein schmerzerfülltes Brüllen aus.

„Du kannst deinen Rotschopf nicht mehr retten." Duffy Gesicht verzog sich zu einer hämischen Fratze. „Irgendwie tut es mir fast leid. Ich habe sie immer gemocht. Nur leider ist sie gerade mit Handschellen an einen Abfluss am Grund des Pools gefesselt. Und ertrinkt."

Killians Herz schlug ihm bis zum Hals. Wie lange war Devyn schon unter Wasser? Ein eiskalter Schauer überlief ihn und schürte die Panik in seiner Brust.

Er riss das Messer aus Duffys Schulter und für eine Sekunde war er versucht, es ihm ins Auge zu rammen. Etwas in Killian wollte Duffy umbringen.

Nein. So leicht würde er es dem Kerl nicht machen.

Stattdessen drehte er das Messer in seiner Hand herum und ließ den Griff gegen Duffys Schläfe krachen. Dann rammte er seinen Ellbogen in Duffys Gesicht.

Er hörte Knorpel knirschen. Noch einmal rammte Killian den Messergriff gegen Duffys Schläfe. Der Körper des Mannes wurde schlaff und glitt an der Wand hinunter zu Boden.

Mit aller Macht trat Killian gegen Duffys Knie. Wieder knirschten Knochen und Knorpel. Der Kerl würde so schnell nirgendwohin verschwinden.

Dann ließ Killian das Messer fallen und fuhr herum. Am Boden des Pools konnte er einen dunklen Schatten erkennen.

Devyn.

Er machte zwei Schritte und sprang ins Wasser.

KAPITEL NEUNZEHN

V erdammt, ihre Lungen begannen langsam, zu brennen.

Devyn zerrte an den Handschellen. Ihr linkes Handgelenk schmerzte, aber sie riss erneut an ihren Fesseln. Sie würde nicht ertrinken, verdammt noch mal.

Aber die Abflussklappe, an die sie gefesselt war, war schwer. Sie rührte sich keinen Millimeter von der Stelle.

Luftbläschen blubberten aus Devyns Mund. Das Verlangen, ihre Lippen zu öffnen und einzuatmen, wurde mit jeder Sekunde stärker.

Ging es Killian gut? Ihr Magen überschlug sich, zog sich zusammen und schmerzte. Duffy hatte ihn mit irgendetwas bewusstlos gemacht. Falls Killian noch nicht wieder zu sich gekommen war, als Duffy aus dem Pool geklettert war, wäre er vollkommen hilflos …

Schmerzen zuckten durch Devyn hindurch. Sie *durfte* ihn nicht verlieren.

Du wirst sterben, beschwerte sich ihr inneres Miststück. *Welchen Unterschied macht es also?*

Wieder riss Devyn an den Handschellen und ihre Lungen brannten. Sie wehrte sich gegen den Drang, den Mund zu öffnen.

Devyn schloss die Augen. Sie musste an die letzten Tage mit Killian denken. Wie sie sein seltenes, vernichtendes Lächeln gesehen hatte, ihn geküsst und geneckt hatte, sich mit ihm geliebt hatte.

Gott, sie war einfach heillos verliebt in diesen Mann. Sie hatte dagegen angekämpft, aber sie hatte sich dennoch in ihn verliebt.

Der Druck in ihren Lungen spiegelte den ansteigenden Druck in ihrem Schädel wider. Sie konnte kaum noch einen klaren Gedanken fassen. Verzweiflung krallte sich in ihr fest. Sie wollte Killian nicht alleinlassen.

Der Drang, zu atmen, war überwältigend.

Dann hörte sie ein lautes Platschen, als jemand in den Pool sprang.

Hatte sie sich das nur eingebildet? Ihr Magen zog sich zusammen. War es Duffy, der zurückkam, um sie umzubringen?

Devyn öffnete die Augen und blickte in Killians Gesicht.

Alles in ihr atmete auf. Er presste seinen Mund auf ihren und blies ihr Luft in die Lungen.

Sie saugte den Sauerstoff gierig ein. Mit kräftigen Beinschlägen schwamm Killian zurück an die Oberfläche, dann kehrte er augenblicklich zu ihr zurück. Wieder blies er ihr Luft in die Lungen.

Ja, sie liebte diesen Mann wirklich.

Einmal mehr schwamm Killian an die Oberfläche und kam zurück, sein Gesicht hart, ein tödlicher Blick in seinen Augen. Er tauchte zum Grund des Pools und musterte den Abfluss, während sein kraftvoller Körper im Wasser schwebte, dann riss er an der Klappe. Sie bewegte sich nicht. Devyn spürte, wie ihr erneut die Luft ausging.

Killian schwamm an die Oberfläche, kam zurück und schenkte ihr seinen Atem. Wieder tauchte er auf.

Dieses Mal kam er nicht zurück.

Die Sekunden fühlten sich an wie Stunden.

Aber die Panik setzte nie ein. Killian *würde* sie retten. Devyn wusste tief in ihrem Herzen, dass er immer für sie da sein würde, ihr immer den Rücken freihalten würde.

Wenige Sekunden später sprang er zurück in den Pool.

Sie spürte, wie er an den Handschellen an ihrem Handgelenk herumfingerte, und realisierte, dass er den Schlüssel gefunden hatte.

Im nächsten Augenblick war sie frei.

Gott sei Dank.

Ein starker Arm schlang sich um ihre Taille und Killian riss sie nach oben.

Als sie an die Oberfläche brachen, schnappte Devyn keuchend nach Luft. Killian hievte sie zu den Stufen.

„Was hat denn so lange gedauert, Hawke?", zog sie ihn auf.

Sein Kopf flog herum und seine Augen blickten finster wie schwarzes Eis.

Okay, vielleicht war es noch ein bisschen zu früh für Neckereien.

„Mir geht es gut." Sie nahm seine rauen Wangen in die Hände. „Wirklich gut, dank dir."

Halb trug er sie, halb stieg sie aus dem Pool und das Wasser tropfte von ihren Kleidern auf die Fliesen.

„Duffy?", fragte sie.

„Bewusstlos", erklärte Killian knapp.

„Gut."

Dann wirbelte Killian sie herum und seine Lippen eroberten die ihren.

Gott.

Devyn spürte, wie Verlangen und Verzweiflung sich in seinen Kuss legten. Ihr eigenes Verlangen schwoll in ihr an und stand seinem in nichts nach. Killian hob sie in seine Arme und sie schlang die Beine um seine Taille. Hungrig fielen sie übereinander her.

Devyn spürte, wie ihr Rücken gegen eine Wand stieß. Killian stellte sie ab, riss ihre Hose auf und zerrte sie ihre Beine hinunter. Er kniete sich hin, zog ihr die Stiefel und anschließend die Cargohose aus.

Als er sich wieder erhob, machte sie sich an seinem Gürtel zu schaffen, während Killians Finger nach dem Reißverschluss an ihrem Secura-Anzug griffen und ihn aufzogen.

Zu viele verdammte Stofflagen. Eine Sekunde später hatte sie seinen Schwanz befreit.

Das Blut rauschte durch ihre Adern. *Ja. Ja. Ja.* Wieder hob Killian sie hoch, fixierte sie an der Wand und stieß seinen Schwanz in sie.

Gott, ja. Devyn klammerte sich an ihm fest und saugte sein Verlangen und seine Kraft in sich auf.

Immer und immer wieder stieß Killian ungezügelt in sie hinein. Sie biss in sein Ohrläppchen und ihr Fingernägel gruben sich in seine Schultern. Während sein großer Schwanz sie ausfüllte, wanderte ihr Mund zu seinem Hals und ihre Zähne versanken in seiner Haut.

Bei seinem nächsten Stoß zog sich ihr Körper beinahe schmerzhaft zusammen und ihr Orgasmus überwältigte sie in einem blendenden Rausch.

Devyn schrie auf und zuckte.

Mit einem tiefen Stöhnen vergrub Killian sich ein letztes Mal in ihr und kam. Sie spürte, wie die Wärme seiner Essenz sich in sie ergoss.

Ihr keuchendes, raues Atmen rauschte in ihren Ohren, dann mischte sich eine metallische Stimme darunter. Devyn brauchte eine Sekunde, um zu begreifen, dass es Ace war.

„Killian? Devyn? Verdammte Scheiße! Geht es euch gut?"

Devyn presste einen Finger auf ihr In-Ear. „Uns geht es gut. Alle Bedrohungen sind neutralisiert." Sie lächelte Killian an. „Es wurde ziemlich hart –" Sie zog ihre Beine um Killians Taille zusammen, seine Hüfte schnellte vor und sein Schwanz war noch hart genug, dass sie ihn spüren konnte. Sie schluckte ihr Lachen hinunter. „Aber wir haben uns darum gekümmert."

Killians leises Lachen füllte ihre Brust mit Wärme.

„Verstanden", antwortete Ace. „Ich schicke die Verstärkung rein."

„Danke." Devyn berührte ihr In-Ear. „Mist. Raus mit dir. Ich muss mich anziehen." Das Letzte, was sie gebrauchen konnte, war, dass die Männer von Norcross Security ihren nackten Arsch sahen und Killians Sperma, das ihren Oberschenkel hinunterlief.

Killian küsste sie. „Ich weiß, ich habe gesagt, ich würde das *L*-Wort noch nicht benutzen ...“

Sie erstarrte.

„Aber ich liebe dich, Devyn. Ich will dich nicht beunruhigen oder dich stressen –“

Sie berührte seinen Kiefer und spürte, wie ihr Magen flatterte. Mist. Sie – Devyn *Hellfire* Hayden – war nervös.

„Das freut mich, weil ich ...“ Sie schluckte.

Er lächelte. „Du schaffst das, Red.“

Sie schlug ihm gegen die Schulter. „Ich liebe dich, Killian *Steel* Hawke.“

„Gut.“ Seine Finger versanken in ihren Haaren und Emotionen füllten seine dunklen Augen. „Es kommt mir vor, als ob ich dich immer schon geliebt hätte, und wenn du mich lässt, werde ich dich auch für den Rest unseres Lebens lieben.“

Mit zugeschnürter Kehle schmiegte sie ihr Gesicht an seinen Hals. „Guter Spruch, Hawke. Guter Spruch.“

KILLIAN STAND vor der Villa und sah zu, wie Ryder Devyn untersuchte. Ihre Haare waren feucht und sie hatte sich eine Decke um ihre nasse Kleidung gewickelt, aber sie lachte über etwas, das der Sanitäter gerade zu ihr gesagt hatte.

Sie lebte. Sie war voller perfektem, kraftstrotzendem Leben.

Und sie war sein.

Das Gelände wimmelte nur so vor Polizisten. Killian

sah zu, wie uniformierte Beamte mürrische, mit Handschellen gefesselte Söldner aus der Eingangstür führten. Diejenigen von ihnen, die noch atmeten.

Ace, Rhys, Siv und Vander tauchten auf.

„Ihr beiden habt uns nichts übrig gelassen", bemerkte Ace. „Nicht einen Schurken, den jemand anderes dingfest machen könnte. Ihr habt euch sämtlichen Spaß unter den Nagel gerissen."

„Sorry", erwiderte Killian todernst. „Ich wusste nicht, dass Norcross dich überhaupt aus dem Computerraum rauslässt, Ace."

Der Hacker zeigte ihm den Mittelfinger, grinste ihn aber an.

Vanders Mundwinkel zuckten. „Ihr habt tatsächlich keine Verstärkung gebraucht."

„Ich weiß dein Angebot der Unterstützung dennoch zu schätzen."

Vander nickte ihm wortlos zu.

Zwei Männer in dunklen Anzügen erschienen. Als Devyn sie erblickte, stand sie auf und ging zu ihnen hinüber. Killian trat zu ihr.

„Hellfire", sagte der ältere der beiden Männer. Seine blauen Augen wanderten zu Killian. „Steel."

Er nickte. „Gut, dich zu sehen, Sniper." Killian und Geoff *Sniper* Miller hatten früher bei der CIA auf einigen Missionen zusammengearbeitet. Der Mann war ein guter Agent.

„Das hier ist Leo Garcia." Sniper deutete mit dem Kinn auf seinen jüngeren Kollegen.

Killian nickte Leo zu.

Leo Garcia blinzelte ihn an. „Sie sind Steel." Sein

Kopf flog herum. „Und Sie sind Hellfire." Es schwang unverhohlene Ehrfurcht in seiner Stimme mit.

Devyns Lippen zuckten. „Wir sind ja nicht der Weihnachtsmann und die Zahnfee."

„Du würdest mit Flügeln richtig niedlich aussehen", bemerkte Killian.

Sie lächelte. „Und mit einem Sack voller Milchzähne."

Killian prustete.

Garcia rückte seine Schultern gerade und räusperte sich. „Stimmt. Freut mich, Sie beide kennenzulernen."

„Miller und Garcia sind wegen Duffy hier", erklärte Devyn Killian.

Killian warf Vander einen Blick zu und der Boss von Norcross Security nickte. Eine Sekunde später führten Rhys und Siv einen gefesselten Duffy aus dem Haus. Er humpelte und stützte sich schwer auf Rhys.

Sein Gesicht war ausdruckslos und er sagte kein Wort. Er wusste, dass es vorbei war.

Als die CIA-Agenten Duffy abführten, legte Killian einen Arm um Devyns Schulter und zog sie an sich.

„Ein kleiner Teil von mir hat Mitleid mit ihm." Sie schluckte. „Ich frage mich, ob ich jemals so werden könnte."

„Niemals." Killian biss verspielt nach ihren Lippen. „Du sorgst dich um andere Menschen. Sogar, wenn du versuchst, es nicht zu tun, baust du eine Verbindung zu anderen auf. Deine Seele ist intakt."

„Killian?", erklang eine Frauenstimme.

Sie drehten sich um und erblickten Saskia. Cam

versuchte, sie einzuholen, während sie auf Killian und Devyn zujoggte.

„Geht es dir gut?", fragte seine Schwester und schlang augenblicklich die Arme um Killians Hals.

„Uns geht es gut." Er umarmte sie fest.

„Und der Attentäter?"

„Ist in Polizeigewahrsam."

Saskia lächelte. „Also waren Steel und Hellfire die Rettung."

„Die beiden sind Action-Egoisten", beschwerte sich Ace. „Haben uns nichts übrig gelassen."

„Natürlich", erwiderte Saskia. „Sie sind legendär." Sie suchte Killians Blick. „Kannst du ein paar Tage in der Stadt bleiben? Ich weiß, dass Bram noch hierbleiben muss, bevor Ryder ihn in ein Flugzeug steigen lässt." Sie schniefte. Bram war eindeutig nicht ihr Lieblingsmensch.

„Der Jet ist bereits vollgetankt und wartet auf uns", sagte Killian. „Wir müssen zurück nach New York."

Seine Schwester machte ein langes Gesicht.

„Aber wir kommen bald zurück", versprach er.

„Wir?" Saskia zog eine Augenbraue hoch.

Killian schob Devyn vor sich und schlang von hinten seine Arme um sie. „Ja. Devyn liebt mich, also werde ich sie wohl behalten."

Sein Rotschopf stieß ein ersticktes Geräusch aus.

„Und ich liebe sie", fuhr Killian fort.

Devyns Gesicht wurde weicher. „In fünfzig Jahren habe ich mich vielleicht daran gewöhnt, das zu hören."

Er küsste ihre Nase. „Ich werde es dir einfach mehrmals am Tag sagen müssen, damit es schneller geht."

Dann wandte er sich wieder Saskia zu, die ihre

Hände vor dem Körper verschränkt hatte und glücklich und gerührt aussah.

Killian beugte sich vor und drückte ihr einen Kuss auf die Wange. „Wir müssen los."

„Rhys fährt euch zum Flughafen." Vander trat auf sie zu und schüttelte Killian die Hand. „Und halte dich aus Ärger raus."

„Du auch."

Vanders Mundwinkel zuckten. „Leider hat der Ärger die nervige Angewohnheit, mich und mein Team immer zu finden."

Killian lachte. „Dito."

So spät am Abend dauerte die Fahrt zum Flughafen nicht lange. Rhys winkte Killian und Devyn zum Abschied lächelnd zu. Ric wartete bereits am Jet auf sie.

Sobald sie in der Luft waren, drehte sich Killian zu Devyn. „Geh unter die Dusche und wärme dich auf. Da hinten im Schrank sind jede Menge frischer Klamotten. Wir haben sie extra für solche Notfälle da."

Devyn erhob sich aus dem Sitz und ließ ihre Decke fallen. „Wir sollten wirklich Wasser sparen. Willst du mir Gesellschaft leisten?"

Killian knöpfte bereits sein Hemd auf, als er sich erhob. „Ja, auch wenn ich bezweifle, dass wir viel Wasser sparen werden."

ALS DER JET zur Landung ansetzte, wachte Devyn aus ihrem Nickerchen auf.

Mist. Hatte sie den gesamten Flug nach New York verschlafen?

Fairerweise musste man erwähnen, dass sie eine lange Nacht hinter sich hatte. Außerdem war die Dusche mit Killian recht energiegeladen gewesen, denn er hatte ihr nicht nur die Haare gewaschen, sondern ihr auch zwei überwältigende Orgasmen geschenkt.

Sie öffnete die Augen. Killian saß ihr gegenüber und arbeitete an seinem Laptop. Sie starrte ihn einfach nur an.

Gott, er war so attraktiv, auf diese kantige, gefährliche Art, die ihren Puls rasen ließ.

Und er liebte sie.

Jeden Teil von ihr: Hellfire, Devyn, diesen kleinen, dürren Rotschopf, der in einem Wohnwagen aufgewachsen war.

Killian hob den Blick. „Gut geschlafen?"

„Ja." Die Morgensonne schien durch die Fenster. Devyn beugte sich zur Scheibe, blickte hinaus und blinzelte. „Ähm, Killian?"

„Ja?"

„Warum sieht New York City plötzlich aus wie der Las Vegas Strip?" Die bunte Mischung aus Hotelkomplexen war ein einziger Farbklecks inmitten der Wüste.

„Wir machen einen kleinen Abstecher", erklärte er.

Sie drehte sich zu ihm um. „Ach ja?"

Killian klappte seinen Laptop zu und legte ihn zur Seite. „Ja."

„Hast du das plötzliche Bedürfnis, Blackjack zu spielen?"

„Nein. Wir werden heiraten."

Alle Luft rauschte aus ihren Lungen. „Was?",
keuchte sie.

„Heiraten. Das ergibt nur Sinn, Red. Du gehörst mir.
Ich gehöre dir."

Sie schluckte. „Heiraten." Mehr als dieses eine Wort
brachte sie nicht heraus.

Seine Mundwinkel zuckten. „Ja. Ich will auf jede
nur erdenkliche Art und Weise meinen Anspruch auf
dich erheben, Devyn. Körperlich. Emotional. Rechtlich."

Jetzt bekam sie endgültig keine Luft mehr.
Emotionen stiegen in ihr auf und sie wusste, dass dieses
heiße, helle Gefühl Liebe war.

„Du liebst mich", wisperte sie.

Er runzelte die Augenbrauen. „Ja."

„Niemand hat mich je geliebt."

Er fluchte. „Die Tatsache, dass deine Mutter dich
nicht geliebt hat, hat nichts damit zu tun, dass du nicht
liebenswert bist, Devyn. *Sie* war das Problem."

Devyn öffnete ihren Gurt und wieder fluchte er.

„Devyn, wir landen gleich."

Sie sprang auf seinen Schoß und küsste ihn.

Er küsste sie zurück, öffnete seinen eigenen Gurt,
machte ihn länger und schnallte sie beide damit an.

Dann küsste er Devyn erneut. „Also, willst du
heiraten?"

„Habe ich denn eine Wahl?", fragte sie.

„Nein." Er schnappte nach ihren Lippen. „Ich gebe
dir eine Stunde, um ein Kleid zu finden, und dann
werden wir bei einer Zeremonie auf einer Dachterrasse
erwartet." Er senkte die Stimme. „Und anschließend
haben wir vierundzwanzig Stunden Zeit, während denen

wir uns in eine Penthouse-Suite im Bellagio einschließen werden."

„Klingt gut." Einmal mehr küsste sie ihn und vergrub ihre Finger in seinen dichten, schwarzen Haaren.

Killian löste sich von ihren Lippen und hob seine Hand. In seiner Handfläche lag eine kleine, schwarze Schatulle.

Wieder bekam Devyn keine Luft mehr. Sie sah zu, wie Killian sie aufschnappen ließ.

Der Ring bestand aus einem feurigen, roten Rubin, der in Platin eingefasst war.

Wunderschön.

Plötzlich erkannte sie, dass der Ring zu der Kette passte, die Killian ihr auf den Bahamas geschenkt hatte. Sie suchte seinen Blick. „Wie lange hast du den Ring schon?"

„Eine Weile."

Devyn hob die Hand und ihre Finger zitterten ein wenig, als Killian ihr den Ring ansteckte.

Gott. Alles in ihr flatterte.

Sie presste ihren Mund auf seinen. Sie hörte nicht auf, ihn zu küssen, und war so verloren darin, dass sie gar nicht mitbekam, wie sie landeten. Devyn wand sich auf Killians Schoß hin und her und spürte, wie ihr Slip feucht wurde.

Killian drückte den Knopf für die Gegensprechanlage. „Ric, wir brauchen noch einen Moment."

Er stand auf, hob Devyn in seine Arme und legte sie auf die Couch. Sein großer Körper bedeckte ihren.

Das Lachen des Piloten erklang über die Gegensprechanlage. „Lasst euch alle Zeit der Welt."

KAPITEL ZWANZIG

Zwei Tage später versuchte Devyn, nicht zu sehr herumzuzappeln, als Killian und sie in den Fahrstuhl der Sentinel-Security-Zentrale stiegen.

Ihr Blick fiel auf ihren Ring. Er schimmerte im Licht.

Starke Arme schlangen sich von hinten um sie. Der harte, warme Körper ihres Mannes drückte sich gegen ihren Rücken.

„Alles okay, Mrs. Hawke?", fragte er.

Verdammt, diesen Namen zu hören, ließ sie noch immer zusammenzucken.

„Ich frage mich nur, was deine Freunde von unserer überraschenden Hochzeit denken werden." Sie hatten es ihnen nicht verraten. Die einzige Person, die Bescheid wusste, war Saskia. Killians Schwester war vor Freude völlig aus dem Häuschen geraten, hatte allerdings eine große Feier in absehbarer Zukunft verlangt, bei der sie dabei sein konnte.

Killians Lippen liebkosten Devyns Hals. „Sie werden

sich freuen." Er löste sich von ihr. „Ich habe ein Hochzeitsgeschenk für dich."

Sie stöhnte auf. „Noch ein Geschenk? Du hast mir doch schon die Ringe geschenkt." Zu dem Rubinring hatte sich nun auch ein schlichter Ehering aus Platin gesellt.

Und sie hatte Killian ebenfalls einen Ehering gekauft, während eines der seltenen Augenblicke, in denen sie ihre Suite verlassen hatten.

Devyn lächelte. Den Rest ihrer Zeit in Las Vegas hatten sie im Bett verbracht. Sie hatte sich an Killian Hawke gelabt. Ihrem frisch angetrauten Ehemann.

Ehemann. Das bedeutete, dass sie nun unbegrenzten Zugriff auf ihn hatte.

Für den Rest ihres Lebens.

Nie zuvor hatte sie jemanden in ihrem Leben gehabt, der nur ihr gehörte.

Killian zog einige zusammengefaltete Zettel aus der Innentasche seines Jacketts. Er reichte sie Devyn.

„Jetzt muss ich dir noch ein Geschenk kaufen", beschwerte sie sich. „Du bist reich. Es ist verdammt schwer, dir etwas zu schenken."

Er biss in ihr Ohr. „Ich habe alles, was ich will." Er legte seine Hand auf ihre Hüfte. „Oder beinahe alles. Lies es dir durch."

Devyn faltete die Zettel auf und überflog sie. Dann noch einmal. Sie hatte das Gefühl, als ob sich ein Wackerstein in ihrem Brustkorb verkeilt hätte.

Sie hob den Blick und sah dem Mann, den sie liebte, in die Augen. „Killian –"

„Wir sind ein Team. Was mir gehört, gehört auch dir."

„Das ist zu viel."

Er nahm ihr Gesicht in die Hände. „Es wird nie genug sein."

Blind starrte Devyn auf die Worte auf dem Papier. „Du machst mich zur Miteigentümerin von Sentinel Security."

„Ja. Du bist mehr als qualifiziert und wirst fantastische Arbeit leisten. Ich will dich hier haben. Ich will, dass wir zusammenarbeiten. Zusammen kochen. Jede Nacht zusammen schlafen."

Sie legte den Kopf zur Seite. „Und du willst nicht, dass ich auf irgendwelchen Missionen unterwegs bin, wo du mich nicht im Blick haben kannst."

„Auch das. Ich werde mich nicht dafür entschuldigen, sichergehen zu wollen, dass du in Sicherheit bist. Aber du kannst nicht behaupten, dass wir kein gutes Team wären. Ich weiß, dass du deine Arbeit bei der CIA liebst –"

Sie griff nach seinen Handgelenken und atmete tief ein. „Ich werde es auch lieben, hier zu arbeiten. Mit dir zusammenzuarbeiten." Sie grinste. „Und ich habe da ein paar Bürofantasien, die wir Realität werden lassen können."

Er lachte und küsste sie. „Jetzt habe ich wirklich alles, was ich will, Mrs. Hawke."

Sie küssten sich noch immer, als der Fahrstuhl anhielt und die Türen aufglitten.

„O mein Gott, ihr beiden!", erklang Hex' Stimme. „Ihr haut nach Vegas ab, wo ihr jede Menge Sex hattet, schätze ich, und könnt *noch immer* nicht die Finger voneinander lassen."

Sie traten aus dem Fahrstuhl. Das gesamte Team wartete auf sie.

Nick stand Arm in Arm mit seiner Freundin Lainie da. Matteo und eine strahlende Gabbi standen neben ihnen. Hadley und Hex lächelten sie an, wohingegen Bennett aussah, als ob er angestrengt gegen ein Grinsen ankämpfen würde, und Bram blickte gewohnt mürrisch drein. Devyns Blick wanderte zu dem Iren. Noch immer klebte ein Verband an seiner Schläfe und sie konnte einige Blutergüsse erkennen, aber er sah schon deutlich besser aus.

„Ihr seid nach dieser stressigen Mission einfach verschwunden und habt uns die Aufräumarbeiten über-lassen", fuhr Hex fort.

„Es ist alles bestens gelaufen", erklärte Nick.

Hex warf die Hände in die Luft. „Hey, unterbrich mich nicht in meiner Tirade."

„O mein Gott", stieß Hadley auf einmal atemlos aus. „Devyn, was ist das da an deinem Finger?"

Plötzlich war Devyns Mund staubtrocken. Zögerlich hob sie ihre Hand. „Na ja –"

Killian schlang seinen Arm um ihre Schulter. „Wir haben geheiratet."

Jubel und Kreischen brachen aus. Das Kreischen kam hauptsächlich von Hex.

Devyn wurde in Umarmungen gerissen und geküsst. Genau wie Killian.

Hadley, Hex, Gabbi und Lainie bewunderten Devyns Ringe und Killians Titanring.

Gabbi umarmte Devyn fest und wollte sie nicht wieder loslassen.

„Du wirst doch nicht nach D.C. zurückgehen, oder?", fragte ihre Freundin.

„Nur, um meine Sachen aus der Wohnung hierherzuholen und meine Kündigung einzureichen." Und um der Leitung von Fighting Chance zu versichern, dass sie die Einrichtung weiterhin unterstützen würde, auch wenn D.C. nicht länger ihr Zuhause war. Devyn räusperte sich. „Ich bin jetzt Mitinhaberin von Sentinel Security."

Diese Erklärung hatte weitere Umarmungen und Kreischen zur Folge.

Irgendwann stand Devyn neben Bram.

„Meinen Glückwunsch", sagte er.

„Danke. Wie geht es dir?"

„Bestens."

Mehr sagte er nicht und Devyn verdrehte die Augen. „Hast du Addie schon gefunden?"

Er trat von einem Fuß auf den anderen. „Ich habe Hex gerade heute gebeten, sie zu finden."

„Gut. Du hast es verdient, herauszufinden, was passiert ist. Und danke noch mal für alles, was du in San Francisco für mich getan hast."

Er zuckte mit einer Schulter. „Hab nur meinen Job gemacht."

„Jetzt, wo wir beste Freunde sind und ich dein Boss bin, müssen wir uns öfter gegenseitig das Herz ausschütten." Sie streckte ihm ihre Faust hin.

Bram stieß ein unglückliches Grummeln aus, stieß dann aber mit seiner Faust gegen ihre.

„Okay, uns wurde eine Hochzeitsfeier vorenthalten", rief Hex, „also werden wir jetzt losziehen und auf die Hochzeit von Devyn und dem Boss anstoßen!"

„Keine VIP-Clubs", knurrte Nick. „Vor allem keine mit VR-Brillen."

„Es gibt einen neuen Irish Pub, ein paar Straßen entfernt", schlug Hex vor. „Ist ungezwungen und es herrscht immer gute Stimmung. Und das Essen soll super sein, habe ich gehört." Sie warf Bram einen Blick zu. „Außerdem brüsten sie sich mit ihrer riesigen Auswahl an irischem Whiskey."

Bram zuckte mit den Schultern. „Ich hätte nichts gegen einen Drink einzuwenden."

„Ich persönlich bin eher ein Scotch-Trinker", bemerkte Bennett.

„Sag das nicht zu laut", warnte ihn Nick. „Oder Bram wird dich einen Haufen irischer Whiskeys probieren lassen und dann wachst du morgen früh ohne Hosen, aber mit dröhnendem Schädel auf und kannst dich an nichts erinnern."

Alle Blicke flogen zu Wolf. Er rieb sich mit der Hand über den Nacken. „Also, könnte ich mir vorstellen, dass sowas passiert, meine ich nur."

Lainie lachte prustend und ihr Mann warf ihr einen ungehaltenen Blick zu.

Gabbi klatschte in die Hände. „Los gehts, lasst uns feiern gehen."

Devyn suchte Killians Blick und lächelte ihn an. Ihr wurde gerade bewusst, dass er ihr nicht nur Liebe und eine Partnerschaft geschenkt hatte.

Er hatte ihr auch Freunde und eine Familie

geschenkt.

DAS *ON THE ROCKS* war ein gehobener, moderner Irish Pub. Es war bereits eine Menge los in der mit Holz und Fotos von irischen Landschaften und der Whiskeyherstellung dekorierten Bar.

Die Theke bestand aus einer langen Planke aus poliertem Holz und dahinter entdeckte Killian die Regale, in denen reihenweise Flaschen mit irischem Whiskey standen.

Die Kellner trugen Schwarz und hatten dunkelgrüne Schürzen umgebunden. Sie bewegten sich zügig und geübt zwischen den Gästen und servierten Getränke.

Ein junger Kellner führte sie an einen Tisch, der groß genug für ihre Gruppe war, und schon bald hatte Killian neben Devyn Platz genommen.

Seine Frau.

Sie unterhielt sich mit Bram, der auf ihrer anderen Seite saß. Devyn lachte und schlug Bram leicht auf den Arm. Die Mundwinkel des großen Iren zuckten.

Wie es schien, hatte Devyn das schweigsamste Mitglied von Killians Team mit ihrem Charme um den kleinen Finger gewickelt. Sie hatten sich in San Francisco offensichtlich angefreundet.

Im Laufe der letzten Tage war etwas seiner Anspannung von Killian abgefallen. Devyn war in Sicherheit. Sie trug seinen Ring an ihrem Finger. Er konnte es nicht erwarten, sie jeden Tag in der Sentinel-Security-Zentrale zu sehen.

Auf dem Heimflug von Las Vegas hatte er ein Update zu Duffy erhalten. Der skrupellose Ex-Agent war in den Tiefen des CIA-Apparats verschwunden und würde nie wieder das Licht des Tages sehen.

Sollte irgendjemand Devyn je wieder bedrohen, würde Killian zur Stelle sein, bereit, ihn aufzuhalten.

Plötzlich zog Devyn ihr Handy aus der Tasche, las eine Nachricht und grinste.

Killian legte seine Hand auf ihren Nacken. „Alles okay?"

„Ist von Cain." Sie hielt das Handy so, dass er die Nachricht sehen konnte.

VERHEIRATET? *Du und Steel habt geheiratet? Verdammt, Hayden.*

KILLIAN LÄCHELTE.

Devyn tippte eine Antwort.

Für dich immer noch Mrs. Hawke.

ALTER SCHWEDE. *Bist du glücklich?*

SIE SUCHTE KILLIANS BLICK, dann tippte sie erneut.

Ja.

OKAY. *Tja, ich bin nicht der Typ für Emojis, aber wenn ich es wäre, würde ich dir eins schicken, das die Augen verdreht. Und vielleicht ein Grinse-Smiley.*

Danke, Shade.

Richte Hawke meine Glückwünsche aus und sag ihm, wenn er dich je verletzt, bringe ich ihn um.

DEVYN PRUSTETE.

Du bist wirklich zu niedlich. Geht es dir gut?

ICH ATME NOCH.

ALS SIE DARAUF ANTWORTEN WOLLTE, konnte die Nachricht schon nicht mehr zugestellt werden. Shade hatte das Handy bereits entsorgt.

Killian drückte ihren Nacken. „Wir werden ihn bald wiedersehen."

Sie nickte.

„Glücklich?", fragte er.

„Ja. Ich denke ständig, ich müsste jeden Moment

aufwachen und feststellen, dass das alles nur ein Traum gewesen ist."

„Es ist echt. Du und ich."

Sie lächelte ihn an. „Steel und Hellfire."

Plötzlich sprang Bram so abrupt auf, dass sein Stuhl über den Boden kratzte.

Killian folgte dem Blick des Kerls. Eine hübsche, große Blondine, die ihm irgendwie bekannt vorkam, stand neben der Bar und trug die Uniform des *On the Rocks*. Sie unterhielt sich mit einem der anderen Kellner.

„O Mist", sagte Devyn.

„Wer ist das?", fragte Killian.

„Ich vermute, das ist Addie. Eine Tänzerin, die mit deiner Schwester befreundet ist."

Jetzt fiel es Killian wieder ein. Die blonde Tänzerin war ebenfalls von dem russischen Geschäftsmann entführt worden, der auch Saskia geschnappt hatte.

„Sie ist der Grund, weshalb Bram in den letzten Monaten so grummelig war", murmelte Devyn.

Killian runzelte die Stirn. „Das hat er dir erzählt?"

„Wir haben uns gegenseitig das Leben gerettet, Killian. Wir sind jetzt BFFs."

Die Vorstellung, dass Bram eine BFF hatte, wollte nicht so recht in Killians Schädel.

Plötzlich trat Addie hinter der Bar hervor, wandte den Kopf und erblickte Bram.

Alle Farbe rauschte aus ihrem Gesicht und sie schwankte ein wenig.

Bram stieß einen erstickten, unverständlichen Laut aus.

Vermutlich, weil Addies grüne Schürze einen kleinen, aber deutlichen Babybauch bedeckte.

O verdammt.

Im nächsten Augenblick setzte sich Addie in Bewegung, rannte hinter die Bar und verschwand durch eine Tür.

Eine Sekunde später stürmte Bram durch die Bar, stieß mehrere Gäste aus dem Weg und folgte ihr.

„Was ist denn da los?", fragte Hex und sah verwirrt aus.

Alle starrten sie hinter dem großen Iren her.

„Na ja." Devyn nippte an ihrem Drink.

„Ich glaube, ich brauche noch einen Whiskey", murmelte Killian.

„Bram hat Addie gefunden", erklärte Devyn Hex.

„Adaline Harris?" Hex runzelte die Stirn. „Die Frau, die zusammen mit Saskia entführt wurde? Bram hat mich heute gebeten, sie aufzuspüren."

Devyn nickte. „Sie ist der Grund, weshalb er in letzter Zeit so ein Miesepeter war."

„*Oh*", stieß Hex atemlos hervor. „Bram und diese hübsche, blonde Tänzerin?"

Killian lehnte sich zurück. Er vermutete, dass Bram ihre Hilfe brauchen würde. „Sah so aus, als ob sie schwanger wäre."

„Donnerwetter", murmelte Bennett.

Hadley und Gabbi schnappten hörbar nach Luft. Lainie blinzelte, während Hex beinahe die Augen aus dem Kopf fielen. Matteo und Nick tauschten Blicke.

„O mein Gott", stieß Hex hervor.

Das Team brach in mehrere Unterhaltungen gleichzeitig aus.

Devyn beugte sich vor. „Hier wird es nie langweilig."

Killian nippte an seinem Whiskey. „Nein."

Devyn griff nach seinem Glas und nahm einen Schluck.

„Willst du Kinder?", fragte er.

Sie verschluckte sich an dem Whiskey. „Jetzt *sofort*?"

Killian gluckste leise und zog seine Frau enger an sich. Heute roch sie wie das Meer. Es war immer ein Abenteuer, herauszufinden, welchen Duft sie tragen würde. „Nein, nicht jetzt sofort. Irgendwann in der Zukunft."

Sie kaute auf ihrer Unterlippe herum. „Wenn ich sie mit dir bekommen darf, dann ja. Ich bin mir ziemlich sicher, dass ich eine bessere Mutter als meine eigene wäre."

Er küsste sie. „Du wirst wundervoll sein. Und wir werden das zusammen wuppen."

„Partner."

„Für immer. Habe ich dir heute eigentlich schon gesagt, dass ich dich liebe?"

Sie legte ihren Kopf auf seine Schulter. „Vielleicht, aber du kannst es mir nicht oft genug sagen."

„Ich liebe dich, Devyn Hellfire Hayden. Ich werde dir immer den Rücken freihalten, Red."

„Ich weiß. Und meine Vorderseite und meine –"

Als er sie für einen Kuss an sich zog, lachte sie. Laut und voller Freude und Liebe.

EPILOG

Ein paar Monate später

Killian saß am Kopf des langen Konferenztisches und musterte seinen potenziellen neuen Klienten aus schmalen Augen. Stephen Coleman war in Killians Alter und besaß eines der erfolgreichsten Private-Equity-Unternehmen in ganz New York City.

Der Konferenzraum befand sich im obersten Stockwerk des Wolkenkratzers, den Coleman in Midtown Manhattan gekauft hatte, und bot eine unschlagbare Sicht auf das Empire State Building. Doch statt einer Besprechung mit Coleman und seinen beiden Stellvertretern – seinem CFO und seinem COO, beides Freunde aus seiner Zeit auf der Harvard University – hatte Coleman eine kleine Entourage mitgebracht. Anwälte, ein Assistent, eine Kommunikationsberaterin und der Chef seiner Sicherheitsabteilung saßen mit am Tisch.

Killian war nicht begeistert. Colemans Geschäfte

hatten ihn in eine brenzlige Lage mit einer der örtlichen Mafiafamilien gebracht. Er hatte Todesdrohungen erhalten und wollte seine Sicherheitsvorkehrungen auf den neuesten Stand bringen, damit er am Ende nicht tatsächlich ermordet wurde. Hex hatte Colemans engste Vertraute gründlich durchleuchtet und ihnen allen ein sauberes Zeugnis ausstellen können, aber der Rest der Gruppe war für Killian noch immer ein Rätsel. Es bestand durchaus die Möglichkeit, dass Carmine Lombardi einen seiner Vollstrecker irgendwo in Colemans Firma eingeschleust hatte.

Doch während sein Blick über die Männer und Frauen in ihren ordentlichen Anzügen und den gebügelten Hemden schweifte, weckte keiner von ihnen sein Misstrauen.

Allerdings wusste Killian auch, dass sich die besten Attentäter praktisch unsichtbar machen konnten.

„Mr. Hawke, wir sind Ihr Angebot durchgegangen." Coleman strich sich über den Kiefer. Der Mann sah gestresst und übernächtigt aus. „Es ist sehr umfangreich. Sind Sie sicher, dass alle Leistungen, die Sie dargestellt haben, auch wirklich nötig sind?"

„Ich weiß, wie Lombardi tickt, Mr. Coleman. Er zögert nicht, und wenn er eine Drohung ausspricht, dann zieht er sie auch durch."

Coleman deutete mit dem Daumen auf seinen CFO. „Roger hier glaubt, es sei zu teuer."

„Sie bekommen das, wofür Sie bezahlen", erwiderte Killian. „Wenn Sie die besten Ergebnisse wollen – und wenn Sie am Leben bleiben wollen –, dann kostet das Geld."

Während Coleman über dieses Argument nachgrübelte, warf Killian einen Blick auf seine Uhr. Er war mit Devyn zum Mittagessen verabredet, in dem ägyptischen Restaurant, das mittlerweile zu ihrem neuen Lieblingslokal geworden war. Er lächelte vor sich hin. Das Mittagessen würde sein nachgeholtes Geburtstagsessen sein.

Er hatte gestern Geburtstag gehabt. Devyn hatte ihn abends mit einer Flasche eines seiner Lieblingswhiskys überrascht, einem fünfzig Jahre alten Springbank 1919 Single Malt Scotch, sowie mit einem schwarzen, winzigen Dessous-Set, einschließlich Strapsen und Stümpfen.

Killian hatte sich jede Menge Zeit damit gelassen, sie auszupacken, und hatte seinen Springbank aus ihrem Nabel getrunken ... neben weiteren Stellen.

Seit ihrer Hochzeit hatte Devyn sich nahtlos in das Leben bei Sentinel Security eingefügt. Killian hatte nervös abgewartet, ob sie die CIA vermissen würde, aber dafür hatte es keinerlei Anzeichen gegeben.

Devyn genoss ihre Arbeit mit ihm, war in ihrer Ehe aufgeblüht, und Killian liebte es, zu sehen, dass sie und seine Mitarbeiter gute Freunde geworden waren. Devyn, Hex, Hadley und Gabbi waren ständig am Lachen. Und zu seiner großen Freude verstand sie sich auch mit Saskia wunderbar. Vor Kurzem waren sie zum zweiten Mal in San Francisco gewesen.

Und zu seinem allergrößten Staunen waren auch Bram und sie dickste Freunde geworden. Der Kerl hatte sie in den letzten Monaten gebraucht.

Aber wie dem auch sei. Killian presste die Fingerspitzen zusammen und versuchte, Coleman wortlos dazu zu zwingen, sich endlich zu entscheiden, ob er Sentinel Security damit beauftragen wollte, sein Leben zu schützen. Killian wollte nicht den ganzen Tag hier vergeuden. Er wollte seine Frau treffen oder sie vielleicht dazu bringen, für einen Mittagspausenquickie in ihre Wohnung zurückzukehren.

Ein Mann aus Colemans Entourage – ein junger, schleimig aussehender Anwalt – beugte sich vor. „Ich finde, das ist wirklich vollkommen unnötig. Wir haben hier im Gebäude ein hervorragendes Sicherheitssystem. Es ist *unmöglich*, dass irgendjemand Mr. Coleman umbringt."

Killian erwiderte nichts. Die Meinung dieses Kerls war ihm scheißegal.

„Warum denken Sie nicht in Ruhe darüber nach?", schlug Killian Coleman vor. „Und ich schlage vor, dass Sie währenddessen Ihren Personenschutz aufstocken." Er warf dem älteren Chef der Sicherheitsabteilung einen vielsagenden Blick zu. Der Ex-Marine nickte. „Und aktualisieren Sie wenigstens das Alarmsystem in Ihrem Zuhause. Das, das Sie derzeit benutzen, ist suboptimal."

Coleman fuhr sich mit der Hand durch die braunen Haare. „Verdammt. Es ist wirklich eine beschissene Situation. Ich wollte mich nie mit der Mafia verstricken."

„Warum lassen Sie nicht –"

Die Tür des Konferenzzimmers flog auf.

Eine wunderschöne, trainierte, rothaarige Frau kam hereingeschlendert. Sie trug eine maßgeschneiderte, schwarze Hose, eine weiße Seidenbluse und einen taillierten, schwarzen Blazer. Ihre Haare hatte sie in einen

Pferdeschwanz gebunden und ihr Gesichtsausdruck war gelassen, aber tödlich. Als sie an Killian vorbeiging, erhaschte er einen Hauch ihres schweren, blumigen Parfüms, das gleichermaßen süß und sexy roch.

In ihrer Hand hielt sie ein schwarzes Kampfmesser.

Bevor irgendwer etwas sagen konnte, schleuderte sie das Messer.

Es bohrte sich in die Schulter des jungen Anwalts und nagelte ihn an seiner Stuhllehne fest. Der Mann schrie auf – ein langes, kreischendes Heulen.

Killians Frau suchte seinen Blick und zwinkerte ihm kurz zu, bevor sie sich zu der entsetzen, stammelnden Gruppe am Konferenztisch umdrehte.

„Ladies und Gentlemen, ich möchte Ihnen Enzo Bianchi vorstellen, Carmine Lombardis Cousin zweiten Grades. Er arbeitet sich gerade als Vollstrecker seines Cousins die Nahrungskette hoch."

Mehrere der Anwesenden schnappten nach Luft und Coleman wurde kreidebleich.

Devyn lächelte. „Sentinel Security hat Wind davon bekommen, dass Enzo seit zwei Monaten undercover hier arbeitet." Sie beäugte den schluchzenden Mann mitleidlos, dann wandte sie sich an den noch immer völlig schockierten Coleman. „Tut mir leid wegen der Blutflecken." Sie drehte sich zu Killian herum. „Wir sehen uns beim Mittagessen, Hawke."

Dann stolzierte sie aus dem Zimmer.

Killian rutschte unbehaglich auf seinem Stuhl herum. Sein Schwanz war hart, aber zum Glück wurde er von der Tischplatte verborgen. Jedes verdammte Mal, wenn er Devyn dabei zusah, wie sie ihr Ding durchzog, wurde er steif. Er war sich ziemlich sicher, dass sie ihn selbst dann noch steif werden lassen würde, wenn er alt und grau war.

Killians Blick wanderte zu Enzo. Wie immer hatte Devyn ihm den Rücken freigehalten.

Er presste die Hände auf den Konferenztisch. „Coleman?"

Der Unternehmer starrte noch immer auf die Tür, durch die Devyn verschwunden war. „Sie arbeitet für Sie?" Er sah ein wenig benommen aus.

Killians Augen wurden schmal. „Nein, sie ist Mitinhaberin von Sentinel Security. Und meine Frau."

„Frau?" Coleman blinzelte und versagte darin, seine Enttäuschung zu verbergen. „Verstehe." Sein Blick fiel auf seinen blutenden Beinahe-Attentäter, den sein Sicherheitschef gerade vom Stuhl losriss. Coleman nickte. „Wo muss ich unterschreiben, Mr. Hawke? Sentinel Securitys Ruf ist ganz offensichtlich nicht übertrieben."

Killian holte sein Tablet hervor, auf dessen Bildschirm der Vertrag bereits aufgerufen war. Er schob es Coleman über den Tisch zu.

Während Coleman auf dem Tablet unterschrieb, zückte Killian sein Handy und tippte eine Nachricht.

ZIEH SCHON MAL *deinen Slip aus. Ich will meine Frau noch vor dem Mittagessen ficken.*

. . .

SEIN HANDY VIBRIERTE.

Das ging ja wieder ruckzuck. Ich warte in der Lobby auf dich.

EINE SEKUNDE später wurde ein Foto auf sein Handy zugestellt. Devyns schlanke Finger, die einen winzigen Fetzen schwarzer Spitze hochhielten.

Wieder zuckte sein Schwanz.

HABE *ich dir heute eigentlich schon gesagt, wie sehr ich dich liebe?*

Ja. Aber sag es mir noch einmal.

Ich liebe dich.

Ich liebe dich auch, Killian.

SCHIEN ein großartiger Tag zu werden. Killian hatte gerade einen neuen Millionenvertrag für seine Sicherheitsleistungen unterzeichnet, würde sehr bald seine Frau ficken und dann würde er mit ihr Falafel essen gehen.

Mit seiner Hellfire an seiner Seite war jeder Tag ein Abenteuer.

Ich hoffe, dir hat die Geschichte von Killian und Devyn gefallen!

DIE SERIE rund um das Team von Sentinel Security geht mit **Excalibur** weiter - kommt bald. In diesem Band lernst du Bram "Excalibur" O'Donovan und Addie Harris.

Halte Ausschau nach dem ersten Buch von Treasure Hunter Security, Verlorene Oase. **Lies weiter und erhalte einen Vorgeschmack auf das erste Kapitel.**

Verpasse nichts! Für Informationen über Neuerscheinungen, kostenlose Bücher und andere Geschenke, melde dich für meine VIP-Mailingliste an und erhalte deine kostenlose Bücherbox, bestehend aus drei englischen Liebesromanen, in denen es auch an Action nicht fehlt.

Hier klicken und anmelden: www.annahackett.com

Would you like a FREE BOX SET of my books?

VORGESCHMACK: VERLORENE OASE

Ihr war heiß, überall an ihrem Körper klebte Staub, und sie hatte sich noch nie lebendiger gefühlt.

Dr. Layne Rush wanderte über die Ausgrabungsstätte, ihre Stiefel sanken in den heißen ägyptischen Sand ein. Vor sich erblickte sie ihr Team aus Archäologen und Studenten, die über dem neuen Abschnitt der Ausgrabung knieten und mit Pinseln und kleinen Spaten den Sand entfernten, um ganz methodisch eine erst kürzlich entdeckte Grabstätte freizulegen.

Zu ihrer Linken gähnte die Grube im Boden, wo sie mit der tieferen Grabung begonnen hatten, wie ein großes, weit geöffnetes Maul, das auf einer Seite von einem Holzgerüst flankiert wurde.

Dort, unter dem Sand, befand sich eine ganz außergewöhnliche Grabstelle, und Layne hatte gerade erst begonnen, deren Geheimnisse zu entschlüsseln.

Sie hielt inne und atmete die warme Wüstenluft tief ein. Im Osten lag der Nil, das Lebenselixier Ägyptens. Sie drehte sich um und betrachtete den rot-orangefarbenen Ball der Sonne, die gerade im Sand der westlichen Wüste zu versinken schien. Ringsum glühten die Dünen im Sonnenuntergang. Es erinnerte sie an Gold.

Endorphine pulsierten durch ihre Blutbahn. Erst vor ein paar Tagen hatten sie bei den Ausgrabungen einige äußerst beeindruckende goldene Artefakte entdeckt. Das erste hatte sie selbst gefunden – eine kleine ushabtische Grabfigur, die dem noch unbekannten Bewohner des Grabes im Jenseits dienlich sein sollte. Danach hatte ihr Team noch Schmuck, einen goldenen Skarabäus und ein kleines Amulett eines hundeähnlichen Tieres entdeckt.

Sterne tauchten am Firmament auf, wie winzige Nadelstiche auf dunklem Samt. Sie atmete erneut tief durch. Das Aufregendste waren die seltsamen Inschriften, die in das Hundeamulett eingeritzt waren.

Sie erwähnten Zerzura.

Oh, Layne wollte wirklich so gerne daran glauben, dass Zerzura existierte – eine Legende über eine verlorene Oase in der Wüste, gefüllt mit Schätzen. Sie lächelte, als sie sah, wie die Dunkelheit der Nacht begann, die Dünen zuzudecken. Ihre Eltern hatten ihr als Kind im Bett häufig Geschichten über Zerzura vorgelesen.

Der Gedanke an ihre Eltern und dann die harte Erinnerung an die Trauer, die unmittelbar wie ein Schlag folgte, ließ Laynes Lächeln verschwinden. Leider hatte das Leben sie schon früh gelehrt, dass es keine Märchen gab.

Sie schüttelte die Melancholie von sich ab. Sie hatte sich dieses Leben ganz allein aufgebaut, einschließlich ihrer erfolgreichen Karriere, und verbrachte mittlerweile den Großteil ihrer Arbeitszeit und auch ihre Freizeit mit Abenteuern an abgelegenen Ausgrabungsstätten. Sie hatte kostbare Schätze mit ihren eigenen Händen berührt. Sie teilte ihre Liebe zur Archäologie mit jedem, der es hören wollte. Sie hoffte, dass ihre Mutter und ihr Vater, wenn sie noch am Leben wären, stolz auf das wären, was sie alles erreicht hatte.

Layne machte sich auf den Weg zu den großen quadratischen Zelten, die für die gefundenen Artefakte aufgestellt worden waren. Eines war für die Lagerung und eines für die wissenschaftlichen Untersuchungen.

„Hey, Dr. Rush."

Layne erblickte ihre Assistentin Piper Ross, die die Düne heraufgestapft kam. Die junge Frau war klug, eigenwillig und hatte keine Scheu, ihre Meinung zu vertreten. Ihr dunkles Haar war kurz geschnitten, die Spitzen lila gefärbt.

„Hi, Piper."

Die junge Frau grinste. „Fehlt nur noch die Peitsche und du siehst aus, wie aus einem Film entsprungen."

Piper fächelte sich mit einer Handfläche Luft zu. „Dr. Rush, verwegene Abenteurerin."

Layne rollte mit den Augen. „Fang jetzt du nicht auch noch damit an. Ich habe das letzte Interview immer noch nicht verdaut." Was Layne für einen seriösen Bericht über Archäologie gehalten hatte, hatte sich als ein Artikel entpuppt, der sie in eine verdammte Filmfigur verwandelt hatte. Man hatte ihr sogar per Photoshop eine Peitsche in die Hand gedrückt und einen Hut auf den Kopf gesetzt. „Wie geht es am neuen östlichen Quadranten voran?"

„Ausgezeichnet." Piper hielt inne und strich sich mit dem Arm über ihre schweißnasse Stirn. „Ich habe alles dokumentiert und fotografiert und das Maßband ausgelegt. Morgen früh können wir mit den Ausgrabungen beginnen."

„Gute Arbeit." Layne hoffte, dass der neue Grababschnitt einige hervorragende Funde zu Tage fördern würde.

„Nun, ich *bin* eben einfach wahnsinnig gut in meinem Job – deshalb hast du mich ja eingestellt, schon vergessen?" Piper grinste.

Layne tippte auf ihr Kinn. „War das deswegen? Ich dachte, es wäre daran gelegen, weil du mich ständig mit Diet Coke und Schokolade versorgst."

Piper schnaubte. „Hier nennen sie es Cola Light, weißt du noch?"

Layne rümpfte die Nase. „Ich erinnere mich. Dieses verdammte Zeug schmeckt noch nicht mal so."

„Ja, man muss hier draußen an diesen abgelegenen Ausgrabungsstätten wirklich leiden."

„Lass den Sarkasmus, Piper. Sonst vergesse ich vielleicht wirklich, warum ich dich eigentlich hierbehalte."

Piper lachte. „Ein paar von uns fahren heute Abend nach Dakhla. Willst du mitkommen?"

Die Oase Dakhla lag zwei Autostunden nordöstlich der Ausgrabungsstätte. Eine Reihe von Gemeinden, darunter der größere Ort Mut, lagen um die Oase herum verteilt. Von dort kamen auch die meisten der einheimischen Arbeiter, und von dort bezogen sie ihre Vorräte.

Layne schüttelte den Kopf. „Nein, aber danke für das Angebot. Ich möchte die Artefakte, die wir bisher gefunden haben, noch genauer untersuchen und mir die Grabpläne noch einmal zu Gemüte führen. Die Hauptgrabkammer und der Sarkophag müssen irgendwo da unten verborgen sein."

„Es sei denn, Grabräuber haben sie schon vor uns gefunden", meinte Piper.

Layne schüttelte den Kopf. „Als der einheimische Junge diesen Ort entdeckte, war die Stelle eindeutig noch unberührt." In der Zeit zwischen der Entdeckung, die für gehörig Schlagzeilen gesorgt hatte, und der Erteilung der Grabungsrechte an die Universität hatte das ägyptische Ministerium für Altertümer die Stelle hier strengstens bewacht. Ihr war bewusst, dass das Ministerium die Ausgrabung am liebsten selbst durchgeführt hätte, aber es verfügte einfach nicht über die Mittel, um jede einzelne Ausgrabung im Land zu finanzieren. „Ich werde herausfinden, wer hier begraben wurde, Piper."

Die jüngere Frau schüttelte den Kopf. „Nun, vergiss aber nicht, immer nur die Arbeit im Kopf und keinerlei Vergnügen macht Dr. Rush zu einer sehr langweiligen

Person – und genau die braucht dringend mal wieder Sex.“

Layne verdrehte die Augen. „Ich kümmere mich selbst um mein Privatleben, danke für deine Fürsorge.“

Piper stemmte ihre Hände in die Hüften. „Du hast dich seit Dr. Stevens mit niemandem mehr verabredet.“

Igitt. Allein wenn sie schon den Namen ihres Kollegen hörte, drehte sich Layne der Magen um. Dr. Evan Stevens war ein kolossaler Fehler gewesen. Er war groß und gut aussehend, auf eine adrette Art und Weise, die gut zu seiner akademischen Karriere als Professor für Klassische Philologie und Geschichte passte.

Er war nett gewesen, intelligent. Sie hatten die gleichen Restaurants gemocht. Der Sex war nicht überragend gewesen, aber in Ordnung. Layne hatte ernsthaft gedacht, dass sie ihn lieben könnte. Mehr als alles andere träumte Layne davon, alles unter einen Hut bekommen – ihre Karriere, Reisen, einen Ehemann, der sie liebte, und vor allem eine eigene Familie. Sie wollte die Art von Liebe, die sie bei ihren Eltern erlebt hatte. Sie wollte aber auch die Karriere, die sie sich für sie erträumt hatten.

Vielleicht hatte sie das blind gemacht für die Tatsache, dass Evan eigentlich ein Arschloch war, das sich hinter einem teuren Anzug versteckte.

Layne winkte abweisend mit einer Hand. „Ich habe dir doch schon einmal gesagt, dass ich den Namen dieses Mannes nicht mehr hören will.“

„Ich weiß, ihr hattet eine schlimme Trennung ...“

Was für eine Untertreibung! Piper wusste nicht einmal die Hälfte davon. Evan hatte einige von Laynes Forschungen gestohlen und sie dann als seine eigenen ausgegeben. Und er hatte die Frechheit gehabt, zu behaupten, sie sei schlecht im Bett. Idiot.

„Nun geh schon", erwiderte Layne. „Fahr zu deiner Oase, nimm ein Bad in den Quellen, entspann dich. Dir steht morgen eine Menge Arbeit in der heißen Sonne bevor."

Piper stöhnte. „Erinnere mich bloß nicht daran."

Aber Layne konnte in dem Funkeln der Augen der jungen Frau erkennen, dass sie wegen morgen schon ganz aufgeregt war. Layne sah dasselbe Funkeln jeden Tag in ihren eigenen Augen. Auf einer Ausgrabungsstätte zu arbeiten, bewirkte das immer in ihr. Ein Stück unbekannte Geschichte freizulegen ... sie konnte nie wirklich in Worte fassen, wie sie sich dabei fühlte. Etwas zu berühren, dass jemand vor Tausenden von Jahren hergestellt, benutzt und geschätzt hatte. Dessen Geheimnisse zu lüften und zu versuchen, herauszufinden, wo es seinen Platz in der Weltgeschichte hatte. Zu erkunden, was sie daraus lernen könnten, um mehr über die Menschheit an sich zu erfahren.

Sie fand das unendlich faszinierend. Der beste Job der Welt.

Nachdem sie sich von Piper verabschiedet hatte, ging Layne zum Lagerzelt. Die Zelttür war noch aufgerollt und oben befestigt. Als sie hineinging, sank die Temperatur ein wenig. Jetzt, da die Sonne untergegangen war, würden die Temperaturen noch tiefer sinken. Die Nächte in der Wüste konnten selbst im Frühling kalt sein. Sie sollte zur mobilen Campingdusche gehen, die sie aufgebaut hatten, und sich noch schnell duschen, bevor es zu kalt dafür wurde.

Sie hatte aufgehört, mitzuzählen, an wie vielen Ausgrabungen sie schon gearbeitete hatte. Im Dschungel, in der Wüste, unter Städten, im Meer. Es war ihr egal, wo sie sich befand, sie liebte einfach die Herausforderung und den Nervenkitzel, die Vergangenheit freizulegen und zu erforschen.

Layne knipste die batteriebetriebene Lampe an, die an der Zeltwand hing. Behelfsmäßige Regale säumten den Raum. Die meisten waren noch leer und warteten geduldig auf die Schätze, die sie noch zu entdecken hatten. Aber das erste Regal beherbergte bereits Keramikscherben, Fayence-Amulette und diverse gemeißelte Steinarbeiten. Doch am meisten interessierte sie sich für die verschlossene Kiste im unteren Bereich des Regals.

Sie stellte schnell den Code des Zylinderschlosses ein und öffnete den Deckel.

Gott. Ehrfürchtig strich sie über den Ushabti, dessen goldene Oberfläche im Lampenlicht sanft leuchtete. Ihre Eltern hätten das hier gerne miterlebt. Zu wissen, dass ihre Tochter diejenige war, die das gefunden hatte.

Die Halskette befand sich immer noch in ihren Einzelteilen, aber im Labor in Kairo würde sie jemand wieder komplett zusammensetzen. Der klobige goldene Skarabäus passte perfekt in ihre Handfläche. Vorsichtig hob sie das hundeähnliche Amulett auf. Es war etwas kleiner als der Skarabäus, und der Hund hatte einen schlanken Körper, so wie ein Windhund, und einen langen, geraden Schwanz, der am Ende gegabelt war. Sie war sich sicher, dass es sich um ein Seth-Tier handelte, das Symbol des ägyptischen Gottes Seth. Sie strich über die Hieroglyphen auf dem Körper des Tieres und über die Symbole, die Zerzura bedeuteten.

Leider ergaben die Hieroglyphen darauf keinen zusammenhängenden Sinn. Sie hatte viele Stunden damit verbracht, sie zu übersetzen. Es blieb trotzdem ein einziges Kauderwelsch.

Hinter ihr war ein Geräusch zu hören. Das Knirschen von Stiefeln im Sand.

Sie drehte sich um und fragte sich, wer außer ihr noch zurückgeblieben war.

Eine Faust traf sie mit einem harten Schlag direkt ins Gesicht.

Schmerz schoss durch Laynes Wange und sie schmeckte ihr eigenes Blut. Die Wucht des Schlages schleuderte sie in den Sand, und das Hunde-Amulett fiel ihr aus den Fingern.

Layne konnte nichts richtig fokussieren. Sie lag einfach nur still da, mit der Wange im Sand, und versuchte verzweifelt, einen klaren Kopf zu bekommen. Ihr Gesicht schmerzte und sie hörte Stimmen, die sich auf Arabisch unterhielten.

Ein schwarzer Stiefel erschien in ihrem Blickfeld.

Eine Hand griff nach unten und hob das Seth-Tier auf.

Sie schluckte und versuchte verzweifelt, ihr Gehirn zu aktivieren. Dann hörte sie eine andere Stimme. Ein tiefer, kalter Tonfall in einem britischen Dialekt, der ihr das Blut in den Adern gefrieren ließ.

„Bewegt euch. Ich will dies hier erledigt haben. Und zwar schnell."

Sie sah weitere Personen in ihr Blickfeld kommen.

Sie trugen alle schwarze Sturmhauben und fingen an, alle Artefakte einzusammeln und in Leinensäcke zu stecken.

„Nein." In ihrem Kopf klang ihr Aufschrei laut und empört. In Wirklichkeit war es nichts anderes als ein heiseres Flüstern.

„Alles einpacken", befahl die kalte Stimme hinter ihr.

Nein, sie würde nicht zulassen, dass diese Diebe ihre Artefakte stehlen. Dies war *ihre* Ausgrabung, und das waren ihre Altertümer, die sie schützen musste.

Sie stemmte sich auf ihre Hände und Knie. „Stopp." Dann schwang sie sich herum und trat gegen das Knie des Mannes, der ihr am nächsten stand.

Mit einem Schrei kippte er zur Seite.

„Mmh." Der Mann mit der kalten Stimme trat jetzt in ihr Blickfeld. Alles, was sie erkennen konnte, waren seine glänzenden schwarzen Stiefel. Bevor sie noch irgendetwas unternehmen konnte, griff eine Hand nach ihren Haaren und riss ihren Kopf zurück.

Der Schmerz ließ sie automatisch die Zähne zusammenbeißen. Tränen brannten in ihren Augen. Sie wand sich und versuchte, sich von ihm loszureißen.

„Ein Hitzkopf. Ich mag temperamentvolle Frauen. Schade, dass ich keine Zeit habe, mit dir zu spielen."

Er stand hinter ihr und sie konnte sein Gesicht nicht sehen. Sie versuchte, von ihm wegzukommen, aber eine harte Faust traf erneut ihren Kopf.

Nein, nein, nein. Ihre Sicht wurde dunkel, der Klang der Stimmen der Diebe leiser.

Alles wurde schwarz.

Declan Ward schritt durch die Lagerhalle, seine Stiefel hallten auf dem vernarbten Beton wider. Das Sonnenlicht von Colorado strömte durch die großen Fenster, die einen fantastischen Ausblick auf die Innenstadt von Denver boten.

Er war müde von seinem Jetlag und hatte sich immer noch nicht daran gewöhnt, jetzt wieder nach lokaler Mountain Time zu arbeiten.

Er war erst gegen Mitternacht von einem Job in Südostasien nach Hause gekommen. Er hatte lediglich seine Wohnung aufgeschlossen, war hineingestolpert, hatte sich noch schnell ausgezogen und war dann mit dem Gesicht nach unten einfach auf sein Bett gefallen.

Und jetzt war er schon wieder auf dem Weg zur Arbeit.

Zu seinem Glück war es von Vorteil, einer der Eigentümer zu sein. Er wohnte direkt über der Lagerhalle, in dem sich auch das Hauptbüro von Treasure Hunter Security befand.

Der größte Teil der offenen Halle, die in einem früheren Leben mal eine Getreidemühle gewesen war, war leer. Doch in einer Ecke sah es ganz anders aus.

Flachbildschirme bedeckten die Backsteinwand und zeigten verschiedene Bilder und scrollende Feeds an. Einige schlichte Schreibtische waren mit High-End-Computern bestückt.

In einer Ecke befand sich eine kleine Küchenzeile und daneben standen ein paar abgenutzte Sofas, die aussahen, als kämen sie direkt aus einem Secondhandladen oder aus der Wohnung eines Studenten. Gleich dahinter, in der Nähe der großen Fenster, standen ein Billardtisch und ein Air-Hockey-Tisch.

„Dec? Was machst du denn schon hier?"

Eine kleine, dunkelhaarige Frau erhob sich von ihrem Platz an einem der Computer. Wie immer war sie stilvoll gekleidet, mit dunklen Jeans, einem kuscheligen roten Pullover in der Farbe von Himbeeren und unmöglich hohen Absätzen.

„Ich arbeite hier", antwortete er. „Eigentlich gehört der Laden mir. Ich habe sogar eine Hypothek, die das beweist."

Seine Schwester ging direkt auf ihn zu und schlang ihre Arme um ihn. Er erwiderte ihre Umarmung und spürte ihre starke Energie, die Darcy immer auszustrahlen schien. Sie konnte nie still sitzen, nicht einmal, als sie noch ein kleines Mädchen war.

„Du bist gerade erst zurückgekommen. Du solltest dir eine Woche freinehmen." Sie tätschelte seine Arme und runzelte die Stirn. Sie besaß die gleichen grauen Augen wie er, aber ihre schienen immer blauer zu strahlen als seine.

„Der Job ist erledigt, ich bin bereit für den nächsten."

Ihr Stirnrunzeln vertiefte sich, und sie stemmte ihre Hände in die Hüften. „Du arbeitest zu hart."

„Darcy, ich bin müde und heute Morgen nicht wirklich in der Stimmung für diese Standpauke." Sie beherrschte die Kunst der Kommunikation einfach zu perfekt.

Sie stieß einen tiefen Atemzug aus. „Okay. Aber ich

bin noch nicht fertig mit dir. Du kannst dich dann später auf eine Standpauke gefasst machen."

Großartig. Er zwickte sie in die Nase. Das tat er schon, seit sie noch ein unschuldiges kleines Mädchen mit Zöpfen und vom Spielen verschmutzter Kleidung war, die ihm und ihrem Bruder Callum immer hinterherlief. Dec wusste, dass sie das hasste.

„Hey, Dec. Seit wann bist du zurück?"

Dec reichte einem aus seinem Team die Hand. Hale Carter war ein groß gewachsener Mann, noch ein paar Zentimeter größer als Dec mit seinen ein Meter neunzig. Er war ein verdammt guter SEAL gewesen, ein kleines Genie in Sachen Mechanik und ein Mann, der es schaffte, trotz allem noch zu lächeln. Er hatte ein breites Grinsen und dunkle Haut, die er seiner afroamerikanischen Mutter verdankte, sowie ein attraktives Gesicht, das die Frauen anlockte wie die Fliegen.

Aber Dec wusste, dass der Mann auch Geheimnisse mit sich trug, dunkle Geheimnisse. Verdammt, die hatten sie alle. Sie alle waren mit ihren SEAL-Teams an einigen schrecklichen Orten gewesen. Sie alle hatten Dinge gesehen und getan, die Narben hinterlassen hatten – sowohl körperliche als auch seelische.

Dec war nicht neugierig. Er bot den ehemaligen SEALs, die für ihn arbeiten wollten, Jobs an, bei denen normalerweise nicht auf sie geschossen wurde, und er verlangte auch nicht, dass sie all ihre Dämonen aus der Vergangenheit preisgaben.

Manche Dämonen konnten allerdings auch niemals ganz ausgelöscht werden. Er spürte, wie sich sein Magen bei dem Gedanken daran zusammenzog. Dec hatte schon vor langer Zeit gelernt, das zu akzeptieren.

„Bin erst gestern Abend angekommen. Es ist schön, wieder zu Hause zu sein." Aber schon während er diese Worte sagte, wusste Dec, dass das nicht stimmte. Er verspürte bereits jetzt schon den Drang, wieder hinauszukommen, in Bewegung zu bleiben, einen Job zu machen.

Es war jetzt zweieinhalb Jahre her, seitdem er die Navy verlassen hatte und sich nicht mehr in die schlimmsten Kriegsgebiete der Welt begeben musste. Verdammt, er war nicht freiwillig gegangen – sie hatten ihn hinausgeschmissen. Er war nur knapp einer unehrenhaften Entlassung entgangen, aber sie wollten ihn unbedingt loswerden, und er nahm es ihnen nicht einmal übel.

Er steckte die Hände in die Taschen seiner Jeans. In diesen zweieinhalb Jahren hatte er zusammen mit seinem Bruder und seiner Schwester Treasure Hunter Security gegründet, und er hatte nie mehr zurückgeblickt. Oder zumindest versuchte er, es nicht zu oft zu tun.

Hale war einer ihrer neuesten Rekruten und hatte sich gut in ihr Team eingefügt.

Dec machte sich auf den Weg zur Küchenzeile und schenkte sich eine Tasse Kaffee aus der Kanne ein. Darcy hatte ihn zubereitet, was bedeutete, dass er kaum trinkbar sein würde, aber er war schwarz und stark und enthielt Koffein, also war er genau das Richtige.

Er sah seinen besten Freund auf einem der Sofas sitzen, seine Stiefel auf dem vernarbten Couchtisch hochgelegt, seine langen Beine steckten in einer abgetragenen Jeans. Er schnippte ein Springmesser auf und zu.

„Logan."

„Dec."

Logan O'Connor war ein weiterer SEAL-Kamerad und der beste Freund, den Dec je hatte. Anfangs mochten sie sich nicht, aber nach einer besonders brutalen Mission – gefolgt von einer ebenso brutalen Kneipenschlägerei in den heruntergekommenen Gassen von Bangkok, bei der sie sich gegenseitig den Rücken freigehalten hatten –, waren sie ein unzertrennliches Gespann geworden.

Logan war ebenfalls groß, und die hochgekrempelten Ärmel seines Hemdes zeigten seine muskulösen Arme und Tattoos. Seit dem Tag, an dem er die Navy verlassen hatte, hatte Logan sein braunes Haar lang und wild wachsen lassen, und seine Wangen waren übersät mit Bartstoppeln. Er sah genau so aus, wie er auch wirklich war – gefährlich und ein wenig wild.

Sein Freund musterte Dec von oben bis unten und zog dann eine Augenbraue hoch. „Wie war der Job?"

„Das Übliche."

Eigentlich waren die Jobs nie gleich, und sie waren sich nie sicher, was alles passieren würde. Archäologische Ausgrabungen zu beschützen, gestohlene Artefakte wiederzubeschaffen, gelegentlich ein paar böse Jungs den Behörden zu übergeben, Museen zu bewachen oder Expeditionen für verrückte Schatzsucher zu sichern ... das machte die Sache interessant.

„Hat jemand auf dich geschossen?"

Die weibliche Stimme kam von drüben bei den

Computern. Morgan Kincaid saß mit gekreuzten Beinen auf einem der Tische. Sie war eine der wenigen Frauen, die die strenge BUD/S-Ausbildung der Navy SEALs bestanden hatte. Aber als die Navy sich geweigert hatte, sie in die aktiven Teams aufzunehmen, war sie einfach gegangen.

Der Verlust der Navy war der Gewinn für Dec. Morgan war zäh, skrupellos und äußerst gefährlich, wenn es zu einem Feuergefecht kam. Sie war hochgewachsen, trug ihr dunkles Haar kurz geschnitten und hatte eine Narbe auf der linken Seite ihres Gesichts von einem Messerkampf.

„Nicht auf dieser Reise", antwortete Dec.

„Schade", murmelte Morgan.

„Also gut, alle mal herhören." Darcys Stimme hallte in der Lagerhalle wider.

Sie gingen zu ihr hinüber, wo Darcy vor ihren Bildschirmen stand. Logan und Hale ließen sich auf einen Stuhl fallen, Morgan blieb auf dem Tisch sitzen, und Dec lehnte sich mit der Hüfte gegen einen Schreibtisch und nippte an seinem Kaffee.

„Wo ist Cal?", fragte er.

„Er ist vor ein paar Tagen wegen eines anderen Auftrags ausgeflogen. Ein Anthropologe wurde von einem einheimischen Stamm in Brasilien entführt."

„Ich hasse den Dschungel", murmelte Logan mit knurrender Stimme.

„Und Ronin?", fragte Dec.

Ronin Cooper war ein weiterer Vollzeitmitarbeiter von Treasure Hunter Security. Dec hatte ein kleines

Vollzeitteam und stellte weiteres vertrauenswürdiges Personal ein, wenn er mehr Leute brauchte.

„Coop ist in Nordkanada auf einer Expedition."

Dec zog die Brauen hoch und versuchte, sich Ronin im Schnee vorzustellen.

Hale brüllte vor Lachen. „Scheiße, es gibt da nicht allzu viele Schatten, in denen man sich verstecken kann, wenn man im Schnee steckt."

Dec nippte wieder an seinem Kaffee. Ronin Cooper war extrem gut darin, wie ein Schatten zu verschwinden. Man sah ihn nie kommen, es sei denn, er wollte, dass man es tat. Ronin, ein weiterer ehemaliger SEAL, war schon vor Dec entlassen worden und hatte einige Zeit für die CIA gearbeitet. Schlank und diskret, war Ronin eine unsichtbare Gefahr, die niemand kommen sah.

Dec lehnte sich gegen den Schreibtisch. „Was ist das für ein neuer Job?"

„Eine archäologische Ausgrabung in Ägypten wurde gestern angegriffen." Darcy richtete eine kleine Fernbedienung auf ihre Bildschirme. Es erschien eine Karte von Ägypten mit einem roten Punkt in der westlichen Wüste. „Sie wird von der Rhodes-Universität in Massachusetts geleitet."

Dec zog eine Augenbraue hoch. Rhodes hatte eine verdammt gute archäologische Abteilung. Sie hatten ihre Finger in Ausgrabungen auf der ganzen Welt und waren stolz darauf, einige der bedeutendsten Funde der letzten Zeit gemacht zu haben. Jedes Kind, das davon träumte, der nächste Indiana Jones zu werden, wollte auf dieser Universität studieren.

„Bei den Ausgrabungen wurde eine bisher unbekannte Grabstelle entdeckt und die Nekropole schon freigelegt", fuhr Darcy fort. „Sie haben erst kürzlich einige Artefakte gefunden." Sie zeigte wieder auf den Bildschirm und einige Fotos der Artefakte erschienen. „Alles aus Gold."

Hale pfiff anerkennend. „Sehr schön."

Decs Muskeln spannten sich an. Er ahnte, was als Nächstes kommen würde.

„Und jetzt sind die Artefakte weg." Darcy lehnte sich an ihrem Schreibtisch zurück. „Die Leiterin der Ausgrabungsstätte arbeitete zu dieser Zeit an den Artefakten und wurde persönlich angegriffen. Sie hat es überlebt. Und jetzt sind wir angeheuert worden. Erstens, um sicherzustellen, dass keine weiteren Artefakte gestohlen werden, zweitens, um die Sicherheit der Ausgrabung zu gewährleisten, und drittens", Darcys blaugrauer Blick traf den von Dec, „um die gestohlenen Artefakte wiederzubekommen."

Dec spürte, wie ein Muskel in seinem Kiefer kribbelte. „Das klingt nach Anders."

„Ach, verdammt." Logan warf den Kopf zurück. „Das klingt nicht gut."

Hale runzelte die Stirn. „Wer ist Anders?"

„Einer, den Dec nicht leiden kann", murmelte Morgan.

Dec ignorierte Logan und Morgan. „Ian Anders. Ein ehemaliger Soldat des britischen Special Air Service."

Hales Stirnrunzeln vertiefte sich. „Ich habe gehört, dass diese SAS-Typen knallhart sind."

„Das sind sie", bestätigt Dec.

Darcy meldete sich zu Wort. „Das SEAL-Team von

Declan und Logan war in einer gemeinsamen Mission mit Anders' Team im Nahen Osten unterwegs."

„Ich habe diesen sadistischen Wichser dabei erwischt, wie er Einheimische gefoltert hat." Selbst jetzt verfolgten die Schreie und das Stöhnen dieser Menschen Dec noch immer. Ein Albtraum, dem er nicht entkommen konnte. „Er hielt sie in einem Versteck gefangen und kam alle paar Tage vorbei. Männer, Frauen ... Kinder." Dec atmete aus. „Keine Ahnung, wie lange er sie dort schon festgehalten hatte."

„Du hast sie gerettet?", fragte Hale.

„Nein." Dec stand auf und trug seine Tasse zur Spüle. Er kippte den restlichen Kaffee, den er jetzt nicht mehr vertragen konnte, in den Abfluss.

„Du hattest das Richtige getan, Dec", knurrte Logan.

Stille trat ein. Dec hatte nicht vor, darüber zu sprechen.

Darcy räusperte sich. „Das britische Militär hat Anders lediglich einen Klaps auf die Finger gegeben."

„Scheiße", fluchte Hale. „Und was hat das mit gestohlenen Artefakten zu tun?"

„Als er den SAS verließ, begann er mit dem Schwarzhandel von Antiquitäten", erklärte Declan. „Wir sind ihm ein paarmal bei unserer Arbeit begegnet."

„Der Typ ist verrückt", fügte Logan noch hinzu. „Er liebt es, zu verletzen und zu töten. Und er liebt das schmutzige Geld, das er für den Verkauf von Artefakten bekommt."

„Und du glaubst, dass da ist sein Werk?" Hale deutete auf die Bildschirme.

Dec hatte gelernt, seinem Bauchgefühl zu vertrauen.

Manchmal sogar trotz Fakten oder Beweisen, trotz der Tatsache, dass man nichts anderes zur Hand hatte. „Ja, das riecht nach Anders."

„Logan, Morgan und Hale, das ist euer Auftrag", sagte Darcy. „Ihr fliegt nach Ägypten, um euch dort mit Dr. Layne Rush zu treffen."

Ein weiterer Bildschirm zeigt das Foto einer Frau.

Dec blinzelte und spürte, wie sich sein Bauch zusammenzog, obwohl er diese Frau noch nie zuvor gesehen hatte.

Er war sich nicht einmal sicher, warum es zu dieser Reaktion gekommen war. Sie war attraktiv, aber nicht die schönste Frau, die er jemals gesehen hatte. Auf dem Foto hatte sie ihre Sonnenbrille hoch auf ihren Kopf geschoben. Ihr Haar war schokoladenbraun und glatt wie ein Lineal. Es reichte ihr bis zu den Schultern, abgesehen von dem Pony, der stumpf über ihre Augen geschnitten war. Ihre Haut war so unglaublich klar, ohne einen einzigen Makel, und ihre Augen waren haselnussbraun.

Und sie machte einen klugen Eindruck. *Verdammt.* Dec hatte eine Schwäche für kluge Frauen.

Aber normalerweise hielt er sich von so etwas fern. Er war nicht für Romantik und Valentinstage gemacht. Er hatte einfach zu viel gesehen und zu viel erlebt. Seine Beziehungen dauerten meist nur eine Nacht, und er mochte Frauen, die dasselbe wollten wie er – unkomplizierten, unverbindlichen Sex.

„Ich gehe mit." Decs Stimme hallte in der Lagerhalle wider.

Darcys schönes Gesicht bekam einen verkniffenen Ausdruck. „Declan ..."

322

„Keine Widerrede, Darcy. Ich komme mit."

„Es ist wegen Anders", meinte sie.

Dec warf einen Blick auf das Foto von Dr. Rush. „Ich gehe jetzt packen."

Seine Schwester seufzte und sah Dec an. „Bist du dir sicher, dass du deine Meinung nicht ändern wirst?"

„Ja."

Ein weiterer Seufzer. „Der Jet ist aufgetankt und steht bereit. Logan, bitte halte ihn von Ärger fern."

Logan schnaubte. „Ich bin zwar gut, aber so gut bin ich nun auch wieder nicht."

Darcy schüttelte den Kopf. „Ich wünsche euch allen eine gute Reise ... und seid vorsichtig. Bitte."

Dec lächelte und versuchte, die Anspannung zu lockern. „Du kennst mich doch."

Ein resignierter Blick huschte über ihr Gesicht. „Ja, leider. Wenn es also irgendwelchen Ärger gibt, ruft mich an."

BÜCHER VON ANNA

Der Detective

Der Lebensretter

Der Beschützer

ENGLISCH

Fury Brothers

Fury

Keep

Burn

Also Available as Audiobooks!

Unbroken Heroes

The Hero She Needs

The Hero She Wants

The Hero She Craves

Also Available as Audiobooks!

Sentinel Security

Wolf

Hades

Striker

Steel

Excalibur

Hex

Also Available as Audiobooks!

Norcross Security

The Investigator

The Troubleshooter

The Specialist

The Bodyguard

The Hacker

The Powerbroker

The Detective

The Medic

The Protector

Also Available as Audiobooks!

Billionaire Heists

Stealing from Mr. Rich

Blackmailing Mr. Bossman

Hacking Mr. CEO

Also Available as Audiobooks!

Team 52

Mission: Her Protection

Mission: Her Rescue

Mission: Her Security

Mission: Her Defense

Mission: Her Safety

Mission: Her Freedom

Mission: Her Shield

Mission: Her Justice

Also Available as Audiobooks!

Treasure Hunter Security

Undiscovered

Uncharted

Unexplored

Unfathomed

Untraveled

Unmapped

Unidentified

Undetected

Also Available as Audiobooks!

Oronis Knights

Knightmaster

Knighthunter

Knightqueen

Also Available as Audiobooks!

Galactic Kings

Overlord

Emperor

Captain of the Guard

Conqueror

Also Available as Audiobooks!

Eon Warriors

Edge of Eon

Touch of Eon

Heart of Eon

Kiss of Eon

Mark of Eon

Claim of Eon

Storm of Eon

Soul of Eon

King of Eon

Also Available as Audiobooks!

Galactic Gladiators: House of Rone

Sentinel

Defender

Centurion

Paladin

Guard

Weapons Master

Also Available as Audiobooks!

Galactic Gladiators

Gladiator

Warrior

Hemi

Ash

Levi

Manu

Griff

Dom

Survivors

Tane

Also Available as Audiobooks!

The Anomaly Series

Time Thief

Mind Raider

Soul Stealer

Salvation

Anomaly Series Box Set

The Phoenix Adventures

Among Galactic Ruins

At Star's End

In the Devil's Nebula

On a Rogue Planet

Beneath a Trojan Moon

Beyond Galaxy's Edge

On a Cyborg Planet

Return to Dark Earth

On a Barbarian World

Lost in Barbarian Space

Through Uncharted Space

Crashed on an Ice World

Perma Series

Winter Fusion

A Galactic Holiday

Warriors of the Wind

Tempest

Storm & Seduction

Fury & Darkness

Standalone Titles

Savage Dragon

Hunter's Surrender

One Night with the Wolf

For more information visit www.annahackett.com

ÜBER DIE AUTORIN

Ich bin eine USA-Today-Bestsellerautorin für Liebesromane. Meine Leidenschaft sind Romane, in denen es an Action nicht mangelt, Science-Fiction Platz findet und auch die Liebe nicht zu kurz kommt. Ich liebe es, über Menschen zu schreiben, die entgegen allen Erwartungen die schwierigsten Situationen lösen und sich beim Erreichen ihrer Ziele selbst übertreffen.

Ich lebe mit meinem eigenen persönlichen Helden und zwei sehr aktiven Söhnen in Australien.

Für Erscheinungstermine, einen Blick hinter die Kulissen, kostenlose Bücher und andere tolle Goodies, melde dich hier an und verpasse nichts mehr: www.annahackett.com